具体生活

吴军 著

人民邮电出版社

北京

图书在版编目（CIP）数据

具体生活 / 吴军著. -- 北京 : 人民邮电出版社, 2018.10（2024.1重印）
ISBN 978-7-115-49013-1

Ⅰ. ①具… Ⅱ. ①吴… Ⅲ. ①随笔－作品集－中国－当代 Ⅳ. ①I267.1

中国版本图书馆CIP数据核字(2018)第187503号

内 容 提 要

人是矛盾的动物。在"工作是为了生活，还是生活是为了工作"的问题上，大部分人会说，工作是为了更好的生活。的确，人们解决了温饱问题后，会想着过上更好的生活。但实际上，你是否常常会在工作和生活产生矛盾时，选择放弃生活，而忘记了工作的初衷？

《具体生活》的主要内容来自吴军博士得到专栏《硅谷来信》，撷取的主题涉及吴军博士的生活感触。无论阅读旅行，还是审美格调，都别有一番趣味与洞见，对当下忙碌之人的参考意义或许不亚于向他们传授的职场经验。

生活的风范、品味和认知水平或许能帮助我们，找回真实的自己。

◆ 著　　　 吴 军
　　责任编辑　俞 彬
　　责任印制　焦志炜

◆ 人民邮电出版社出版发行　　北京市丰台区成寿寺路 11 号
　邮编　100164　　电子邮件　315@ptpress.com.cn
　网址　http://www.ptpress.com.cn
　北京捷迅佳彩印刷有限公司印刷

◆ 开本：880×1230　1/32
　印张：15.25
　字数：351 千字　　　　　　　　2018 年 10 月第 1 版
　印数：45 001 – 48 000 册　　　 2024 年 1 月北京第 11 次印刷

定价：79.00 元

读者服务热线：(010)81055410　 印装质量热线：(010)81055316
反盗版热线：(010)81055315
广告经营许可证：京东市监广登字 20170147 号

010　　　前言 _ 生活是具体的 _

015　　　第一章 _ 旅行的意义 _

为什么要旅行？虽然不同的人有不同的看法，但是人们通常会说"行万里路胜于读万卷书"。平心而论，很难讲读万卷书和行万里路哪一个收获更大。不过，行万里路的收获常常是读书、看电视，或者上网学习所得不到的。因此我认为读书和旅行的收益是互补的。

016　　　为什么要旅行
018　　　美国之旅
045　　　澳大利亚之旅
066　　　意大利之旅
090　　　德、奥小城之旅

121   第二章 _ 博物馆之美 _

每到一个新的城市,我都会去当地最有特色的博物馆参观,因为博物馆通常浓缩了一个地方的历史和文化。各地不同的博物馆看得多了,不仅可以体会不同地域人类的文明和生存的方式,了解世界各地文化的多样性,而且慢慢地就能够绘制出人类文明的全图。在这一章里面,我们一起来看看在世界上那些著名的博物馆里,有哪些人类的文明足迹和艺术成就。

122   大英博物馆的镇馆之宝

133   卢浮宫的镇馆三宝

140   波士顿艺术博物馆

147   圣彼得教堂和梵蒂冈博物馆

152   一生必须去的十大博物馆

177 　　　第三章 _ 读书以怡情长智 _

古人把读万卷书和行万里路看作精英阶层成长不可或缺的两个环节，它们既能使人获取知识，也能令人愉悦自我。今天互联网或其他展示形式更丰富的媒体，使得获取知识似乎变得更容易了，那么读书，特别是读纸质书是否还有必要呢？答案是肯定的，因为读书的好处远不止获取知识和愉悦自我，它还是我们与世界交流的一种方式，也是我们思想形成的一个环节。

178 　　　阅读的意义

183 　　　轻松地读书、有效地学习

189 　　　怡情与长智

196 　　　读书与养性

202 　　　读经典的重要性

208 　　　给高中毕业生的书单

216 　　　给大学生的书单

241   第四章 _ 音乐的故事 _

当语言不足以表达感情时，音乐便产生了。人类的文明
和进步不仅体现在科技和经济上，也体现在音乐和其他
艺术上。当人们不再为温饱而发愁时，就有可能静下心
来聆听古典音乐，听听那些大师们的天籁之音。

242   萨尔茨堡音乐节

253   卡雷拉斯的谢幕演出

258   柏辽兹与《幻想交响曲》

265   斯卡布罗集市

270   伊迪丝·琵雅芙和她的《玫瑰人生》

275   凯尔特女人乐队和《奇异恩典》

280   瓦格纳《尼伯龙根的指环》四部曲

294   贝多芬比莫扎特牛在哪儿

299 第五章 _ 徕卡摄影的魅力 _

这一章我集中介绍摄影的技巧，当然，我其实只是转述徕卡摄影课的讲师们所教授的内容。你可能会好奇徕卡公司为什么要对有着良好摄影基础的人进行进一步培训，并且组织大家去各地摄影，这要从徕卡公司近年来的转型战略说起。

300　从徕卡公司谈起

304　摄影和记录的区别

312　好照片的基本要求

320　确定摄影主题

328　到达和视角的重要性

336　构图的技巧

346　把握光线和色彩

354　黑白摄影的魅力

363　如何使照片富有感染力

370　其他技巧和后期处理

379 第六章 _ 香醇美酒 _

住在北加州的一个便利之处就是守着全世界著名的葡萄酒产地纳帕谷（Napa Valley），不仅可以喝到上好的葡萄酒，而且价格还不贵。另外，各个酒庄还时不时地邀请葡萄酒爱好者参加他们的活动，很多公司也会组织到酒庄品酒，并且开展品酒的培训。渐渐地我就养成了喝各种葡萄酒，特别是喝红葡萄酒的习惯，外出旅行吃饭时，也会让餐厅拿一瓶佳酿来品尝。葡萄酒喝多了，慢慢就能体会出其中的文化了。

380 从酒瓶了解葡萄酒

385 葡萄酒杯背后的文化

391 品鉴轩尼诗的百年老酒

396 香槟酒是怎样制成的

401 葡萄酒的产区、种类和特点

406 法国的名酒

414 加州的红酒

420 红酒风味之谜

427　　　第七章 _ 奢侈品的光泽 _

在生活中你不免要接触到奢侈品，即使今天不买，随着中国今后十年逐渐开始的消费升级，奢侈品和大家的距离也会越来越近。很多人会把奢侈品与炫富和生活腐化联系在一起。其实奢侈品本身只是物件，并无思想，它们凝聚了艺术想象力和手工制作水准。透过它们不仅可以了解时尚，享受精致生活，有心的话，还能学到其中的产品制作和营销之道。

428　　　为什么研究奢侈品

430　　　奢侈品的诞生

437　　　奢侈品的大众化

444　　　奢侈品的中国制造

452　　　奢侈品为什么那么贵

460　　　奢侈品热销的秘诀

467　　　奢侈品背后的传奇故事

476　　　新时代奢侈品的定位

485　　　后记 _

生活是具体的

焦虑是 2018 年的一个关键词。为什么焦虑？大部分人自己也说不清楚，但总感觉什么都"不够"。时间不够用，钱不够花，职业发展不够快，孩子学得不够好，对当下和未来不够了解……

为了应付这种情况，大家都加快生活的节奏，快了还想更快，直到狂奔，但快节奏是否带来了好处，很多人并不清楚，只觉得"快"比"慢"好。于是，年轻人听音频都要倍速，希望同样的时间能够学到别人两倍的东西；成年人工作，要把两天的事情挤到一天来做，希望能够把工作进度加倍；孩子学习则用几个月就提前把几年的课程内容学完，希望能够赢在起跑线上。但结果却事与愿违。倍速听音频，文字或许听进去了，内容却没有理解；把两天的工作挤到一天完成，常常因为质量太低而不得不多次返工，最后事情没有做好，身体还垮了；至于提前把课程先学一遍，没有考虑到孩子智力的发展，孩子理解不了，最后脑子里形成一些似是而非的概念，难以纠正。很多时候，慢比快要好很多。

几年前，大女儿要在美国申请大学，暑假时在做实习之余复习SAT考试。这个考试是美国大学入学的一个参考成绩，并不像中国高考那么重要，不过要是得了一个不高的分数就会让申请材料不完美。SAT的题目并不难，但是要一题不错考满分却很难，毕竟任何事情做到完美总是不容易的。事实上，美国每年SAT满分的学生大约只有万分之几。一个暑假之后，女儿说复习好了，题目都会做，但就是考不了满分，其中的原因不是用粗心二字就能够简单说清楚的。眼见还有一个星期就要考试了，孩子自己也不知道该怎么改进了，因为已经十二分小心了，也没有把握做到万无一失。我问了问她模拟考试时做题的情况，看了看她错的题，似乎做得急了些，几乎所有的错误都是还没来得及把题目理解透彻就匆匆做题所造成的。针对这个情况，我对她讲，解决的办法很简单，每一道题读完之后，等五秒钟（从一数到五），再开始做。她按照我说的做了一试模拟考试，不再有错。等到正式考试时，她如愿拿回来一个满分。这五秒钟看似浪费时间，其实让她有机会重新思考题目，避免了许多不必要的错误。一年后我一位朋友的孩子申请大学，一开始SAT也考不好，问我有什么方法，我说，让她从容地考试，细细体会"从容"二字。后来那个孩子也考了满分。

很多时候，我们做不好事情，是我们太匆忙、太着急，其实只要慢三拍，我们的事情会比以前做得好很多。当然，慢节奏的好处不仅在工作和学习中，更在生活中。从容做事，优雅生活，这是我们生活的目的。努力工作，多挣钱，事业有成，不过是实现幸福生活的手段而已，而不应该成为全部的人生目的。1978 年，中国人均 GDP 只有撒哈拉沙漠以南非洲国家的 1/3，因此小平同志说我们再不努力，就要被开除"球"籍了。那时连基本的物质保障都没有，饿着肚子谈生活是不切实际的。在随后的 40 多年里，中国实现了全世界有史以来最长时间的经济高速增长，这是人类文明史上的奇迹。今天，对大部分中国人来说，温饱不是问题，但是怎样生活好，却是一个大问题。经济的发展和物质的丰富，原本是为了改善生活，但对物质过分的追求反而让很多人不会生活了，甚至没有了生活，而只是一个赚钱的机器，这就背离了我们努力工作的初衷。今天很多人羡慕所谓的贵族生活，其实过去贵族的物质生活并不比今天的中产阶级好多少，但是他们整体上的生活质量远非今天一般意义上的富有家庭所能比。究其原因，是因为今天的人缺少了那份应有的从容和优雅。

当忙碌成为生活的主旋律时，我们是否可以从另一个角度反问自己一下：慢下来，我们是否会过得更好呢？至少对我来讲是这样。每当我在物欲的驱赶下，匆匆地随着奔波不停的人潮去做事时，即使每一步似乎都有目标，但是狂奔一阵后会发现，自己又回到了原点。于是，我慢慢开始学会了做事情之前抬头看看纯净的天空，沉静下来听一听自己的心声，以免像诗人纪伯伦所感叹的那样："我们已经走得太远，以至于忘记了为什么出发。"几十年来，我养成了这样一个习惯，每年深秋会一个人找一个僻静的地方，冥想半天，审视一下这一年所做的事情，是否背离了生活本身的目的。

我并非要劝大家淡泊名利，清心寡欲，这对世界上大部分饮食男女来说是强人所难。我很佩服圣·方济各，他有高尚自足的胸怀，视世俗功名如无物，可以心安理得地过俭朴的生活，把所有的精力都用于帮助别人。这一点，我做不到，也不建议大家做。毕竟我们不是圣徒，无法只从大自然中寻求无穷的乐趣，我们需要丰富的物质和精神生活。

那么什么是优雅的生活？德国有句格言讲得很好——生活是具体的。这句话有很多层含义，其中最浅显的一层含义是，生活是由每一个具体的细节构成的，而不是笼统抽象的，因此不能泛泛而谈美好生活。一种好的生活，从时间维度上讲，是把每一天过好，从容的目的便在于此；从空间维度上讲，是把生活的方方面面过好。2016 ~ 2017 年，我在得到 APP 的专栏《硅谷来信》中，有一部分内容记录了我对生活的思考，罗辑思维的李倩老师在帮助我整理这些内容时对我讲，这部分有关生活的内容对当下忙碌的中国人的参考意义或许不亚于我向他们传授的职场经验（即《见识》一书的内容），并建议我以生活为中心，将围绕这几个特定主题的内容整理成书。于是，我把自己在生活中所花时间较多、心得较深的几个方面（旅行、阅读、博物馆、音乐、摄影、红酒和奢侈品）整理之后，将这本书呈现给大家，希望能帮助大家了解我们生活之中常常因为忙碌而忽视的组成部分，更多地享受生活。

当然，一些人会说，"我现在太忙了，等我闲暇了，再来享受生活"。其实闲暇时间总是有的，当下全世界的手机用户，平均每六分半钟就低头看一次手机，在手机上一天平均花掉的时间多达 2.5 个小时，超过了我们生命的 10%，这些时间大部分是被浪费掉了。把时间花在改善生活质量上，其实是一种生活态度。做事情的时候能够慢一点，少走点弯路，多花点时间享受浪漫而美好的人生，畅游人类知识和艺术的海洋，我们就会发现自己是在真正地生活，而不只是为了工作而活着。

《圣经》上讲，"你们要休息，要知道，我是上帝！"既然我们不是上帝，何不休息休息，享受一下生活，不要那么匆忙，好么？

2018 年 8 月 1 日于硅谷

第一章 _ # 旅行的意义

为什么要旅行？虽然不同的人有不同的看法，但是人们通常会说"行万里路胜于读万卷书"。平心而论，很难讲读万卷书和行万里路哪一个收获更大。不过，行万里路的收获常常是读书、看电视，或者上网学习所得不到的。因此我认为读书和旅行的收益是互补的。

为什么要旅行

人的智慧按照其来源可分为三种：亲身感知、他人告知和逻辑推知。逻辑推知是人类新知的来源，它是从已有的认知出发，通过研究和推理，找到之前未知世界的答案。我们常常会对科学家或者文化巨匠们表示由衷的钦佩，因为他们为人类创造了新知。但遗憾的是，多数人终其一生也只能通过这种形式得到少量的新知，因此前两种形式就特别重要。旅行的第一个意义在于它可以帮助我们亲身感知很多东西，让我们成熟。

旅行的第二个意义是有助于我们消化通过读书学习间接获得的知识和信息，即属于他人告知范畴的新知。虽然从效率上讲，通过学习获得新知似乎更快一些，以至于在信息流通非常顺畅的今天，很多人觉得足不出户也能了解天下事。但是人其实是很固执的动物，即便是一种大众认可的智慧，最终要能变成自己的认知，通常离不开切身的体会。比如，对于 99% 以上的人来讲，如果不在股市上亏点钱，看再多的书，了解再多的金融史，都难以认清股市的凶险。巴菲特讲，要了解经济情况，不要听经济学家、华尔街和《纽约时报》怎么讲，去周围的百货商店看看就可以了。同样的道理，旅行无疑可以帮助我们体会和印证所学。

旅行的第三个意义在于它可以帮我们走出自己平时生活和工作的圈子。任何一个封闭系统都是向着熵[1]增加的方向发展的，也就是说变得越来越无序。而破局的关键就是打破这个封闭的系统，引入所谓的"负熵"。中国有句古话，"他山之石，可以攻玉"，就是这个道理。通过旅行，换一个环境，可以让我们重新审视自己，便于我们走出困境，走得更高，更远。历史上，很多大艺术家的灵感就来自于环境变换，从而看到自己以前想象不出的事物。比如高更从极北欧洲来到南太平洋的大溪地[2]，在那里，独特的经历让他重新审视人生，创作出不朽的名画《我们从哪里来？我们是谁？我们向何方去？》。

虽然我很难从旅行中获得高更那样深刻的思想收获，但是旅行无疑影响了我对世界、对人类的看法，改变了我很多做事的方法。没有旅行的生活是不完整的。

---

[1] 熵：热力学概念，可以描述一个孤立系统中物质的无序程度。故，"负熵"代表事物向有序化、复杂化、组织化方向发展。

[2] 大溪地：塔希提岛（Tahiti），港台译为大溪地，位于南太平洋。高更曾醉心于原始主义艺术，在1891年到1893年流连于此，期间创作了大量以岛民生活及与宗教相关的绘画作品，其中最为著名的是《我们从哪里来？我们是谁？我们向何方去？》《两位塔希提妇女》《我们朝拜马丽亚》。

美国之旅

极北阿拉斯加

世界上很多事情不等人，也不是有钱就能办到的，遇到它们是缘分，机会来了要珍惜，难得一见的极光便是如此。

极光，顾名思义，是常常出现于纬度靠近地磁极地区上空的特殊自然现象。极光产生的原因是太阳风中的带电粒子被吹到地球上，由于地球磁场的作用改变了原来的方向，进入大气层，撞到了空气中的分子发出不同的颜色。因此，极光只有在地球磁场比较强的两极才能看到，而且并非极点最强，而是南北极圈最强。去南极看极光的难度非常大，因此看极光一般是在北极圈附近，从俄罗斯西伯利亚北部到美国阿拉斯加中北部，往东穿过加拿大极北部，然后到冰岛和斯堪的纳维亚半岛的北部。考虑到交通和食宿条件，阿拉斯加的费尔班克斯是比较好的地点。

说到缘分，是要在合适的时间、合适的地点遇到合适的人，或者做合适的事情。看极光就要凑合适的时间。极光的强度取决于太阳活动的周期，太阳活动周期大约 10 年一个轮回。2016 年是最近一个太阳活动高峰期的最后一年，如果错过了看极光的机会，可能就要等上 10 年了。所以在国庆节期间，我就放下手头的工作，动身去阿拉斯加的费尔班克斯看极光。

我"十一"那天出发，5 号回到家，前后 5 天，不仅看到了极光，还发现冬季的极北地区也别有情趣。在旅途空闲的时候，记录了旅行的点滴，如果你有机会去阿拉斯加，或许可以将我的经历作为参考。

第一日，前往费尔班克斯

俗话讲，凡事"预则立，不预则废"，没有准备好就贸然前往，回来后时常会后悔。去极北严寒之地，出发前的准备就更重要了。

在动身之前，我检查了要带的衣物和摄影器材。虽然只是 10 月初，但是北极圈附近的气温已经降到了和北京 12 月份差不多，白天不过零上四五摄氏度，晚上降到零下。如果深夜在野外站上两小时，再遇到寒风，滋味可想而知，因此防寒的衣服是少不了的，我是按照滑雪的要求准备的衣物——厚厚的连体滑雪衣裤、滑雪帽和手套。不仅人要防寒，照相机也需要，因为当温度降到零度以下时，大部分照相机的电池是无法工作的。个别高档相机（比如哈苏相机）可以在零下 20 摄氏度工作，但是电池消耗得也很快。因此，不仅要考虑相机的保暖，还要多备一些备用电池，在相机突然没电时可以更换。另外，看极光的地方都非常黑，手电是一定要带的，否则想调相机的参数，或者找个东西都办不到。

我出门时有一个原则，最后五分钟不是你的，而是上帝的，因为有可能遇到点什么事情会耽搁。如果要坐飞机，我则把富裕量再加上半小时，以防安检的队伍太长，或者路遇堵车，毕竟这些情况时有发生。

那天交通非常顺利，安检过得也快，居然能赶得上头一班去西雅图的飞机。换登机牌时，柜台服务员问我是否愿意多付 25 美元搭早一班的飞机，我毫不犹豫地改签了，这不仅可以节省时间，更关键的是当前这架飞机能保证按时起飞，而一小时后万一出点什么差错，我恐怕就会晚到一天。对我来讲，时间和可控性远比钱重要。

费尔班克斯虽然是阿拉斯加第二大城市，但规模只有中国西部的县级市水平，因此不要指望那里有高档豪华的酒店，我能找到的最好的酒店就是万豪国际集团旗下的一家副牌酒店——SpringHill Suites。酒店虽然算不上豪华，但是宽敞干净，条件也不错，更重要的是位置非常好，在市中心，博物馆、购物场所、城市广场都在楼下。横穿城市的切纳河（Chena River）就在酒店旁边，这样晚饭后可以在河边走走，欣赏北国都市的风光。一般出门在外选择酒店时，我会优先考虑地理位置，因为旅行时最好把时间放在观光本身，而不是浪费在城市交通上。另外，我偏爱大牌连锁酒店，因为质量有基本的保障。对于那些当地的特色酒店，除非能获得一致的好评，否则我一般不选，因为不确定自己是否会喜欢，毕竟出门在外，休息好还是很重要的。

第二日，探路、看极光

从旧金山到费尔班克斯的路程是回中国的一半左右，因此我到酒店时，已经是当地时间凌晨两点半，好在当地日出很晚，等我第二天早上 8 点多起床时，居然能看到日出。费尔班克斯离北极圈只有 100 多千米，夏季有 66 天的白昼，冬季日照自然就要短很多，如果有什么事情想在白天做，就需要抓紧。

这一天我不想让自己太辛苦，但是有一件事情必须在第一时间做，就是为晚上看极光探一次路。这件事很多人可能觉得不需要做，只需晚上早点出发就可以了，更何况看极光并不需要掐时间。可能是我比较保守，不太愿意因为小的疏忽而破坏整个计划，因此第一次到陌生的地方常常会去探路，以防万一。虽然，在照片中极光五颜六色非常明亮，但实际上极光是很暗的，需要在完全没有灯火的地方才能看清楚，这样的地方一定是平时无人的旷野。阿拉斯加只是一片半开发状态的土地，到处杂草丛生，很多地方还是沼泽，黑夜到那种地方如果不熟悉地形非常危险，因此最好在白天先踩好点。

根据酒店工作人员的介绍，在费尔班克斯往北 30 千米处的一座小山（在六号公路旁）上有一个比较开阔的平台，看极光比较方便。那里没有具体的地址，只有大致的方位，我请她给我画了张图，我就按图去探路了。事实证明这很重要，要是在夜晚第一次去那里，可能根本找不到地方。

这一天接下来的时间就比较轻松自由了，我在费尔班克斯周围游览，体会极地初冬的风景，拍摄了一些自认为还不错的照片。午饭后，我干脆小憩片刻。极光通常在晚上 11 点到凌晨 1 点最亮，看极光需要熬夜，养足精神很重要。

晚上，天一黑我便出发前往观测点。极光的强度从最暗到最亮分为 0 ~ 9 级 [3]，大部分时间是 3 级，能够看到，但是比较暗淡。那天的运气比较好，极光强度预告是 4 ~ 5 级，属于中等强度，在去观测点的路上就能隐约看到极光。到达时，那里已经聚集了十几个人。

极光的摄影和普通摄影不同，分享一些经验供大家参考。

首先拍摄极光时设备要准备妥当。智能手机、卡片机甚至是低端的单反相机都不可能拍好。我在阿拉斯加遇到两个从上海来的年轻人，只带了一个比较老的 APS-C [4] 的单反相机，加上两个 iPhone，也没带三脚架，来了之后发现根本拍不到清晰的照片。两个人花了钱老远跑来非常失望，最后我让他们把内存卡插到我的相机中拍了几张拿回去，他们才多少留下点记录。

拍摄极光最好使用全幅的数码相机。至于选择什么品牌，是单反还是无反光镜的，关系倒不大。为什么要用全幅相机呢？极光看上去很靓丽，是因为周围背景特别黑的缘故，其实极光非常微弱，需要很长的曝光时间，大部分相机，32 秒是曝光的极限了，除非使用 B 门 [5]。在 32 秒内要有足够的曝光只有两个办法，一个是调大光圈（我们下面会讲到），另一个就是增加 ISO[6]。ISO 大一倍，曝光量可以增加一倍。但是，ISO 增加，是以照片的颗粒度增加、清晰度降低为代价的，图片稍微放大会看到一个个马赛克方块，不再是光滑连续的图像。全幅相机由于感光面积大，在 ISO 很高的情况下依然能够拍出清晰的照片，而手机和卡片机由于感光的传感器（CMOS）面积太小，高 ISO 下的照片模糊得没法看。既然千辛万苦来到极北，还是准备好一些的设备，不至于将来后悔。现在比较便宜的全幅单反相机，比如尼康的 D610，价格大约是两个低端 iPhone 的价钱，其他一些品牌还有更便宜的。另外，现在有网上相机租赁服务，租用一周的价钱并不贵。

除了相机，镜头也不能太差。拍摄极光一定要用广角镜头，如果有鱼眼镜头也不妨带上。但是标准镜头以上焦距的，肯定用不上。很多人追求变焦镜头的放大倍数，一个万能镜头走遍天下，其实这样的镜头是以牺牲曝光量、清晰度、色彩和图片不变形为代价的。在 90% 的情况下用这样的镜头摄影没有问题，但是拍摄极光偏偏就是那种高倍数

[3] 阿拉斯加大学费尔班克斯分校地理系每天会给出近期极光强度的预测，在它的网站上可以查到。
http://www.gi.alaska.edu/AuroraForecast/Alaska/

 扫码打开网址链接

[4] APS-C: Advanced Photo System type-C 的缩写，译为"先进摄影系统 C 型"，是一种数码相机使用的图像传感器规格。

[5] B 门：一种完全由摄影者所控制的快门释放方式。指按下快门时，相机开始曝光，直到松开快门为止。也被称为"手控快门"。

[6] ISO：即"感光度"，用来衡量底片对于光的灵敏程度或测量数位影像系统的敏感度。

变焦镜头不适用的 10% 的情况。相反，定焦镜头这时的优势就非常明显了。我建议有条件的朋友使用最大光圈在 F2.8 以上的定焦镜头，因为它们的解像力比变焦高很多。如果没有这样的镜头，可以在网上租。没有定焦镜头，也可以选用大光圈的广角变焦镜头。

拍极光第三个要准备的设备是三脚架，大而结实的三脚架固然好，但是那样行李太重，旅行不方便。一个替代办法是带一个足够长但是比较轻便的三脚架，再带一个帆布袋。在架设好三脚架之后，捡几块大石头放在帆布袋中，垂在三脚架下面，增加它的稳定性。冬天极北地区风很大，曝光 32 秒，就算不把三脚架吹倒，也吹得它摇摇晃晃，照片肯定模糊不清，用重物增加三脚架的稳定性非常重要。

下面是我拍摄到的一些极光的照片。给我的额外惊喜是，由于极北地区没有污染，也没有城市灯光的干扰，拍摄极光时星空的背景非常清晰，北斗七星拍得一清二楚。下图中左上角便是北斗七星。

在拍摄极光时，有几个小地方需要注意一下。

1. 不要用自动对焦，最简单的办法就是用手动对焦，放在无穷远即可。

2. 曝光量的控制。很多人大部分时间是采用程序挡（P 挡）摄影，有些时候采用光圈优先（A 挡）。拍摄极光，因为只需要聚焦无穷远处，不必担心景深问题，所以光圈最好开到最大，以增加进光量，这时最好不要采用 P 挡。如果采用 P 挡，常常会曝光过度，根据我的经验，

极光（注意左上角的北斗七星）

需要把 EV 下调一挡，也就是让进光量减半。当然，稍微对相机熟悉一点的朋友可以使用手动挡（M 挡），具体做法是先用 A 挡测光作参考，然后改成手动挡，并设置好曝光时间。先拍两张试试，很容易调整好曝光量。

3. 即使用了三脚架，也要防止在按快门时相机摇晃，因此我一般使用快门线或者两秒自拍延时。此外，如果野外风大，要扶好照相机。

4. 关于镜头的焦距。我喜欢使用定焦镜头，我尝试了 21mm 超广角、28mm 广角、35mm 小广角和 50mm 标准头四个定焦镜头。应该讲每一个焦距都能拍出各有特点的图片，但是用处最多的是 21mm 超广角

当时光线较暗，曝光时间较长，星光很清楚

镜头。极光通常出现在北方，从左到右宽度可以有 120 ~ 150 度，如果想要拍下全景，则需要鱼眼镜头，很遗憾我第一次没有带，第二次去的时候带上了鱼眼镜头，拍摄了一些很有趣的照片。

5. 如果你想做一个极光的小视频，可以在设置好相机后，每 30 秒或者每一分钟去按一下快门，这样一个小时或者两个小时可以得到 120 张同一个位置的照片，在这一两个小时内，极光的形状会有缓慢但明显的变化，你把它们连到一起，做成每秒 24 帧的视频，可以得到 5 秒快速变化的极光视频。

第三日，阿拉斯加冬日风光游

这一天，我开车沿着阿拉斯加二号公路（AK-2）往东走，观赏那里的冬日景色。

阿拉斯加的雨林是全球较大的雨林之一（第一名位于亚马逊河流域，但是从第二名往后排法不一），植被茂盛，最常见的树是红杉树和白桦树，前者是常青的，后者是落叶的。大片白桦树落叶后，白白的树枝在蓝天的衬托下非常漂亮，这是在其他地区看不到的景象。

我一路上开开停停，遇到景色优美的地方就下车拍几张照片，这样转了大半天时间。回到酒店，就开始考虑晚饭吃什么，阿拉斯加的饮食主要是标准的美国饭，其中海鲜质量比较高，当地盛产帝王蟹、雪蟹、三文鱼等海鲜。刚捕来的海鲜用当地白桦木烧烤，味道甚是鲜美。不

令人窒息的美

冰湖上秋冬的颜色

过因为气候寒冷，素菜不多，好在城里有几家食品店，比如 Safeway[7]，可以买到一些水果来均衡膳食。

等到天黑后，照例是出门看极光。

第四日，迪纳利国家公园

第四天，我开车去了迪纳利国家公园（Denali National Park），里面有北美最高峰麦金利山（2015 年改名为迪纳利山）。距离费尔班克斯 120 多千米，开车要两个多小时，一路上还是寒带的雨林景色，开始的时候会很兴奋，但是看多了也就习以为常了。

迪纳利国家公园的海拔很高，经常是阴雨天，而我那天去恰好就赶上那样的天气。迪纳利国家公园到了 10 月已经封山，因此无法到达麦金利山的山脚下，而雨天能见度很低，在公园门口看不到那座高峰。很多时候，不仅人和人之间要靠缘分，人和大自然也是如此。我能看到极光，说明我和它有缘；看不到高峰，或许只是没有缘分，也没有什么好抱怨的。

看麦金利山最好的时间是 6 ~ 7 月，那时公园完全开放，而且花期很短的鲜花也都绽放了，再加上有两个月的白夜，迪纳利国家公园每天从早到晚景色都非常优美，只是看极光和看景色不可兼得。

---

[7] Safeway：西夫韦（Safeway），北美最大的食品和药品零售商之一。

最后，我要说看极光是一生难忘的经历，所以从阿拉斯加回来后，我动员全家人都去欣赏这美景。第二年4月，我又带了全家人去费尔班克斯看极光。这一次碰上了快速变化的极光，非常难得。相比摄影，用眼睛体验美景常常更为重要。

4月是阿拉斯加乍暖还寒的时节，一个冬天积攒下的厚厚的冰雪刚刚开始融化，和10月的景色不完全相同。再次沿着阿拉斯加二号公路开车观光，看到的是春寒料峭的风景。另外，我这次有幸体验了狗拉雪橇，那些拉雪橇的哈士奇都非常友善，甚至有点人来疯。据说这是因为它们是群居动物，喜欢和人相处。乘坐雪橇可以到达步行不能及的地方，看到平时难得一见的景色。

体验狗拉雪橇

纽约的一天

凡事都有大小，闲暇的时间总有长短。做事的时候，大有大的考量，小有小的做法；休闲的时候，时间宽裕有宽裕的玩法，时间短暂有短暂的去处。对于全职工作的人来说，长假是奢望，但是偷得浮生半日闲还是可以的。这里分享一下如果只有一天时间，在大都市纽约可以做什么事情。

纽约不仅是美国最大的城市，可能也是美国东海岸唯一还在蓬勃发展的大都市。在建国之初，美国东北部和它地位不相上下的城市至少还有三座，波士顿、费城和巴尔的摩。今天这些历史名城都在走下坡路，纽约一度也和这三座城市一样，成了暴力和脏乱的代名词，但是在铁腕市长朱利安尼的治理下，它又回到正轨，重现昔日的繁荣，再次成为全世界的中心。朱利安尼的继任者布隆伯格说，世界上有三个权力最大的职位，联合国秘书长、美国总统和纽约市市长，由此可见纽约的重要性。如果你到了美国，却只有一天时间，只能去一个城市，就应该去纽约。

先讲讲交通工具。纽约的出租车不仅难叫，而且行驶缓慢，并不方便，自己开车更无可能。最方便的交通工具是地铁，它能够准时地把你带到几乎任何一个角落。位于 42 街的中央火车站是交通枢纽，火车和好几条地铁线都汇聚于此，而这个火车站建筑本身也值得一看。下图是在中央火车站用曝光时长 8 秒拍摄的，照片中人员的走动让画面活了起来。

中央火车站

说起纽约，大家可能首先会想到自由女神像，这确实是一个值得去的
地方。自由女神像高46米，加上基座能达到93米（大约相当于30层
楼），屹立在曼哈顿南边的自由岛上。去那里观光的人常年都很多，为
了避免花很长时间排队等候渡轮，建议大家上午尽早赶到曼哈顿南码
头（乘坐地铁1号线可以抵达），排队乘渡轮登岛观光。如果想进一
步节省时间，可以在网上提前预约（最好预约比较早的时间），以免
坐摆渡船时排队。另外，如果想登顶自由女神像，需要提前很长时间
在网上预约，如果没有预约，或者时间紧迫，放弃这项活动也没有关系。

自由女神像

曼哈顿岛（拍这张照片时 CMOS 感光器上有灰，因此图片上有些黑点）

乘坐渡船时，是拍摄自由女神像和回望曼哈顿的最好时机。由于自由女神像很高，而自由岛的面积又很小，在岛上没有地方能够拍下完整的不变形的自由女神像——即使你有超广角镜头，拍出来的照片也变形得很厉害。因此，乘坐渡轮上岸前是拍摄这座著名雕像的最佳时机。

参观完自由女神像，一般就到了中午，为了省时间，建议大家就在街边随便凑合吃点东西（几美元就能吃饱）。喜欢参观博物馆的朋友可以在大都会艺术博物馆待上整整一下午，有时它关门很晚，你还可以花上更多的时间在里面参观。不过即便如此，也只能走马观花地看一看。因此，建议时间紧的朋友可以把时间花在参观古埃及和美索不达米亚的文物上——最令我震撼的是美国人居然将一座古埃及神庙搬进了博物馆。

对博物馆兴趣不是很大的朋友，可以到规模较小的纽约现代艺术博物

《记忆的永恒》

馆看看，里面也有不少珍品。其中最著名的是超现实主义大师达利的《记忆的永恒》。达利通过这幅画告诉人们，时间会改变一切，即使是坚硬的钟表外壳，在经历了漫长的时间后，也会像发酵过久的奶酪一样柔软无力，金属会变得像腐肉一样，甚至招来蚂蚁。画家问自己也问大家，随着时间的流逝，我们还会剩下什么？纽约现代艺术博物馆中另外几幅必须一看的作品还有毕加索的代表作之一《阿维尼翁的少女》和莫奈的《大睡莲图》等。

转完博物馆，差不多就到了下午四点，如果有时间，应该去中央公园转转。中央公园一年四季都有不同的风景，我个人认为秋天树叶变红、

变黄时最美。我最近一次去是在冬天，那时太阳落山较早，日落前到
中央公园看一看市民们在晚霞中溜冰的情景，别有一番情趣。如果你
是老北京人，可能会和我一样，能够回忆起过去在冬天到什刹海溜冰
的情景。20 世纪七八十年代的年轻人并没有那么多的去处，去什刹海
溜冰，结交男女朋友，不啻人生快事。

纽约的中心——曼哈顿的面积不到 60 平方千米，远没有北京的城区
（五环以内 667 平方千米）那么大，可谓寸土寸金，但是市民们还
是在曼哈顿的中央留出了一片面积为 3.4 平方千米的绿地，修成了中
央公园，里面点缀着几个不大的湖泊和池塘，冬日市民们在那里溜冰，
背靠着摩天大楼，蔚然形成一道风景。

冬日的中央公园

纽约另一个标志性建筑是帝国大厦。从中央公园出来，坐几站地铁（1、2、3、A、C、E 号线均可）到三十四街，然后步行十分钟便可以抵达。如果你在中央公园耽搁的时间不是很长，从地铁口出来步行去帝国大厦时应该是华灯初上。这时你在纽约走几个街区，看着匆匆下班的人流，就能体会现代生活的快节奏。

帝国大厦在闹市区的中央，最好的登顶时间是夜晚，登顶后你可以一览曼哈顿岛的全景，还可以眺望对岸新泽西州或者布鲁克林区。帝国大厦一年四季参观者不断，不过如果不是在节假日，排队加上登顶观光大约两个半小时就够了。

从帝国大厦上看纽约的夜景

时代广场之一（街头的艺人）

从帝国大厦出来，你可以往北步行几个街区，到著名的时代广场看看
夜景。时代广场虽然名气很大（通常从电视上看到在新年前夜和重大
庆祝活动时，时代广场总是人山人海），但是它远没有你感觉的那么
大。时代广场的面积连半个足球场都不到，只不过是四十二街、百老
汇大街和第七大道的交界口而已。另外，将"Times Square"翻译成
"时代广场"并不准确，它取名于《纽约时报》（*New York Times*），
因此正确的翻译应该是"时报广场"，但是大家将错就错讲了几十年，
今天再说时报广场反而没有什么人知道了。

时代广场最值得看的是夜幕下闪烁的霓虹灯广告（当然，今天它们都被 LED 的大型广告屏幕所取代了），以及街头从事各种表演的人群。当然，那里大部分都是和你一样看热闹的人。你如果带了大光圈的相机，可以以时代广场的夜景为背景拍出很好的肖像照。参观完时代广场，应该已经到晚上十点左右，你可以结束紧张的一天。多年后你回想起来，这应该会是非常难忘的一天。

美洲最美的海滨公路

身处忙碌的硅谷地区的人们，有一点闲暇时间就喜欢到户外转转，而加州一号公路（简称"一号公路"）是硅谷人常去的地方。

一号公路（Highway No.1）是全世界最著名的海滨公路，北起加州北部和俄勒冈州的交界处，南到和墨西哥接壤的圣地亚哥，全长 1000 多千米。一号公路两岸是美国看海景和日落最好的去处，沿途风景优美，可以从线路中间的任意地点开始旅行，并随时离开，因此游玩非常方便。另外，沿着一号公路可以访问加州名城旧金山、洛杉矶和圣地亚哥，以及大苏尔（Big Sur）海滩、17 英里（17-Mile Drive）等著名景点，或者去卡梅尔（Carmel-by-the-Sea）、索萨利托（Sausalito）等风情小镇。这里我们把重点集中在一号公路的北部，从卡梅尔小镇到 17 英里再到大苏尔海滩这一线。

从硅谷地区出发开车往西南方向大约行驶两个小时，就到了卡梅尔小镇，在不到一平方千米的小镇里，到处是画廊、小博物馆、童话般的小屋，以及富有特色的小教堂（Mission）。从小镇步行十分钟，就能到海边。当然，如果要看海景，最近的好去处是从那里出发到北边的 17 英旦。

17 英里是我 20 多年前来美国时所到的第一个风景点，那段 17 英里（约 28 千米）长，崎岖蜿蜒的小路，穿越森林、海滨和高尔夫球场。在这里有四个看点，第一是象征着北加州海岸的风景——孤独的柏树。

第二是豪宅，一片各式各样的非常漂亮也非常昂贵的别墅。硅谷不少大跨国公司的老板，或者著名的艺术家和社会名流，会在此购置自己的第二栋住房，以便周末和节假日来海边休闲。记得当时朋友们和我讲，这就是你未来的美国梦，所以我到美国的第二天他们就带我来这里看看。当然，当我后来真的融入美国社会后，发现房子对我来讲已经不是那么重要了，不过偶尔在海边住上一个周末，打一场高尔夫球，也是一种享受。

日落之前的 17 英里

17 英里的第三个看点是高尔夫球场，那里有美国最著名的卵石滩高尔夫球场（Pebble Beach Golf Links），以风景优美著称。由于它的名气非常大，在那里打一场球不仅价格不菲，还要提前很多天预约，而且先得在它的度假村住上两天，才能轮得上。很多打高尔夫球的美国人，一辈子最大的梦想就是到卵石滩高尔夫球场打一次球。尽管大部分人没有去该球场打球的机会，但是依然愿意到那里看一看风景。

17 英里的第四个看点就是海滩，那里礁石嶙峋，黄昏时在礁石的衬托下海上日落风景特别美，还可以看到火烧云的奇观。

礁石衬托的日落风景

从卡梅尔出发看海景的另一个好去处，就是沿着一号公路往南到大苏尔海滩，一路上海雾弥漫，和 17 英里的秀美不同，一号公路两边的峭壁、大海、蓝天构成了壮美的主旋律。喜欢摄影的朋友可以一路拍摄，其中值得推荐的两个景点是毕克斯比大桥（Bixby Bridge）和麦威瀑布（McWay Falls），两者相距 40 千米。

大苏尔的海滩

前者是跨架在悬崖峭壁之间 80 米高的拱桥，和大海相互映照，后者是从临海悬崖飞流而下的 20 米"银链"，直落海滩。如果运气好，可以仰观到北美最大的鸟类——加州秃鹫，或者俯瞰到迁徙的鲸鱼群。

如果以硅谷地区为中心进行一天的旅行，到达麦威瀑布后就应该往回走了（开车回去要 3 个小时）。当然，再往南行驶 120 千米左右，可以到著名的赫氏堡观光，那里是昔日报业大王赫斯特（William Randolph Hearst）的家（现在变成了一家博物馆）。赫斯特也是著名电影《公民凯恩》里的男主人公凯恩的原型，关于这个人、这部电影，又有太多的故事可以讲述。

毕克斯比大桥

一号公路的海景，褐色的峭壁和蓝海碧草形成呼应

澳大利亚之旅

悉尼之约

圣诞节对于西方人来讲相当于中国的春节，因为假期比较长，很多人都会出门旅行。由于那时北半球天气寒冷，我们全家决定去位于南半球的澳大利亚。

从美国到澳大利亚并不容易，即使从旧金山直飞悉尼，也要 15 个小时左右，到其他城市则更麻烦，还需要转机，但是从中国过去就方便很多，不仅时间相对短，而且直飞的航班也很多。我在澳大利亚期间一共去了三个地方，悉尼、大堡礁和墨尔本，悉尼是澳大利亚之行的第一站，也是最后一站。

悉尼歌剧院

澳大利亚地广人稀，公共交通不是很发达，因此在那里旅行最好租车。
不过要注意的是当地开车是左行，如果你不习惯，千万不要勉强，以
免发生事故。而在悉尼，因为交通非常拥堵，大部分道路又都是单行，
更要加倍小心。

悉尼是整个大洋洲最大的城市，人口超过 500 万，加上它的周边地区
（大约 1000 万人），人口数量占了整个大洋洲的三分之一左右。作为
一个现代化的大都市，悉尼的住宿、饮食和购物都非常方便，值得游
玩的经典景点也不少。

悉尼最出名的可能就是帆船形的悉尼歌剧院（Sydney Opera House），它离市中心不远，可以步行到那里参观，或者隔着海湾眺望。当然，也可以从周围的酒店楼上欣赏。

拍摄一座城市的标志性建筑，通常晚上拍摄的效果要比白天好，因为现代城市建筑实在繁杂，白天混杂着各种背景会显得乱糟糟的，而晚上，主题就能被凸显出来。具体到拍摄悉尼歌剧院，最佳的拍摄地点是旁边皇家植物园延伸到海中的半岛。

以海湾大桥为背景的悉尼歌剧院

我是在新年前落日后去拍摄的，有点遗憾的是，那一阵子悉尼市为准备新年夜的烟花活动，调试歌剧院背后海湾大桥的彩灯，因此原本应该开放的彩灯正处于关闭状态，影响了歌剧院的景观，如果有背景灯光，会漂亮很多。我们常常讲，红花需要绿叶衬托，摄影时背景常和主体一样重要。

为了等大桥上灯光的到来，我在那里足足守了一个多小时，偶尔能遇到灯光被打开的几秒，才拍摄到了下面这张照片。

歌剧院背后的大桥灯光打开时的情景

参观悉尼歌剧院是收费的，但是如果你在里面看一场演出就可以免费参观了。歌剧院里的节目通常都不错，值得一看。由于演出现场无法照相，只能拍几张内景给大家看看。

悉尼歌剧院内的灯光效果图

歌剧院内部的结构

悉尼市内可玩的地方不少，但是很多地方的特色并不突出，比如一些规模不小的艺术馆和植物园。不过，在悉尼有一个面积不大的野生动物园（Wild Life Sydeny）非常值得一去，它在悉尼水族馆的后面，离市中心不远。

说到澳大利亚的动物，大家肯定会想到袋鼠和考拉。虽然在很多动物园里都能看到它们的身影，但是如果想零距离与它们接触，还是在悉尼方便。只要花费几十澳元，管理员就会带你进入它们的生活区参观，你可以触摸它们，给它们喂食并和它们一起拍照留念。对于喜欢动物的朋友，我非常推荐这个地方。对于摄影爱好者来讲，在那里你有机会拍到一些只有在《国家地理》杂志上才能看到的照片。

超萌的考拉

澳大利亚特有的胡子龙（Bearded Dragon），体长约为一根筷子的长度

在野生动物园，我还捕捉到一些特别的镜头，比如一条蛇正在捕食一只
老鼠，一只蜥蜴正在享受它的美食。这些过去只能在《国家地理》杂志
上看到的场景，想不到能够在悉尼野生动物园里亲眼看到并拍摄下来。

蛇在吞食老鼠   蜥蜴正在享受它的美食，一副悠然自得的样子

悉尼郊外还有不少好去处,既可以看海,也可以看山,其中可能最值得去的是位于悉尼西郊 130 千米处的蓝山国家公园(Blue Mountains National Park),从悉尼市中心出发开车两个小时就能到达。蓝山公园里最著名的是三姊妹峰——三座巨大的连在一起的石崖,很像张家界的景观。拍摄山峰要防止阳光散射,否则背景雾蒙蒙的,最好用 UV 镜片过滤紫外线,用遮光罩挡住部分散射的阳光。

三姊妹峰

悉尼不仅是澳大利亚最大的城市,也是全澳大利亚中国人最多的城市。那里的中餐馆很多,而且不少中餐馆质量还不错,这对吃不惯西餐的中国游客是个福音。对中国游客来讲,如果想有一个几天时间的轻松旅行,悉尼是个不错的目的地。

体验大堡礁

我在澳大利亚的第二站是大堡礁。

大堡礁并非一个岛礁，而是延绵 2000 多千米的一大片珊瑚岛礁群，无论从长度还是面积都是世界第一，其面积大约为日本或者意大利的国土面积。大堡礁海域共有近 1000 个珊瑚岛和近 3000 个大大小小的珊瑚礁，其中最近的岛礁离澳大利亚海岸线只有十几千米。

离大堡礁最近的海滨城市是澳大利亚北部的凯恩斯（Cairns）市，离

鸟瞰大堡礁

悉尼有三个小时的飞行距离。由于城市不大，凯恩斯的机场也不大，从国内到这里都需要转机。凯恩斯和其他海滨城市不同，没有多少大型的度假村，也没有供人享受日光浴的海滩，主要的旅行项目都是围绕大堡礁展开。

通常，游客会花上至少一整天的时间乘双体游轮出海几十千米，云到珊瑚礁附近的浮动平台，以那里为基地开始观光和从事各种水下活动，这是唯一能够近距离接触珊瑚礁的机会。从城市前往浮动平台要一大早出发。我到达凯恩斯时已经是中午，因此只能在第二天前往，剩下来的半天正好安排一次乘直升机观光。

从凯恩斯的码头出发，乘直升机飞行十分钟就到了珊瑚礁非常集中的海域，可以从空中看到大堡礁的全景。珊瑚礁从天上很容易识别，由于那些地方的海水非常浅，因此从上往下看，呈现出非常漂亮的绿色。透过绿色的海水，可以看到白色的珊瑚，那是珊瑚虫死后留下的。如果水温和其他自然环境合适，在珊瑚之上（通常在珊瑚礁的边上）会长出新的珊瑚虫，这样珊瑚礁就会变得越来越大，越来越高，落潮时就会露出海面。然后，珊瑚会被风化形成细沙，在海浪的推动下慢慢堆积，形成珊瑚岛。如果有鸟类将植物的种子带到岛上，或者有风将蕨类植物的种子吹到那里，岛上就会长满植被。

从天空中鸟瞰大海，看到的景观和在海平面上看是完全不同的。远方海天交界处是深深的宝石蓝色，下方则是碧绿清澈的浅海，海水下面是白色的珊瑚礁，以及点缀着郁郁葱葱的植被的珊瑚岛。

第二天，我们一早便搭乘旅行公司的游艇，出海前往大堡礁，近距离观看珊瑚礁。凯恩斯有很多旅行公司专门提供这种服务，它们会一早把游客从酒店送到码头，再从码头前往珊瑚礁周边的浮动平台。在旅行旺季，这种一日游最好提前预定。

近距离体验珊瑚礁有三种方式：潜水、浮潜和乘坐玻璃船，它们的体验效果依次递减，当然难度也依次递减。

潜水难度最大，要穿上潜水服，戴上氧气瓶，下潜到大约 8 米深的地方，这样不仅可以看到珊瑚海中的各种美景，还能看到热带鱼、海龟和其他海洋动物。虽然旅行公司会有专业人员教授潜水技巧，但是下潜 8 米要多承受一个大气压，对人的身体是一个考验，身体不好的人不要勉强尝试。事实上，潜水对身体的影响会一直持续到第二天。

比潜水容易的是浮潜，也就是戴着专用的水镜和呼吸管，把头埋在水里游泳。浮潜也是技术活，由于海水的波动，即使游泳技术好的人也未必能在短时间内掌握呼吸管的使用技巧，因此最好在前往大堡礁之前做一些浮潜的练习。浮潜是观看珊瑚和热带鱼最方便的方式。

如果你是"旱鸭子"，或者只能勉强在游泳池游泳，那么只能选择乘坐被称为"半潜艇"的玻璃船去看海底的风景了。

大堡礁被认为是最值得一看的自然景观，如果想去看一定要趁早。由于全球变暖，海水温度升高，加上污染等其他原因，珊瑚虫大量死亡，因此大堡礁的面积在不断地萎缩，今后能否看到还是一个未知数。

浮潜时用水下相机拍摄的珊瑚

在凯恩斯，另外一个值得体验的项目是乘坐热气球，这也是难得的体验。热气球本身无法控制方向，风往哪里吹，它就往哪里飘。由于不同的高度风向不同，因此热气球是靠控制高度来间接控制方向。清晨，地表和天空温差较大，不同高度的风向变化较多，而且气流稳定，所以乘坐热气球都是在一大早。如果是冬天，太阳还没有升起，可以在天空中看日出。不过，年底是南半球的夏天，日出很早，等到热气球升空时，太阳早已高挂在天空。

乘坐热气球是非常有趣的体验，热气球远比想象的大得多，大约有十层楼高，驾驶员通过点火和熄火，控制热气球的温度，从而调整高度，这也是唯一能够控制方向和速度的方法。由于热气球飞行的高度并不

右边是给热气球点火，为升空做准备

热气球点缀的自然景观

高，只有几百米到上千米，而且行进的速度较慢，因此从上面可以非常清晰地看到地面上不同地形地貌的特色景观，甚至能看到很多奔跑的袋鼠，这些是乘坐飞机和直升机做不到的。作为一个海滨城市，在凯恩斯品尝当地的海鲜美食自然是必不可少的。当地有一家非常值得推荐的海鲜餐馆叫 Dundee's。它的食材新鲜，厨师烹调技艺高超，饭食可口，尤其是它的全套海鲜套餐价格非常公道，而且分量足，点一份套餐，全家可以大快朵颐。当地最有特色的海鲜是大泥蟹，因为生活在泥里而得名，其肉质非常细腻鲜美。不过，Dundee's 一年四季就餐的人总是很多，需要提前预订。在节假日前夕，一些日本客人甚至会提前两三个月就开始预订。吃完海鲜大餐，别忘了到码头上吹吹海风，看看夜景。

凯恩斯是一个节奏比较慢的城市，与我们日常的快节奏生活形成反差。在澳大利亚，我特意把时间安排得比较充裕，这样活动之余，在度假村坐下来喝杯茶，写点东西，读读书，或者思考一些平时无法静心思考的问题，不啻人生快事。我常想，忙碌不应该是我们生活的目标，它应该是我们获得闲暇的手段，只是我们常常忙碌得忘记了为什么要忙碌。其实去哪里旅行并不重要，获得闲暇、享受生活才是目的。

欧陆风情的墨尔本

我在澳大利亚的第三站是墨尔本。如果要在澳洲找一个最具欧陆风情的城市，就要首推墨尔本。

和亚欧大陆的城市相比，墨尔本的历史非常短，它在 1835 年才开始建城，1837 年以英国前首相墨尔本子爵的封号命名了该城市。到了 1851 年，殖民者在墨尔本周边发现金矿，于是来自世界各地的淘金者纷纷涌入，因此墨尔本又被称为"新金山"，而之前的淘金之都圣弗朗西斯科则被称为"旧金山"。

在澳大利亚的城市中，墨尔本的市区相对值得一看，那里有很多德国和意大利风格的建筑，非常漂亮。另外，它的皇家植物园规模很大，喜欢花卉摄影的朋友可以去那里展现自己的摄影技巧。墨尔本也是最早移居海外的中国人的聚集地，有规模很大的唐人街。当然，墨尔本主要的景观在郊外。

大洋路上的
爱丽丝湾灯
塔（Aireys
Inlet）

　　墨尔本周边最著名的景观是在它西边沿着滨海高速公路——大洋路
（Great Ocean Road）的海景，壮丽的海岸线穿梭于鬼斧神工的奇石
美景之中。

从墨尔本市区出发，开车大约三个小时，能到达澳大利亚最著名的海边景点——十二门徒石（The Twelve Apostles）附近，它们其实由一系列景点构成。从墨尔本出发看到的第一个景点是吉布森阶梯（Gibson Steps），所谓阶梯，是从那里能走到海滩上看悬崖。

如果是晴天，可以看到湛蓝的水天一色的美景。我去的时候时晴时雨，天气雾蒙蒙的，但是红土色的悬崖和绿色的海水形成鲜明的对比（非常浅的海，颜色是绿色的；非常深的海，颜色是深蓝的），有一种打翻调色板的感觉。由于天色比较阴沉，要把相机的饱和度调到最高，这样照片比较艳丽，但是颜色会略微有些夸张，下面这张照片的拍摄就是这样设置的。

吉布森阶梯

十二门徒石

沿着大洋路继续往西走，很快就能到达当地最著名的景点十二门徒石。那段海岸是由红土和沙石构成，质地松软，海浪侵蚀后，被切割成一个个小山似的礁石，矗立在海中，一共 12 个，故称为"耶稣的十二门徒"。不过由于这些年海水的进一步侵蚀，"十二门徒"只剩下八九个了。

沿着大洋路再往前开一点，是另一个景点洛克阿德谷（Loch Ard Gorge），这里的游人比十二门徒石海边少了很多，摄影比较方便，风景美得难以用言语来形容。

拱门

继续前行就到了下一个景点拱门（The Arch）。Arch 是"拱""桥
拱""拱门"的意思，桥孔被蔚蓝色的海水衬托，是摄影爱好者值得
拍照留念的景点之一。桂林著名的象鼻山其实也是类似的桥拱。拱
门不远处原本还有一个规模更大的天然桥拱——伦敦桥（London
Arch），但是已经被海水冲垮，如今只能看到半边石柱。

从伦敦桥再往前走到达石窟（The Grotto）。在那里可以走下海岸，
看到一个被涨潮时的海水冲出来的天然水池，平时池内海水平静清澈，

倒映出悬崖峭壁，景致和其他地方完全不同。由于离海岸较近，可以听到海水冲击石洞发出的巨响，体会惊涛拍岸的感觉。

一路看下来，到了石窟，说实在的，已经有一点审美疲劳了，虽然往前还有几个景点可以看，但是最精彩的已经结束。

在墨尔本，另一个必须去看的奇观是企鹅归巢。墨尔本地处澳大利亚南端，再往南 4500 千米，跨过南太平洋，就到了南极洲。墨尔本当地生活着一种小型企鹅，学名"菲利普岛小企鹅"。这种小企鹅平时在海里生活，到了傍晚则会上岸，回到位于墨尔本东南 130 千米的菲利普岛（Phillip Island）。每年全世界有上百万游客来到这里一睹企鹅归巢的生态奇景。

菲利普岛的自然保护区严格限制每天观看企鹅归巢的游客数量，因此想前往观看的人需要提前在网上预订座位。座位的价格根据位置分为四五档，从 25 澳元到 80 澳元不等。

除了最便宜的 25 澳元的入场券，其他档位的票都非常热门，需要提前几个月预订，但是我到了现场后发现，其实并不需要花太多冤枉钱买贵几倍的票。虽然贵的票位置靠前，但是离企鹅上岸的地点依然很远，座位前后差几米观看效果其实差别不大，而最好的观光点其实并不在观景台。如果出发前能准备好一个望远镜，会看得更清楚些。从墨尔本到菲利普岛，开车需要两个小时，为了在天黑前赶到菲利普岛，需要计算好时间及早出发。

企鹅是非常胆小（也因此显得非常萌）的动物，它们要等到太阳落山，猛禽都歇息后，才会从海里上岸回到自己的巢穴中。网站上会公布每个月企鹅归巢的时间。小企鹅在天黑之后上岸，先在海岸上聚集，确认没有危险后会排队一起走过沙滩，钻进灌木丛。如果它们感受到什么风吹草动，会马上溜回海里，因此观众千万不能吓唬它们。由于企鹅见到人类只是近百年的事情，它们其实不知道人为何物，这才使它们在人面前显得特别呆萌，因此保护区严禁游客对企鹅拍照，哪怕是不用闪光灯也不行。

企鹅上岸的时间大约会持续半个小时，但是它们走到巢穴大约需要一个小时，因此和企鹅最近距离的接触其实不是在海滩上，而是在它们归巢的路上。保护区在企鹅归巢的路径上方搭了甲板，观众可以在那里等待，看着成群结队的企鹅一摇一摆地慢慢走回家，那种景象恐怕除了在菲利普岛和南极，没有第三个地方能够看到了。

澳大利亚作为一个历史较短、地广人稀的国家，与历史悠久、人口众多的中国正好形成对比。它没有很长时间的文化沉淀，但是却有着其他大陆看不到的自然风光，这对生活在中国大都市的人来讲，有着特殊的吸引力。

意大利之旅

美第奇之城佛罗伦萨

在诸多意大利城市中，最有味道的当属佛罗伦萨。今天的佛罗伦萨是一个只有十几万人的小城，但是它在人类历史上的地位却非常重要，因为文艺复兴从那里开始，而欧洲近代文明又始于文艺复兴。因此，佛罗伦萨是意大利最有文化底蕴的城市。当然，这些已经成为历史，不过对我而言，今天这里依然是最悠闲、最浪漫的地方。

佛罗伦萨的繁荣始于中世纪，那时欧洲名城罗马早已没有了往日的辉煌，不仅破落不堪，而且充斥着贫穷和犯罪，但在中世纪人们的精神世界里，罗马依然占据着重要的地位，因为支配着人们（包括国王们）思想的教皇在那里。当欧洲各国的王室之间或者民间发生争议时，也常常请出罗马教廷来调停。于是，人们依然从欧洲各地络绎不绝地赶往罗马，而大部分人都会路经托斯卡纳地区阿诺河畔的一个小镇，在镇上一边休整，一边找律师办理去罗马教廷处理公事必需的手续，并找银行家兑汇罗马认可的货币。久而久之，这个小镇就发展成积淀着意大利文明的一个标志性城市——佛罗伦萨，并且它还成了欧洲当时的金融中心和纺织业中心。之后，它更成了可以和威尼斯、罗马抗衡的城邦共和国。

在 13 世纪末、14 世纪初，佛罗伦萨出了一位了不起的人物——但丁。人们通常理解的但丁是一个文豪，他被誉为旧时代的最后一位诗人，新时代的第一位诗人，他的传世之作《神曲》为今天的大众所知。这部作品沐浴着新时代的曙光，洋溢着人文主义的色彩。

但丁还是一个情圣，他在阿诺河畔的廊桥上遇到了他永恒的爱人贝雅特丽齐，那时贝雅特丽齐才 8 岁，但丁就爱上了她。若干年后，但丁再次遇到她时，她 21 岁，已为人妇，但丁怅然不已。又过了 3 年，24 岁的贝雅特丽齐病逝，但丁思念了她一辈子。在《神曲》中，贝雅特丽齐是引导他的使者。

我常想，世界上没有比但丁和贝雅特丽齐那样的邂逅更为浪漫的了。

但丁遇到贝雅特丽齐

在一个雨天，在阿诺河畔，我伫立在古桥上良久，想着但丁和贝雅特丽齐，想着在我退休后，就去佛罗伦萨陪伴他们。

中世纪末的佛罗伦萨政治并不清明，直到一个家族异军突起，一方面他们努力维系各种力量的平衡，另一方面善待平民，发展科学和艺术，让佛罗伦萨面貌一新。这就是历史上最富传奇色彩的家族——美第奇家族，没有他们，就没有米开朗基罗、达·芬奇和拉斐尔，就没有伽利略。

在佛罗伦萨，除了感受浪漫的廊桥，还要去看的地方是科西莫·美第奇宣告文艺复兴开始的圣母百花大教堂（Basilica di santa Maria del Fiore）。

圣母百花大教堂

科西莫·美第奇算是个富二代，但绝不是纨绔子弟，他在 25 岁时继承了家族的财富，他的志向是不仅要让美第奇家族走上政治舞台，还要给佛罗伦萨留下点名垂青史的东西。科西莫小时候常常到佛罗伦萨一个宏大的建筑中玩耍，那是一座没有完工的大教堂，有上百年历史，当时城里没有一个老人说得清这座教堂是从什么时候开始修建的，因为从这些老人的父辈甚至祖辈记事时起，它就已经在那里了。

佛罗伦萨人是虔诚的天主教徒，他们要为上帝建一座空前雄伟的教堂。圣母百花大教堂长达 150 多米，完成时高达 110 多米。但是，以当时欧洲人所掌握的技术，没有人能够给这么大、内部没有支撑的大教堂装上屋顶，于是每逢下雨这里就成了一个大水塘。

科西莫从小看到的就是这番景象，他长大后，希望能把这座大教堂的顶给装上，让这座有史以来最大的教堂成为荣耀家族的纪念碑。可这又谈何容易，整个工程持续了 14 年，中间一波三折，我在《文明之光》中详述了它的建造过程，限于篇幅，这里就不再赘述。简单地讲，就是科西莫和开创文艺复兴的建筑大师布鲁内莱斯基（Brunelleschi）一起合作将整个教堂完成了。这座教堂前后正好修建了 140 年，完工那年是 1436 年，标志着文艺复兴的开始。在教堂完工时，佛罗伦萨的市民潮水般涌向市政广场，向站在广场旁边的乌菲兹宫顶楼的科西莫祝贺。直到今天，这座教堂依然是全世界第四大教堂。

而乌菲兹宫，正是佛罗伦萨第三个值得去的地方。它曾是美第奇家族的官邸，今天是世界著名的乌菲兹美术馆（The Uffizi Gallery），里面收藏着大量文艺复兴甚至更早期的艺术品及古希腊、古罗马时期的雕塑。其中以波提切利的《维纳斯的诞生》、米开朗基罗的《圣家族》及达·芬奇的《三王礼拜》最为出名。

在文艺复兴时期，科西莫的孙子洛伦佐·美第奇大规模供养艺术家，被称为"豪华者"（The Magnificent）。我不知道是谁将其翻译成了"豪华者"，但更准确的翻译应该是"伟大的人"。的确，洛伦佐·美第奇堪称伟大，他不仅发现、培养和资助了一大批艺术巨匠，其中包括享誉世界的波提切利、达·芬奇和米开朗基罗等人，更是对欧洲人文主义的诞生和发展产生了重要的影响。

讲到佛罗伦萨的文艺复兴，大家就会想到米开朗基罗和大卫像。大卫像原本市政府是打算交给阿戈斯蒂诺（Agostino）完成的，但是他开工以后，觉得自己能力不够，便请市政府另请高明，市政府找过达·芬奇等著名艺术家，但是达·芬奇迟迟不能开工，于是只好再找别人，最终当时只有 26 岁的米开朗基罗接下了这个任务，并且完成了这个旷世名作。

大卫像原本立于市政广场。1873 年，为保护雕像，大卫像被转移到佛罗伦萨美术学院的画廊内，市政广场那里放了一个高仿作品，如果不对比真迹，很难看出那是仿品。我在佛罗伦萨看到仿品时就已经惊叹不已，而等看到真品，马上又体会到两者之间的差异。

市政广场有很多雕塑名作，几乎每一个在艺术史课程里都会被讲到，它们中比较有名的包括下面这些。

1. 切利尼的《珀耳修斯和美杜莎的首级》。这个雕像的有趣之处在于珀耳修斯前后有两个面孔，前面的当然是珀耳修斯，雕刻在背面的则是切利尼自己的面孔。关于美杜莎的故事，简单地讲，她就是希腊神话版的李莫愁——为情所困，然后专害男人。

2. 詹波隆那的《强掳萨宾妇女》。这个雕塑围绕一个中轴螺旋展开，曲线的表现堪称一绝。

3. 阿曼纳蒂的《海神喷泉》。这个雕塑气势恢宏，细节表现完美。但是米开朗基罗认为匠气过重，灵气不足，浪费了好好的一块大理石。大家如果不同意他的说法，不妨去亲眼一见。

《珀耳修斯和美杜莎的首级》 《强掳萨宾妇女》

其他比较有名的还有詹波隆那的《科西莫一世骑马雕像》、多纳泰罗的《狮子》、多纳泰罗的《友第德与何乐弗尼》和邦迪奈利的《海格力斯和凯克斯》。

至于大卫像的原作，要到佛罗伦萨美术学院去看。这所美术学院占地面积很小，但名气却很大。历史上不仅达·芬奇、米开朗基罗、提香、瓦萨里等艺术家在那里学习过，但丁、伽利略等其他名流也是它的校友。直到今天，它依然和英国皇家美术学院、巴黎美术学院、俄罗斯的列宾美术学院齐名，共称"世界四大美院"。除了大卫像，佛罗伦萨美术学院里还保留了很多米开朗基罗刻废掉的大理石作品,那些刻了一半的作品水平也很高,但是米开朗基罗依然觉得不完美,就放弃了。从那些废弃的作品中可以看出,成功的背后有很多看不见的努力。

除了上面这些地方,在佛罗伦萨还有一个必须去的地方,它是一个外表非常不显眼的教堂——圣·洛伦佐大教堂(Basilica di San Lorenzo)。这座教堂从外面看上去很破旧,与佛罗伦萨美轮美奂的建筑和艺术相比,很不相称。但是那里有米开朗基罗最重要的两组(四座)雕塑——"昼与夜"(day and night)和"晨与昏"(dust and dawn)。另外,圣·洛伦佐大教堂里的拱廊精美豪华,那是布鲁内莱斯基的杰作。顺便提一下,圣·洛伦佐大教堂其实是美第奇家族的"家祠"。

"昼""夜""晨""昏"实际上是前文提到的两位美第奇家族成员墓前的四座雕塑。在欧洲,最有名的人都是葬在教堂里面(如威斯敏斯特教堂里的牛顿墓)。其中"晨与昏" 是米开朗基罗为他的赞助人、伟大的洛伦佐精心雕刻的。这四座雕塑,规模并不大,但是艺术成就较高,不仅因为它们做到了和真人一样栩栩如生,更关键的是每一尊都有罗丹的作品《思想者》那般的神态,它们合在一起会让你体验到生命的不同阶段,生与死的哲学,可谓更早的、用大理石雕塑的"思想者"。

佛罗伦萨的主要景点在阿诺河的北岸,而且位置比较集中,步行就能到达。从市政广场往南走不远,是一座古桥(也称为廊桥),横跨在阿诺河上,连接两岸。那座桥的原桥可以追溯至但丁时期,距今有800 年左右的历史。桥上两侧是大小商铺,中间是人行道。"二战"

期间阿诺河上的桥梁全都被盟军炸毁，因此今天看到的都是后来重修的。不过穿过廊桥，依然能体验到几个世纪前的意大利风情。

穿过廊桥到河的南岸，最值得一去的地方就是美第奇家族后来的宫殿碧提宫（Palazzo Pitti）。碧提宫最早由当地一个从事纺织的富商修建，后来被美第奇家族买去，变成自己的府邸。据当地人讲，这是欧洲第二大的宫殿，仅次于凡尔赛宫。碧提宫的主建筑今天是个博物馆，里面藏品的数量似乎不亚于乌菲兹美术馆，只是后者藏品质量更高。在碧提宫里，不仅有佛罗伦萨艺术家的作品，还有提香等威尼斯画派艺术家们的作品。碧提宫后面是一个非常漂亮的大花园，转上一圈要一个小时左右，而且在日落前一个小时就不接待游客了，因此要去看碧提宫花园需要提前安排好时间。

佛罗伦萨也是一个购物的好去处，那里品牌店很多，而且价格便宜。但是，千万不要把时间都花在购物上了。奢侈品在哪儿都能买到，但是文艺复兴时期的艺术成就和文化氛围只有在佛罗伦萨才能体会。

佛罗伦萨有很多漂亮的教堂，但是如果你看多了就会觉得，那不过又是一个教堂而已。在那些教堂中，有不少名人的墓，如果你忌讳拜谒墓地，可以忽略它们。不过在圣十字教堂（Holy Cross Church）里有两个墓地值得拜访，它们是米开朗基罗和伽利略的墓地，其位置也在一起。米开朗基罗去世那年，伽利略刚好出生，因此人们讲那是一个时代的结束，也是新时代的开始，可以理解为一种精神的延续。伽利略后来当了美第奇家族的家庭教师，并且受到该家族的资助和保护。

可以说，没有美第奇，也就没有伽利略的成就。

文艺复兴和佛罗伦萨的一切，似乎都和美第奇家族联系在一起。美第奇家族不仅影响了佛罗伦萨，而且影响甚至控制着欧洲的政治和经济长达两个多世纪。他们家族出了四个教皇，两个法国王后，以及无数的大公和贵族。在这个家族中，最牛气的还是被称为"豪华者"的洛伦佐·美第奇，他在世的时候，佛罗伦萨完全可以和罗马分庭抗礼。通常情况下，教皇如果对世俗的权力不满意，世俗的王公贵族会选择屈从或者谋求和解，而洛伦佐则是直接把教皇给换掉。美第奇家族也是当时全世界最富有的家族及人类历史上最富有的家族之一，就连教皇的钱也是由他们管理的。

美第奇家族的女性也不简单，其中一位是嫁给法国国王的凯瑟琳王后，她将美第奇家族的优雅生活方式带入了当时非常落后的法国宫廷，她教会了法国人社交礼仪、使用刀叉、烹饪美食和讲究时尚，并且写了本相当于贵族生活指南的《生活的绝妙论说》。今天法国人以优雅著称，这个传统始于凯瑟琳王后。美第奇家族出的另一位王后就是"太阳王"路易十四的奶奶。

在历史上，大家熟知的罗斯柴尔德家族其实远不能和美第奇家族相比，因为前者除了钱和几个酒庄，什么遗产都没有留下，而且到今天，他们连钱也剩不下多少，但美第奇家族则不同，他们开创了近代历史。每次我想到美第奇的家族史，就在思考这样一个问题：我们应该为后世（包括自己的子孙）留下什么？

艺术米兰

之前曾去过意大利三次，但是一直没去米兰。在我的印象中，它有点像中国的上海。米兰是今天意大利的商业之都，不如罗马、佛罗伦萨、威尼斯等地的艺术气息浓厚，自然风景又不如意大利南部优美。很多人到米兰最重要的目的是购物，那里确实是购物的天堂，但是我对此兴趣一般。因此，几次到了米兰附近，都没有专门到城里去看看。2017 年夏天，我第一次到米兰，本来只是从苏黎世返回美国时顺便看看，但是到了米兰，我的印象有所改变，因为它的文化氛围比我想象的要浓厚得多。在那里待上两三天，可以进一步了解意大利和西方其他地区的文化。

让我改变印象的一方面是米兰本身，另一方面要感谢当地一个志愿者，他向我介绍了他们的志愿者组织传播当地历史文化的工作，并且给了我一份特殊的地图，标上了米兰最值得去却不为大多数旅行者所知的很多景点，我按照地图花了两天时间走访了很多米兰的大街小巷，收获满满。

到米兰要做的第一件事情是去看看达·芬奇的名画《最后的晚餐》。它在非常不起眼的圣玛利亚德尔格契修道院里，并且不在教堂大厅中，而是在它的食堂墙壁上。这幅壁画是文艺复兴极盛时期的代表作之一，在历史上其重要性要远远超过达·芬奇的另一幅名画《蒙娜丽莎》。但遗憾的是它被毁坏得很厉害，虽然经过几次修复，但也很难看到它原来的细节了，因此人们对它的兴趣不如保存完好的《蒙娜丽莎》大。

在圣玛利亚德尔格契修道院里看到的《最后的晚餐》的真迹（因为拍摄时是仰视，因此图形会呈现下小上大的情况）

《最后的晚餐》有五个看点。

首先，自然是它所描绘的故事。这个大家都熟知，耶稣在最后的晚餐时和十二门徒讲述了犹大出卖他的事情。这件事，在西方的历史上不断被作为谈论的题材，甚至作为研究心理学和道德的案例。这个题材让《最后的晚餐》有了看点，后人从画中每个人的表情和动作，还原出当时的场景和每个人的内心活动。

《最后的晚餐》剩下的四个看点体现在艺术和历史两个层面。先说艺术上的两个看点。

其一，达·芬奇在这幅画中尝试了很多新的画法，并为此自己调制了颜料。这幅名画完成的时间大约在 1495 年至 1498 年，那时油画形式还没有成熟，大部分画家是在墙壁上和木板上作画。而在墙壁上作画一般是湿壁画，即趁墙上的石灰浆干之前完成绘画（颜料混在石灰浆中），这就要求画家一次完成，不能修改。这和后来的油画有很大区别。

达·芬奇与其说是画家，不如说首先是发明家，他总是尝试将各种技术运用到绘画中。在《最后的晚餐》中，达·芬奇用鸡蛋和牛奶调制颜料，在干燥的墙壁上作画。这项发明让《最后的晚餐》在完成时非常漂亮，但是仅仅 50 年后，它就开始从墙上剥落，在随后的几个世纪里，该修道院和意大利政府一直在费尽心思修补这幅名画。

其二，《最后的晚餐》是最早成功使用透视法的绘画之一，它让这幅画达到了逼真的视觉效果。此外，达·芬奇巧妙地构想出光线从光源（画中的右后方）到每一个点的视觉效果，并体现在画中，这成为之后西方艺术家理解光与影的教案。

从历史层面看，第一个看点是这幅名画命途多舛的历史。除了因为"先天不足"很容易被损毁外，它还遭受到很多次人为的损害，既包括教堂人员无意的损害，也包括战乱带来的破坏（主要是拿破仑战争和第二次世界大战）。因此，这幅画折射出了意大利的近代史。

第二个看点是修复过程。它最后一次大规模被修复是从 1982 年至今，由艺术史女教授比宁·布拉姆比拉（Pinin Brambilla Barcilon）主持。这个工作非常费力不讨好，因为不论你如何修复，总有人反对。比如，有的评论家说修复后颜色太亮了，同时也有人觉得太暗了，总之众口难调，但这种事情总要有人来做。在修复的过程中，最有意思的是各个艺术史家和宗教学家总是能从中发现各种各样的线索，有各自对于这幅画的解读，这有点像中国人解读《红楼梦》。

观赏这幅名画并不难，但是要提前预约时间，教堂每 15 分钟只接待 20 位参观者，你可以非常仔细地欣赏它，不像《蒙娜丽莎》那样，面前永远人山人海。

到米兰一定要看的还有米兰的主教座堂（意大利语：Duomo di Milano）。这是全世界面积第三大，体积第四大的大教堂，它从 14 世纪开始建造，到 1960 年才将最后一扇铜门安装完毕，前后历时近 6 个世纪。

不过，在我了解了米兰大教堂建造的过程后，又增加了一点新的理解——量入为出的原则。今天很多国家搞建设，为了追求速度，都是以举债的方式进行。如果建设项目本身能盈利，倒也罢了，如果是像奥运会场馆那样的一次性项目，后来则常常成为财政的负担，远的有加拿大蒙特利尔奥运会场馆，近的有巴西里约奥运会场馆，均是如此。过多举债最后的结果无一例外都是破产。

然而，你没有听说过教会破产，其原因从财政上讲，它们永远量入为出。米兰大教堂建设的费用全部是教徒捐的，圣家族教堂也是如此。因此，有钱它就建得快些，没钱就停工，就这样建设了几百年。不过，不论它建得快还是慢，在质量上从不马虎。

米兰大教堂有很多看点，后面会列上教堂参观及摄影要点的清单。此处只强调三点。

第一，参观教堂时千万不要在门口拍照留念就完事了，这样还不如用Photoshop 在明信片的基础上做一张你和教堂的合影，至少明信片上的照片效果比 99% 的人拍得好。米兰大教堂体现了西方建筑的最高成就，有很多看点。

米兰大教堂外景（对比虚化掉的人群，可以体会它的高大）

第二，参观完米兰大教堂的屋顶，你就清楚什么叫做细节了。这座大教堂的每一根立柱，每一个小尖顶都精雕细琢，整个教堂建筑有上千个人物和物件的雕塑，其复杂程度远超世界任何其他的教堂，甚至包括梵蒂冈的圣彼得大教堂。

第三，由于它建造的时间太长了，因此包含了哥特式、文艺复兴式、巴洛克式和（新）古典式等多种建筑风格，这使得教堂的建筑风格十分独特。

米兰大教堂的屋顶

米兰大教堂的上半部分是哥特式的尖塔，据统计共 138 座，最高的尖塔高达 108.5 米。而下半部分是典型的巴洛克式风格，极尽繁复之美。教堂建设的过程横跨整个文艺复兴时期，因此其完整体现了这一时期的艺术特点。

《最后的晚餐》和主教座堂无疑是米兰最为人们熟知的景点。但米兰的文化看点远不止这些，很多看点并不起眼，大部分游客不会注意到，比如圣莫里西奥·莫纳斯（San Maurizio al Monastero Maggiore）教堂，它规模不大，外观也不算吸引人，但是非常有特色。

首先，它的年代久远，建成时间距今已有 499 年，并且保存完好，中间没有被毁坏过，因此你看到的都是货真价实的古董。

其次，也是最突出的特点，就是教堂四壁布满了壁画和油画，那些画作很多是出自文艺复兴时期的名家之手，而整个教堂的采光设计非常好，不像很多教堂那么阴暗，而是在任何时候都充满阳光。

最后，教堂中有一架近五百年前建造的管风琴，至今依然保存完好，教堂也会经常举行音乐会，或者短节目表演。当你听到一个五百年前的乐器演奏出美妙的音乐时，会是一种什么样的感觉呢？

如果你在米兰只有一天时间，参观完上述几个地方时间就差不多了。如果再能有一天，可以考虑去下面 8 个景点看看，它们都极具文化特色，并且都在室内，一天就能转完。

圣莫里西奥·莫纳斯教堂

1. 火车站：米兰的中央火车站从外表看像是一个宫殿，这是世界上最漂亮的火车站之一（或许没有之一）。想拍照的朋友需要注意，它实在太大了，以至于只有鱼眼镜头才能拍下全景，因此不如对它的局部进行构图、拍摄。

2. 现代艺术博物馆（Collezione Grassi）：它原来是一座宫殿，现在改成了博物馆，是米兰主要的艺术博物馆，里面收藏了不少米兰艺术家的作品。

3. 桑塔玛丽亚教堂（Basilica di Santa Maria）：在这里主要是观赏15世纪的建筑结构和绘画，它们距今也有500多年了。

4. 圣吉奥万尼教堂（Cripta di San Giovanni in Conca）：早期的基督教堂，最早的建筑已经毁坏，但即便是重修的建筑也可以追溯到 11 世纪，这比我们现在所知道的主要的大教堂历史都要悠久，相当于中国北宋时期。今天，要在中国找到北宋时期的建筑很难，但是这座教堂却实实在在存在了千年之久。

5. 圣维托尔科尔波大教堂（Basilica di San Vittore al Corpo）：8 世纪的建筑，相当于中国唐朝时期，今天依然美轮美奂。

6. 大音乐家威尔第之家（Casa Verdi）：这是音乐爱好者的好去处。歌剧创作之王威尔第是米兰人，也是这座城市的骄傲，米兰每年 9 月、10 月都会举行威尔第音乐节。

7. 圣安东尼奥阿巴特教堂（Chiesa di Sant Antonio Abate）：这是在一个 4 世纪的神庙的基础上改建而成的教堂，于 13 世纪改建，距今也有 800 年了，里面有很多米兰画家的精品绘画。

8. 米兰大教堂的购物中心也值得一看，这是世界上最漂亮的购物中心之一。

西方很多教堂在历史上曾是修道院（比如说巴黎圣母院），教士、男教徒和修女们住在里面，有点像中国的庙或者庵。直到今天，它们依然在接待客人。如果在里面住上一两天，对了解基督教文化则颇有帮助。

教堂看点的清单

通常，教堂都是西方存在时间最久的建筑，好的建筑师都梦想设计一座能令自己名垂青史的教堂。耶鲁大学的主图书馆从外观上看就非常像教堂，因为它的建筑师罗杰斯（James Gamble Rogers）在为耶鲁设计了很多建筑之后，最后的愿望就是设计耶鲁的教堂，但是大学却请他设计图书馆，于是他就将图书馆设计成了教堂的模样。可以讲，西方的教堂集宗教、文化、历史、艺术和建筑风格于一体，对于希望深度体验西方文化的旅行者来讲，非常值得一看。

很多人看教堂注重规模和名气，并且往往到了那里匆匆拍一张照片就走。如果是这样，还不如把旅行中宝贵的时间用到别处。另外，还有很多人在教堂照相时不做准备，拿一个手机和自拍杆就去了，最后发现在外面照不全，在里面又因为太黑照不清楚，不免留下遗憾。因此，参观大教堂要做点准备。我把自己参观教堂的经验整理成如下清单：

1. 出门前最好了解一下教堂前有没有广场，如果没有，那么从教堂外部摄影是非常困难的，除非有超广角镜头，否则就不要试图将整个教堂拍摄完整，倒不如选取它有特色的局部进行拍摄。另外，教堂内通常非常黑，如果没有高 ISO 的相机，一般也拍不出好的效果。在教堂内摄影，ISO 最好设置在 1600 ~ 2000，否则大部分相机会因为曝光时间过长而拍得模糊。另外，教堂里一般不允许使用闪光灯，甚至不允许拍摄，即使用闪光灯，也不足以将巨大的教堂照亮，因此不要试图通过闪光灯增加亮度。

2．看教堂首先看建筑。很多新教的教堂以功能为主，没有太多艺术性，不太值得参观，比如赫尔辛基市政广场中央的大教堂，体积倒是不小，但里面空空如也，不看也罢。参观教堂最好选择天主教堂，或者英国国教教堂。教堂的建筑风格根据年代从古至今基本上可以分为哥特式、文艺复兴式、巴洛克式和新古典主义。

早期的大教堂大多是哥特式的，特点就是外部的尖顶，从内部看像是一片森林的支柱。这主要是因为当时欧洲大陆的日耳曼人来自于森林。躺在树下仰视天空，就是那个感觉。哥特式教堂一般宽度有限。

到了文艺复兴时期，欧洲人掌握了修大圆顶的技巧，这样就可以建造内部空间特别大的教堂，比如梵蒂冈的圣彼得大教堂。

到了巴洛克时期，欧洲人将教堂的内部修得恢宏而繁琐，最大的特点就是立柱、飞檐和典雅而考究的拱顶，这主要是因为当时的教会要炫耀自己的财富与权势。

再往后到了 18 世纪左右，新古典主义开始复苏。所谓新古典主义，是相对古希腊和古罗马时期的古典时代而言的，其特点和古希腊、古罗马时期的艺术特点非常相似，因此在新古典主义的教堂中多少能看到一些古希腊建筑或者古罗马万神殿的特色。当然，像米兰大教堂这样修了 6 个世纪之久，什么特点都能看到了。

3．教堂内的窗户是一大看点。几乎每一扇教堂的窗户都是为了展示从天堂而来的五颜六色的圣光，而用彩色的马赛克玻璃拼成的。比较考究的教堂会用彩色玻璃拼出非常漂亮而复杂的图画，以赞美上帝。在文艺复兴之前，威尼斯凭借出产这种彩色玻璃而获得了巨大的财富。

当时若买不起昂贵的彩色玻璃，便会在教堂里画上壁画和木板画，这反而让绘画艺术得到了发展。在米兰大教堂里，其正面三扇大的彩色玻璃窗中最右面的一扇依然是 16 世纪时采用古老的方法拼出的图画，画中每一片形状不同的彩色玻璃，是用熔化的铅液粘住的。

4. 重点关注教堂的壁画和内部的雕塑。教堂里很多壁画都是大师之作，且不说达·芬奇的《最后的晚餐》、米开朗基罗给西斯廷教堂画的《创世纪》，在其他教堂里的很多画，比如佛罗伦萨大教堂里的《最后的审判》和《但丁与神曲》都算得上是旷世名画；很多教堂里的雕塑也非常著名，除了我在前文提到的米开朗基罗的"昼与夜""晨与昏"外，圣彼得大教堂里的《圣母子》（米开朗基罗的作品）可能是教堂内最为著名的雕塑了。

5. 如果不忌讳，可以拜谒一些名人墓，其中最有名的当属伦敦威斯敏斯特教堂中的牛顿墓。在西方，只有最牛的人死后才能葬在教堂里。我比较敬仰的教皇格里高利十三世的墓在圣彼得教堂中，今天我们使用的日历就是格里高利十三世主持修订的，因此也被称为格里高利历。

6. 如果时间合适，可以去欣赏管风琴表演或者音乐会，这是在国内听不到的。

7. 教堂的摄影一般要用广角镜头。有些教堂外面有巨大的广场，比如梵蒂冈的圣彼得大教堂，可以站得比较远进行拍摄。由于城市人口的增长，今天大部分教堂都很难在前面开辟一个开阔的广场，想近距离将整个教堂拍下来，只有用广角镜头。如果使用广角拍人像，人最好站在中央，如果人站在两边会显得偏胖。这个技巧也适用于拍摄大合照，站在中间的人总是显瘦，这是由相机镜头决定的。

米兰大教堂
内景

日落时拍摄教堂的效果比较好

在教堂内摄影，如果拍人像最好蹲下来拍，这样可以以教堂全景为人物背景。教堂通常高度较高，将相机画框竖起更好。通常教堂的前部和天顶是很好的拍摄对象，但一定要注意端平相机，站到中轴线上，以获得更完美的成像效果。

拍教堂外景要讲究时间，如果是逆光拍照，除非你很有技巧，否则拍出来的只有轮廓。大部分时间拍教堂要寻找顺光的时间。另外，大部分教堂是在日落时和晚上最漂亮，最适合拍摄。

8. 如果有可能，参观时最好领取讲解机。教堂里有很多细节，如果没有讲解便会错过很多信息。

德、奥小城之旅

2017 年夏季和秋季，我去了德国南部和奥地利三次。德意志地区的人们虽然都说德语，但是北部和南部宗教文化差异较大。北部是马丁·路德宗教改革的大本营，今天这里的大部分人信奉新教（即我们说的基督教），而南部依然是传统的天主教地区。两个地区的人甚至没有太多认同感，在今天德国东南部的巴伐利亚地区，当地人依然很自豪地讲他们是巴伐利亚人，只不过拿着德国的护照而已，他们在生活习惯上也和临近的奥地利人非常接近。从旅行的角度看，德国南部和奥地利的小城镇，远比北部的大城市有味道，这才让我一次次往这里跑。

多瑙河上的明珠

在 6 月仲夏之际，我从德国名城纽伦堡出发，沿河乘船一路往下漂，途经德国的雷根斯堡（Regensburg）、帕绍（Passau），以及奥地利的林茨（Linz）和维也纳（Vienna），最后到达匈牙利的首都布达佩斯（Budapest）。这条线路上的城市也可以坐火车游历，坐船只是为了省去来回搬行李和赶路的麻烦，当然也失去了一些灵活性。

纽伦堡的出名恐怕是因为历史上那次针对纳粹头目的世纪大审判——纽伦堡审判。当时之所以把审判的地点选在纽伦堡有两个原因。首先是当时那里有美国驻军，比较安全，毕竟第二次世界大战刚结束时德国人心不稳；其次纽伦堡是纳粹起家的老巢之一，在那里对纳粹战犯进行审判在政治上更有象征意义。

不过，纽伦堡的重要性不仅仅体现在这一件事情上。早在神圣罗马帝国时期，纽伦堡是坚决支持皇帝的城邦，因此得到了很多免税优惠，在历史上它的商业发达，算是中欧的名城。从 19 世纪末开始，巴伐利亚成为德国经济最发达的地区，作为巴伐利亚州第二大城市（第一大是慕尼黑），这里聚集了很多公司，其中就包括为人所熟知的电气和工程的巨头西门子公司及体育用品巨头阿迪达斯公司。这些公司并没有留在老城，而是搬到了近郊，老城则成为世界文化遗产。

纽伦堡古城周长 5 千米，无论是外面的城墙，还是里面的要塞、教堂、市政广场，以及老市场都保存完好。每天上午集市开放，各种食品和

纽伦堡旧城

新鲜水果琳琅满目，走在几百年前的街道上能够感受到一份经典怀旧的浪漫。因此，纽伦堡的老城区更值得关注。

作为纳粹的老巢，纽伦堡多少会留下一些历史的痕迹。第二次世界大战前，希特勒试图在当地修建一系列纳粹的标志性建筑，以彰显权力和成就，不过很多建筑并没有完成。为了将第三帝国和过去的罗马帝国联系起来，希特勒在德国建造了很多古罗马风格的建筑，包括在纽伦堡建造的仿罗马斗兽场的环形剧场，今天这座建筑已经废弃。另外一座第二次世界大战时期的建筑今天被改成了 F1 赛车德国站的赛场。由于德国的汽车工业发达，很多汽车厂将这个赛道作为测试汽车性能的地方，跑车的一项重要技术指标就是以在纽伦堡赛道跑一圈的时间为准的。

作为北方文艺复兴的中心，纽伦堡地区的文化一直很发达，出自这里的名人包括北方文艺复兴时的大画家丢勒和 19 世纪的歌剧大师瓦格纳（Wilhelm Richard Wagner），后者以当地的文化为背景写下了著名的歌剧《纽伦堡的名歌手》。

从纽伦堡沿多瑙河而下，很快就到了德国另一个古城雷根斯堡。雷根斯堡是德国少有的保存完好的古城，建于 12 世纪，曾经是欧洲从东方进口香料的中转站。商人们为了炫富，习惯于买下当地的黄金地段，拆掉老旧的住房，盖一个更高大的宫殿般的豪宅。在随后的两百多年里，雷格斯堡不断地修建更新更大的高楼（按照当时的标准），在历史上这个面积不大的城市修建了大约 60 个宫殿式的豪宅，最高的有 30 米，大约 10 层楼高。

多瑙河畔的村落

多瑙河畔的日落

如果按照这种建了拆，拆了再建的方式发展，这里的古建筑早已荡然无存了，这个趋势在 15 世纪末被终止。当时奥斯曼土耳其帝国崛起，当地的香料贸易被中断，失去了主要经济来源的雷根斯堡不再有大量资金建设新的建筑，这反而让当地的老建筑得以保存下来。当然，更幸运的是，在第二次世界大战时这里居然没有遭到盟军的轰炸，因为德军主动退出了该城，拥有 800 多年历史的古城得以完好保存，今天在雷根斯堡依然能够看到大约 20 栋 500 年前的高楼。

在雷根斯堡，可以花上一天的时间去参观它的古城及郊外不远处的维尔滕堡修道院。在古城中，除了各处旧日的"高楼"外，最好的景致在横跨多瑙河的旧桥附近，那座 300 多米长的石拱桥建于 12 世纪（具体来说是 1146 年），至今已经 800 多年了，历史比中国的卢沟桥（建于1192 年）还要久远一些。它经过了 8 个世纪的雪雨风霜，虽然不断在修补，但今天依然是当地的交通要道。步行穿过旧桥，从多瑙河对岸回望雷根斯堡，可以看到古城的全貌，包括塔高超过百米的圣彼得大教堂。

当地关于大教堂和旧桥有这样一个传说：石桥的建筑师和大教堂的建筑师打赌看谁先完工，石桥的建筑师为了赢得比赛便同魔鬼做了交易，如果魔鬼帮助他获胜，就将得到最初三个过桥人的灵魂。于是，在魔鬼的暗中帮助下，石桥的建设突飞猛进，最终率先完工。这时魔鬼来向建筑师索要许诺，但建筑师把三只鸡赶过了桥，魔鬼大怒，把石桥压成了弯曲的拱形。

今天我们都知道拱形是出于力学上的考虑，事实上，在 1273 年大教堂

维尔滕堡修道院

雷根斯堡的旧桥、老房和大教堂

建立之时，旧桥已完工一百多年，关于旧桥的传说也已家喻户晓。世界各地民俗文化各异，其中传说是最易被人们理解和认同的。

从雷根斯堡沿多瑙河逆流而上可以到达风景优美的维尔滕堡修道院。欧洲的修道院，多数可以提供对外的接待住宿，不过由于教徒们生活清苦，不要指望他们的住宿条件有多好，它除了提供一张床、一张桌子外，并没有什么特别的设施（如无线上网）给游客。欧洲修道院的另一个特点就是大多有酿制的上好啤酒。欧洲的教士虽然日子清苦，却并不忌酒，但是他们很少到市场上买东西，饮食和用具都要自己做，特别像维尔滕堡修道院所属的本笃教派 **8**，或者圣方济各教派 **9**。教士们酿酒原本也不是为了牟利，既不会偷工减料，也不会急于求成，而是本着一种虔诚的心仔细做事情，加上是酿制生产，质量自然好。

说到宗教，还要提一句，作为天主教地区，雷根斯堡近年来出的一个名人就是上一任教皇本笃十六世。

从雷根斯堡继续沿多瑙河而下，就到了德国的边境城市帕绍，这里往东是奥地利。帕绍不仅是三国交界之地，也是多瑙河、因河（Inn）和伊尔茨河（Ilz）的交汇地，因此帕绍有"三河城"（德语：Dreiflüssestadt）之称。帕绍还是一座大学城，整个小城连同周边地区不过 5 万人，却有四分之一的人口是在校的大学生。帕绍地属经济发达的巴伐利亚州，失业率极低，整个小城非常平静祥和，治安很好。

帕绍的历史可以追溯到古代凯尔特人（Celts）拓垦时期，但是那段历史没有留下什么文字记载，到了 1 世纪，罗马人在此建立了军事要塞，有文字的记载始于这段时间。到了欧洲的封建时代，巴伐利亚人逐渐占据了该地，并且接受德意志王国和神圣罗马帝国双重辖制，当地的统治者有了亲王（大公）和主教两重身份。13 世纪初，当地人在多瑙河北岸的山坡上建立了一个城堡，就是今天威斯特·奥伯豪森城堡的

---

8 本笃教派：天主教教派之一，529 年由贵族出身的意大利人本笃所创立。

9 圣方济各教派：天主教教派之一，1209 年意大利阿西西城子弟方济各（Franciso Javier）得教皇英诺森三世批准成立。

所在地（Burg Veste Oberhaus）。几年后帕绍获得城市权，从此帕绍就从一个贵族的领地变成了欧洲早期的城市，而原来的领主（当时他的爵位相当于侯爵）保留管理城市的权力。在欧洲封建时代的后期，住在城堡里的领主们和生活在城市里的大众差别巨大，城市相对自由，而在贵族的领地内则进行专制统治。欧洲封建制灭亡的过程，基本上就是城市取代城堡的过程。但是在帕绍，这种对立并不存在，或者说不明显。1552 年斐迪南（Ferdinand）大公代表神圣罗马帝国的皇帝查理五世在该市签订了宽容新教的《帕绍合约》。当然，全欧洲新教（基督教）和旧教（天主教）的势力范围基本确定，大家开始和平相处，却是 100 多年后的事情了，这中间经历了无数的争斗和战争。

帕绍这座小城长期体现着人类宽容和合作的精神。在第二次世界大战期间，该城并没有遭到轰炸，市长号召市民打开城门迎接美军，具有 300 多年历史的建筑都得以完好保存。就在美军进入该城几小时后，苏军也攻到城下，并因当地的占领权问题和美军发生了争议。经过美苏代表近一天的谈判，最后苏军同意后撤，将该城交由美军控制，后来也因此被划入联邦德国的版图。

帕绍在历史上并没有受到多少入侵和人为破坏，但是却经历了很多次自然界的威胁——多瑙河的河水会时不时地泛滥。帕绍的南部实际上是一个两河交界的三角洲，每次泛滥时就有可能淹没河岸两旁的街道，并且一直蔓延到纵深几百米处，水位能淹掉两层楼。人类在征服自然的时候，或许更应该思考的是如何与自然界相处。好在德国一直有灾备预算，会给予当地民众修复房屋和购置新家具的全部费用。

圣史提芬大教堂内景

圣史提芬大教堂（St. Stephansdom）是帕绍城中最高，也是最著名
的建筑。教堂属于巴洛克风格，以精致华美著称，相比欧洲许多著名
教堂而言其规模并不大，但是内部恢宏壮观、装饰华美。它的独到之
处在于内部陈列有世界最大的教堂管风琴，铜管的数量超过 2 万个。
那里几乎每天都会举行几场小型管风琴音乐会，到帕绍一定要去听世
界最大的管风琴表演。

说起德国的产品，可能你首先会想到汽车和照相机，其实德国的钟表

圣史提芬大教堂内的管风琴

也很有名。其中格拉苏蒂（Glashütte Original）的手表被誉为德国的百达翡丽（Patek Philippe），价格和同档次的百达翡丽相差不多。相比手表，德国更有名的是钟，世界上最有名的立式大钟和座钟的机芯都是德国制造。虽然到德国旅行的人一般不会购买一个几百公斤重的立式大钟回家，但当地另一种工艺品则很受旅行者的欢迎，那就是布谷钟（Cuckoo Clock）。

布谷钟是一种 30 ~ 50 厘米高，20 ~ 30 厘米宽的挂钟，外观造型通常为乡村小屋，每到整点会发出布谷鸟的叫声，到了几点小屋里的铁匠就敲几下钟，之后会奏一段音乐，房子里和周围相应的人物会旋转或做其他运动。所有过程都是依靠机械运动完成，不用电池，动力来自于三个铅锤的重力。可以讲，布谷钟代表了德国手工机械制造的技艺水平。

布谷钟

出于好奇，我买了一个布谷钟回家，到家后我仔细研究了它的原理。它有三个重锤，分别为钟提供指针转动的动力、人物运动的动力和产生各种声音的动力。铃铛声来自钟背后的一个簧片，音乐来自八音盒，而布谷鸟的叫声最神奇，来自两个机械拉动的音箱，这两个音箱有点像手风琴的音箱。这不大的布谷钟体现了德国人在机械方面的成就和工匠精神。

欧洲大部分地区历史远不及中国久远，但是很多小城保存完整，成为百年历史的活化石，整个城市犹如一件触手可及的艺术作品，对生活在繁华都市中的人具有独特的吸引力。

从帕绍再沿多瑙河而下，就进入了奥地利，进入的第一个城市是奥地利第三大城市林茨。虽说是第三大城市，但人口也不过 20 万左右，放到中国只能算是二线城市中的一个区县。但是那里空气清新，风景优美，街道整洁，行走在大街上是一种享受。

奥地利小城林茨市中心

林茨的历史比帕绍更短，虽然在古罗马时期就有人居住，但是作为城市在 799 年才建立。由于地处多瑙河沿岸，成为西欧进入波西米亚（Bohemia）和波兰地区，以及意大利进入欧洲内陆的必经之地，商

地处多瑙河畔的林茨

业由此开始发展起来。直到 15 世纪后整个帝国的中心挪到了维也纳，林茨一度是哈布斯堡王朝（The Habsburg dynasty）的中心。

在历史上，林茨最有名的人物是天文学家开普勒（Johannes Kepler），他发现了行星运动的三大定律，因此当地的大学以他的名字命名。此外，19 世纪的作曲家布鲁克纳（Anton Bruckner）也是林茨人，他为当地的教堂创作了不少管风琴作品，当然布鲁克纳最著名的作品还是宏大的交响曲。

但在林茨所出的名人中，名气最大的却不是这两位，而是一个当地人最不愿意提及的人——20 世纪的魔头希特勒。希特勒出生在奥地利布劳瑙，但直到去维也纳学习绘画以前，希特勒的整个童年时代都在林茨度过，因此林茨被希特勒称为故乡。在第二次世界大战前，希特勒想把那里变成第三帝国的一个中心，在当地大力发展工业。

作为天主教影响力较大的城市，林茨教堂林立

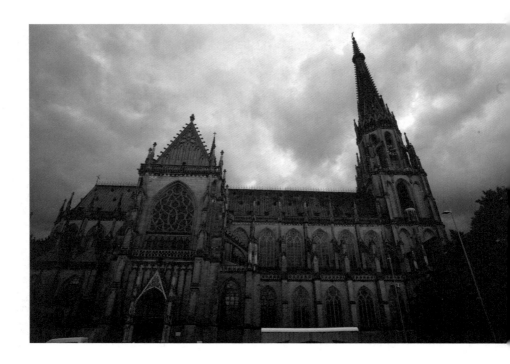

和邻国德国不同，奥地利至今工业都不算发达，主要收入来自农业和第三产业。奥地利在几次工业革命中都落了伍，因此非常希望在这一次智能革命中赶上。不过在德国倡导的欧盟一体化过程中，奥地利并没有多少获益，因此民众对欧洲一体及全球化并不热衷，而对难民也不像德国那么包容。我在过去的两年里去了奥地利三次，也是相同的感受，当地人的想法并没有什么改变。很多时候，只有到一个地方，接触那里的人，才能了解他们真实的想法。在全球化等问题上，世界上很多人的想法和受益于全球化的中国人、德国人或者美国的精英阶层是完全不同的。很多人因为英国脱欧说英国人愚蠢，但是远隔万里的人，只是通过媒体了解情况，又怎么可能了解当地人真实的想法呢？

我经常讲"见识"二字，它的前提是"见"，即亲身经历，很多时候仅仅读万卷书还不够，还要行万里路。只有行万里路，才知道世界之大，才知道人与人之间差异之大，才知道我们自己所处的位置，才知道我们应该去的方向。

德国南部摄影之旅

2017 年 9 月，我参加了德国徕卡学院组织的为期 11 天的摄影培训。除了前两天是在徕卡总部进行参观学习之外，剩下的时间游历了德国南部的 9 个城市和小镇，一边进行摄影的实战练习，一边了解当地的历史文化。这次旅行是我最近十年几十次旅行中收获最大的一次。在徕卡专业摄影师的指导下，通过和同行者（大部分是美国的专业摄影师）

的切磋，我的摄影水平迅速得到了提高。关于摄影的部分我会在后面章节中介绍，这一节重点介绍德国南部的旅行。

整个旅行的前两天是在徕卡总部所在地韦茨拉尔（Wetzlar）度过的。韦茨拉尔属于德国南部的黑森州，距离法兰克福大约一小时的车程，人口只有 5 万左右。在历史上，那里是神圣罗马帝国的自由城市，也就是说它相对独立，而且被皇帝授予了征收商业税的权力，整个经济以农业和贸易为主。1772 年，年轻的歌德在这里写下了他的处女作《少年维特之烦恼》。在拿破仑战争之后，根据《维也纳协定》，韦茨拉尔被划给了正在崛起的普鲁士。随后，它得益于普鲁士在德意志地区修建的大量铁路，成了一个不大的工业中心。那里早期的工业以采矿和钢铁为主，但是很快转型为高附加值的光学仪器和精密机械制造产业。不仅徕卡的总部在那里，德国另一家著名的光学仪器公司蔡司（ZEISS）在这里也设有工厂，韦茨拉尔在世界工业领域的优势一直延续至今。我在韦茨拉尔期间，恰巧遇到一个来自于北大光华管理学院的游学班级，因为认识里面的老师，了解到他们来到这个小城是为了学习经验，以便在中国建设特色小镇。我想，韦茨拉尔确实符合中国特色小镇的标准，不仅工业发达，而且符合我们今天所提倡的宜居标准，加上保留了过去的建筑和布局，城市本身非常有特色，因此旅游产业发达。不过，五星级酒店或者全球大型连锁酒店并不常见，当地大多是上百年的老旅店，其规模都比较小，却各具特色，里面干净整洁，加上不少设施早已更新，居住环境还是不错的。

我们起初居住的酒店就属于上述特色酒店，服务生的英语并不流利，

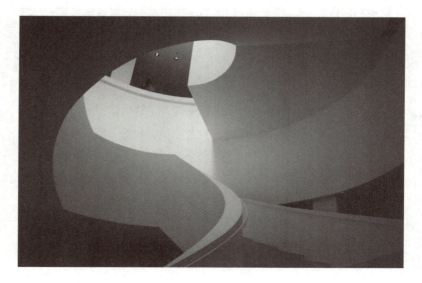

徕卡总部的内景

徕卡总部外景，地球的造型，上面的红点是徕卡在地球上的位置

但是不影响交流。组织方选择此地的初衷是因为这里有适合拍摄的地点，酒店后面就是一条河，无论清晨还是夜晚，都可以拍到不错的风景。

我们在徕卡总部参观、学习和摄影花了大约两天时间。徕卡总部大楼修建得也很有特点，内部很多场景，甚至是一些角落，都很适合拍摄。

在徕卡总部参观学习后，徕卡的培训老师马库斯带着我们在韦茨拉尔的老城进行摄影的实战练习，他给我们每人一份风光摄影的参考照片，

并且在地图上标定了每张照片的拍摄地点，以便我们能够更有效地练习。概括来讲，老城区有三个地点值得一看——河畔、教堂广场和老市场。下面是我在老城区拍摄的几张照片，也供大家参考。

我们德国南部之旅的第二站是著名物理学家海森堡的故乡维尔茨堡（Wurzburg），著名物理学家伦琴也在维尔茨堡大学发现了 X 射线。不过，当地最著名的并不是大学，而是维尔茨堡宫，这是整个德国最宏大、最华丽的宫殿。从风格上讲，维尔茨堡宫非常像凡尔赛宫，宫殿的主人是当地的亲王主教（Prince-bishop）。亲王主教是南德意志地区历史上特有的贵族，他们一方面是世俗政权的亲王，另一方面又是教皇任命的主教，是当地最高的神职人员。他们的这种身份，也体现在维尔茨堡宫的建筑上，比如主客厅有两个正门，以便在亲王主教接待神圣罗马帝国皇帝时可以两人平行进入客厅。虽然说在世俗的政权里，亲王低皇帝一等，但是作为教皇任命的主教可以和皇帝平起平坐。

维尔茨堡宫最著名的是它 600 平方米的洛可可风格天顶画，画由四个主要部分构成，分别描述了当时欧洲人理解的四大洲（欧洲、亚洲、非洲和美洲）的文明进程，寓意很强。宫殿在第二次世界大战时遭到盟军的轰炸，毁坏严重，所幸的是这幅大天顶画没有遭到破坏。后来宫殿在美军一个军官的保护下免于被进一步破坏，之后进行了部分重修。今天这个宫殿能看到的其实也只是重修的那一部分。

在维尔茨堡可以细细地玩上一整天，但是因为我们要在天黑前赶到罗滕堡（Rothenburg），只能匆匆一游。

韦茨拉尔的老城区

罗滕堡全景

罗滕堡是德国所有城市中保存最完整的古城，也是德国最富有浪漫情调的城市，被誉为"中古世纪之宝"。因此我们的大轿车进入古城需要特别的许可证，并且要由当地的车引导才可以。罗滕在德语中是"用色"的意思，因房子屋顶是红色而得名。罗滕堡古城不大，围着城墙转一圈只需要一个小时。今天在罗滕堡古城内的居民只有1万多人，城内建筑都有几百年的历史，非常有特色。我们下榻的酒店就有近三百年的历史，你难以想象住在康熙年间的老房子里是什么样的体验。

罗滕堡有四个地方特别值得一去：老城墙、市政厅顶楼、主街和市政厅前的市场广场。一个简单的游览线路是从市场广场出发，沿着东西向的主街走到古城西门，然后出西门回望全城，再绕城半圈回到广场。

在广场，最值得看的，或者说最值得拍摄的是那些具有德国小城特色的老房子。这些老房子的立柱大梁和斜梁都在墙外，涂成深色，而整个房子通常被涂得五颜六色，这不仅让每栋房子都非常漂亮，而且让整个街区显得既整洁，又丰富多彩。主街两旁有各种店铺，既有卖当地手工艺品和纪念品的小商铺，也有专门为海外旅行者准备的免税店。罗滕堡今天没有任何工业经济，唯一的产业就是旅游业，因此也是购物者的天堂。

罗滕堡城市不大，从市中心的市场到城西尽头步行不过半小时。出了城门，向东南回望，可以看到整个城市的轮廓，由于整个城市的建筑都是红屋顶，远眺壮观又漂亮。在德语中 Burg（或者 Berg）这个词尾代表山的意思，因此在欧洲，凡是被称为"什么堡"的地方，其实是指山丘，罗滕堡自然也不例外，它的地势比较高，站在城墙上往南远眺，阳光透过云层的缝隙照在起伏的嫩绿的山峦上，非常秀美。由于欧洲北部多雨，这里的植被呈现出一种鲜嫩的绿色，这种绿色无论在中国还是在美国都难以见到。

欧洲古城的城门也很有看点，它们和中式的城门不同，通常会兼顾城门和钟楼的功能，适合作为拍摄对象。从城西绕城返回广场，可以居高临下欣赏周围的田园风光，再回到广场攀登十多层楼高的市政厅顶楼，从那里可以俯瞰整个罗滕堡的全景。

罗滕堡规模并不大，一天时间就能走遍每一个角落。值得一提的是，这里的夜景颇为独特，等待日落后游客离去，就变成拍摄的绝佳之地。我们在这个小城住了两个晚上。第一天晚上正巧赶上小雨，在雨夜拍摄到的城市和平时看到的大不相同，下面是我那天拍摄的夜景。

罗滕堡雨夜夜景

像罗滕堡这样古老的小城我们还游历了好几个，这里就不一一介绍了。在整个旅途中，下面几个地方值得专门拿出来讲一讲。

第一个是新天鹅堡，也是迪士尼城堡的原型。新天鹅堡在菲森（Fussen）附近，开车只需 20 分钟即可到达。因为城堡所在地周围天鹅比较多，因此得名。这座宏大的宫殿建于 19 世纪晚期，在此之前因为已经有一个建筑叫做天鹅堡，因此称它为新天鹅堡。

新天鹅堡

新天鹅堡是巴伐利亚国王路德维希二世的行宫之一，这位国王一生没有什么突出的政绩，对女色也不感兴趣，最喜欢修建宫殿。当地原来有一个天鹅堡，但是比较老旧，于是路德维希二世拆掉了过去的城堡建了一个新的。此外，这位国王还修建了德国版的凡尔赛宫——基姆湖湖心岛上的海伦基姆宫。最后他为了修宫殿花光了国库的所有积蓄，而不幸的是，那些宫殿尚未完全修好，还没来得及享用，他便早早地离世。在路德维希二世死后不久，新天鹅堡就向公众付费开放。

新天鹅堡是德国最受欢迎的旅游景点之一，也是被拍照最多的建筑物。它有梦幻般的外形，全球很多迪士尼乐园的城堡设计灵感都来自于它。城堡里的装饰极其奢华，无论是天顶、吊灯、壁画还是家具，都是精雕细琢之作。从堡内往外看，远处阿尔卑斯湖的美景和周围的田园风光尽收眼底。

第二个是慕尼黑。作为德国南部最大的城市、欧洲最繁华的都市之一，慕尼黑保留了巴伐利亚王国古都的原貌，在它的都市圈中，有很多小城镇一般的街区，特别是在内城附近。因此，慕尼黑也被当地人称为 Millionendorf，即"百万人的村庄"。

慕尼黑的中心是内城的城市广场，我们到达当日正赶上十月节（也就是很多人常说的啤酒节）开幕，整个广场上人山人海、热闹非凡。在广场的四周有古老的圣彼得教堂（St. Peter's Basilica Church, Munich），距今已有800多年的历史。而在它不远处的圣母教堂则是慕尼黑弗赖辛总教区的主教座堂，教堂的双塔高99米，至今依然是慕尼黑的天际线，因为慕尼黑规定所有新建建筑的高度均不得超过它。

作为一个大都市，慕尼黑有众多的花园、博物馆和宫殿，位于郊区的宁芬堡宫（Nymphenburg Palace）是慕尼黑周边地区最重要的观光点之一。宫殿是一座对称的三层建筑，曾经是巴伐利亚国王路德维希一世的寝宫和办公场所，地位相当于法国的凡尔赛宫，今天被改为了博物馆。宫殿建于巴洛克时期，今天里面依然保留了部分巴洛克风格的装饰，但是很多厅堂后来被重新装饰为更加浮华的洛可可风格。宫殿旁边有一个茶屋，专供王室饮茶休闲。

慕尼黑宁芬宫

今天的慕尼黑，给人更多的印象是现代化的城市，而它的地标则是著名的宝马公司在当地的博物馆和展厅。宝马的汽车博物馆在同类博物馆中可能是全世界最好的，它不仅展示了宝马历年来的产品，还介绍了汽车的发展历程。旁边的宝马展厅除了展示宝马公司当前销售的汽车，还接待全世界的顾客来现场订购和提取汽车。在美国购买宝马新车有一个选择，就是自己到慕尼黑的宝马总部提车，而厂家会给予一些优惠，以弥补顾客全部或者部分的差旅费。

宝马缩写 BMW 中的 B 代表巴伐利亚。巴伐利亚州在德国的地位有点像此前闹独立的西班牙加泰罗尼亚地区。一方面，它历史悠久，文化和方言与德国北方有很大的不同；另一方面，它是德国最强劲的经济体，许多世界知名公司的总部都设于此，除了我们已经提到的宝马、西门子和阿迪达斯，还有奥迪、彪马等。有的巴伐利亚人对德国并没有太多的认同感，他们总是讲自己是巴伐利亚人，而非德国人，只是拿着德国的护照而已。在历史上，巴伐利亚曾经是独立的王国，茜茜公主便是巴伐利亚的公爵小姐，只是在近代普鲁士崛起后巴伐利亚才被吞并。巴伐利亚人总是说，我们的历史很长，有 1500 年，而德国的历史不过 100 多年。和慕尼黑人聊起来，你会发现他们的民族认知其实是非常强的。

第三个是海德堡。海德堡位于巴伐利亚西边的巴登—符腾堡州、内卡河畔，距法兰克福大约一个半小时的车程。

最令海德堡人引以为豪的是他们的思想和文化。海德堡大学成立于 1386 年，是德意志地区最古老的大学，那里产生了黑格尔等许多哲学家和思想家，大诗人歌德也曾经在海德堡生活。在宗教改革时期，确立新教教义的著名的《海德堡要理问答》也是在那里被提出的。今天的海德堡依然是学者们的世外桃源。在海德堡有一条著名的哲学家小径，大约 2000 米长，穿过老城和起伏的山峦，当地的学生喜欢在这条路上散步，因为周围景色优美，是交谈会面的好去处。

无论是漫步在内卡河畔，还是穿过古老的海德堡大学，或者在内卡河谷南面王座山上的老城堡俯视全城，你都能感觉到一种充满文化气息的浪漫情调。当年，歌德就经常在环绕城堡的芳草地上漫步，今天那里竖起了一座歌德的雕像，提醒人们当年这位大文豪走过的踪迹。

海德堡有三个非常值得一看的景点——山上的老城堡、山下的老城和横跨内卡河的古桥。

老城堡和欧洲中世纪很多城堡一样，集宫殿和要塞于一体，始建于 13 世纪，但完全建成则是 400 年后的事情，因此中间不停地变化建筑风格，包含了哥特、文艺复兴和巴洛克三种风格。在欧洲 30 年宗教战争中，城堡被法军摧毁，后来虽然一部分得以修复重建，但至今依然是一座满目疮痍的遗迹建筑。不过，从那些红褐色砂岩的断壁残垣依然能看到当年的王者之气。

从老城堡往下看，远处一座 9 拱石桥跨越内卡河南北两岸，是整个海德堡美景的点睛之笔。诗人歌德生前非常喜爱这座古桥，后世不少诗人也写诗赞颂过它。

海德堡老城在古堡和内卡河之间，依山傍河而建，街巷和主要建筑都保留了原貌。第二次世界大战时，海德堡曾经是盟军轰炸的目标，因为轰炸的当天云层很厚，轰炸任务被取消，海德堡最终得以完好保存。

再往上的高处，是专门为茜茜公主修建的别墅，遗憾的是别墅修好之后，这位奥匈帝国的皇后已经遇刺身亡，从来没能享受过。今天它成了海德堡最著名的酒店，从那里可以一览全城的风景。

海德堡古桥

大部分人讲到欧洲旅行，总会想到巴黎、罗马或者威尼斯，很少有人会想到德国。大都市确实有很多大型标志性建筑和著名景点，以及大量知名的博物馆，对于初次到欧陆旅行的人来讲吸引力比较大，但是要论休闲和浪漫，德国和奥地利的这些小城镇或许更为适合度假。当然，我自己也是在遍历欧洲大城市后，才发现这些小镇的妙处。

第二章_ 　　　　　　　# 博物馆之美

每到一个新的城市，我都会去当地最有特色的博物馆参观，因为博物馆通常浓缩了一个地方的历史和文化。各地不同的博物馆看得多了，不仅可以体会不同地域人类的文明和生存的方式，了解世界各地文化的多样性，而且慢慢地就能够绘制出人类文明的全图。在这一章里面，我们一起来看看在世界上那些著名的博物馆里，有哪些人类的文明足迹和艺术成就。

大英博物馆的镇馆之宝

在世界诸多博物馆中，从藏品的质量、数量，特别是文物价值来看，英国伦敦的大英博物馆（British Museum）当属第一。一方面，它的藏品之多，质量之高，在世界上无出其右；另一方面，它的收藏覆盖面最广，完整性最好。世界上大部分博物馆都有侧重，是一个地区的博物馆，但大英博物馆是世界的博物馆。也正因为大英博物馆藏品种类太多，精品太多，让人眼花缭乱，以至于很多人在里面转了一天，还会错过大量必看的文物。几年前一位朋友去英国玩，发来几张在大英博物馆和那些石像的合影，我问她几个最重要的文物和艺术品是否都看过了，她听我说出的名字，才发现自己错过了很多。从中国到英国，行程何止万里，慕名前往大英博物馆却没有看到它的镇馆之宝，未免太过遗憾。当然这也不能怪参观者，因为博物馆里的珍品实在太多，没有点文史知识和欣赏收藏品的经验，错过是很正常的。

在大英博物馆的诸多藏品中，有几件不能错过，即大家常说的镇馆之宝。概括来讲，它们的价值通常体现在以下三个方面。

第一是文物性。很多收藏品是重要历史事件的见证，或者反映一个时期的文明水平和社会文化生活，这些文物非常难得。比如卢浮宫里的《汉谟拉比法典》，台北"故宫博物院"里的青铜器毛公鼎。前者约在公元前1772年颁布，被认为是全世界最早的一部较为完整的成文法典；后者记载了中国西周周宣王即位之初，亟思振兴朝政，请叔父毛公协助其治理国家大小政务的历史事件，这是了解中国在公元前8世纪政治风貌最重要的文物之一。

第二是艺术性。艺术性不仅仅是以今天的眼光看是否漂亮，还要放到历史中看它们是否具有里程碑式的意义。当然，如果两者兼有就更加珍贵。比如卢浮宫三宝《米洛斯的阿佛洛狄忒》（断臂的维纳斯）《萨莫色雷斯的胜利女神》（萨莫色雷斯尼凯像）和达·芬奇的《蒙娜丽莎》，不仅今天看起来漂亮，而且代表了其所在时代的艺术发展水平。至于米开朗基罗的西斯廷教堂天顶画《创世纪》，则反映出当时绘画艺术的最高成就。

第三是稀缺性。一般来说，文物历史越久就越稀缺，因为文物体现了某个时代人类的发展历史，从侧面反映了各个时期人类的社会活动、社会关系、意识形态及利用自然的状态。比如现存的中国唐代之前的绘画极少，只要找到一幅，即使作品体现的绘画水平不高，也非常珍贵。

也有些文物年代虽然不算久远，但因为数量极少，价值也就高得出奇，比如宋代的汝窑瓷器。再有就是名人们使用和收藏过的东西，本身就有独一无二的价值，比如《兰亭集序褚遂良临本》（后根据纸张的质地鉴定可能是宋代米芾临摹褚遂良版），上面有鉴藏印记 215 方，由南宋皇室、元代大艺术家赵孟頫、清乾隆帝等人先后收藏，这些名人效应让文物具有独特性。

讲到大英博物馆的文物，用上述标准来衡量，有这样一些镇馆之宝。

首先是帕特农神庙的浮雕。这是古希腊艺术的巅峰之作，兼具文物性、艺术性和稀缺性。

帕特农神庙位于雅典卫城的最高处，用于供奉雅典的守护神雅典娜，帕特农则是雅典娜的别号，即处女的意思。这座神庙建于公元前 5 世纪，在伯里克利执政的古希腊文明的黄金时期。神庙外墙柱顶盘上环绕着的 92 块柱间壁上，有一系列以雅典的神话历史为主题的浮雕，全部加在一起长达 160 米，体现了古希腊艺术在古典时期的最高成就。浮雕是由古希腊著名雕塑家菲狄亚斯及其门徒共同完成的，后来被占领希腊的土耳其人卖给了英国人。这组浮雕远非精美绝伦、栩栩如生这类词可以形容的，现在大部分被保留在大英博物馆里，占据整整一个展室，还有一少部分留在了雅典卫城脚下的雅典卫城博物馆里。

接下来，我按年代顺序列出大英博物馆的另外 6 个镇馆之宝。

1. 《亚尼的死者之书》（创作于公元前 1300 — 前 1200 年）

如果能让我从全世界所有的古董中挑选一件收藏，我会选择古埃及的
《亚尼的死者之书》。根据古埃及的习俗，那些尊贵的人死去之后必
须于棺木中置放以莎草纸写成的《死者之书》，它相当于死者在通向
复活之路时的护照和档案。保留到今天的所有《死者之书》中，以古
埃及一位叫做亚尼的大祭司的这一份篇幅最长（长达 60 章），保留
最为完好，艺术成就最高。《死者之书》本身有点像中国绘画的长卷，
上面有文字和绘画，主要描述了死者的灵魂离开肉体，在守护神阿努
比斯的引导下，通过地狱及黑暗的炼狱，来到诸神及审判官前，并在

《亚尼的死者之书》局部

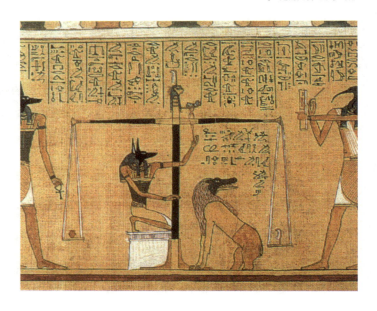

从冥界之门来到冥神之前进行"秤心仪式"[10]，随后搭乘太阳船，驶向复活之路，他将在来世过上与今生一样美好的生活。《亚尼的死者之书》年代久远，稀有性自不必说。它完整地反映了 3200 多年前古埃及的社会和生活风貌，文物价值极高。

而必须要说的是，《亚尼的死者之书》所具有的极高的艺术价值。当时古埃及艺术家使用的颜料相当于今天的水粉。古埃及人发明了世界上最早的墨水，最初只有黑红两色，后来逐渐有了蓝色、黄色和绿色等。目前尚无法得知这些颜色是用什么矿石配制的，以至于用它绘制的艺术品历经 3000 多年，依然保持着原有的鲜艳色彩。相比之下，在大英博物馆里保存的中国 1500 年前的绘画，画面上原本亮丽的颜色已经变成了暗灰色，而且内容模糊难辨。

从绘画风格上来看，《亚尼的死者之书》更接近于中国宋代以后的工笔画，而不是西方的壁画和油画。上面的人物描绘得非常细致，以唯美笔调勾勒出简洁清雅之风。但是这种细致和文艺复兴时期的油画又迥然不同。在美国历史学家和作家房龙（Van Loon）看来，和古埃及这些绘画相比，欧洲在文艺复兴之前的绘画显得颇为幼稚，要知道这前后可相差了 18 个世纪。

《亚尼的死者之书》的细节，我在《文明之光》中有非常详细的介绍。

---

[10] 古埃及人认为，如果一个人的心脏比羽毛重，则说明这个人有罪，将被打入地狱；如果和羽毛的重量相当，这个人就可以升上天堂，得到永生。

2. 萨尔贡皇宫的人首翼牛像（公元前 10 — 前 8 世纪）

过去我们一直认为古埃及可能是人类历史最久远的文明中心，但是近几十年来，随着在中东地区的考古不断有新的发现，史学界渐渐接受了一个新的观点——人类最早的文明中心在美索不达米亚，即底格里斯河和幼发拉底河之间的地区。那里的文明和古埃及或者古中国不同，并非一个族群建立起的持续的文明，而是不同民族在那里先后建立的文明。其中亚述文明始于公元前 25 世纪，直到公元前 7 世纪结束，持续时间长达 1800 多年，是美索不达米亚文明的一个高峰。亚述帝国的

萨尔贡皇宫的人首翼牛像

萨尔贡皇宫是当时最辉煌的建筑，大门入口处有一对 4 米高的人首牛身巨像，正面为圆雕，有两条腿，侧面为浮雕，有四条腿，转角还有一条腿，一共五条腿，这样从正面和侧面看，似乎都符合牛应有的视觉效果。人首翼牛像可能和埃及的狮身人面像有联系，是通过腓尼基人传入的，但是雕刻的质量和细节比狮身人面像更精细。

3. 洪水石板（公元前 7 世纪）

石板和泥板是美索不达米亚人记录文字的载体，作用相当于古埃及的莎草纸或者中国的甲骨、竹简。洪水石板是其中最著名的楔形文字碑，它是《吉尔伽美什史诗》的第 11 块。1872 年，大英博物馆的研究员确认它所记载的故事就是《圣经》中关于大洪水和诺亚方舟的故事，因此它的史料价值极高。

洪水石板

4. 罗塞塔石碑（Rosetta Stone）（公元前 196 年）

罗塞塔石碑可能是人类考古史上最重大的发现之一。1799 年拿破仑入侵埃及时，法国军官布沙尔在罗塞塔港口的郊外修筑工事时，发现一块破碎的石碑，上面刻有三种文字。除了古希腊文，还有两种他不认识的文字，后来被确定为是古埃及象形文字和古埃及拼音文字。20 多年后，法国语言学家商博良通过这个碑文上古希腊文字和古埃及文字的对应关系，破解了古埃及文字，因此我们今天对 5000 年前古埃及历史的了解超过了对 500 年前印第安人历史的了解，从某种程度上讲都要归功于罗塞塔石碑。

罗塞塔石碑

5. 《掷铁饼者》（公元 1 世纪）

《掷铁饼者》是公元前 5 世纪古希腊雕塑家米隆（Myron）的作品，被认为是古希腊雕塑中体现男性人体美的代表作。其存世作品仅有两件，藏于大英博物馆的这件雕塑出土于古罗马哈德良皇帝的庄园内。

《掷铁饼者》

6. 《女史箴图》（公元 5 — 6 世纪）

《女史箴图》是迄今能看到的最古老的中国绢本绘画，原作为顾恺之（344 — 406）所绘。大英博物馆收藏的是两个世纪后（5 — 6 世纪）的摹本，距今也有 1500 多年的历史。其超高的艺术水准，甚至让乾隆都误认为它是顾恺之的真迹。

《女史箴图》

7. 《神奈川巨浪》（19 世纪初）

除以上所列的藏品，值得一提的还有《神奈川巨浪》（俗称大浪），
这是葛饰北斋《富岳三十六景》中最著名的一幅，堪称日本版画的代
表。因为是版画，有多个版本，因此其价值受到了影响。《神奈川巨
浪》虽然算不上镇馆之宝，但受到了乔布斯和诸多艺术家的青睐，还
是值得一看的。

《神奈川巨浪》

在大英博物馆的藏品中，必看的远不止这些，把全部值得看的都罗列
出来可以足足写一本书，看完它们也不止需要一天。可行的办法是，
在不遗漏镇馆之宝的情况下，侧重参观一到两种文明时期的展品。个
人觉得，按照其收藏水平来讲，最值得参观的前三个文明时期是古埃
及文明、古希腊（包括希腊化时期地中海沿岸地区）文明和美索不达
米亚文明。

卢浮宫的镇馆三宝

除了大英博物馆，我最喜欢的博物馆当属法国的卢浮宫。在卢浮宫里，最著名的藏品莫过于卢浮宫三宝——《蒙娜丽莎》《米洛斯的阿佛洛狄忒》和《萨莫色雷斯的胜利女神》。前两个大家比较熟悉，我只简单补充一些信息。第三件《萨莫色雷斯的胜利女神》了解的人可能相对较少，大多数人甚至都没有见过它的照片，是我接下来要介绍的重点。

首先来讨论《蒙娜丽莎》。让《蒙娜丽莎》极负盛名的原因有很多，比如"谁是蒙娜丽莎"就是一个谜，再加上它还曾遗失过，就更加扑朔迷离。抛开这些因素不谈，单就其艺术成就来讲，最大的看点有两个。一方面是立体感，今天创作一幅非常逼真的油画是一件很容易的事情，但是在达·芬奇所在的年代并非如此。受制于画法和作画材料，人物被画在帆布或纸板上会显得非常呆板。用达·芬奇自己的话讲，"画作永远不可能有镜子中人物那样的立体性"。就拿当时发明油画的扬·凡·艾克（Jan Van Eyck）的代表作《阿诺菲尼的婚礼》来说，作品中的人物也缺乏立体性。达·芬奇在创作《蒙娜丽莎》时，采用了渐变的轮廓，使得人物鲜活起来，因此这幅画具有划时代的意义，这是它的艺术价值所在。另一方面，这是最早的油画之一，因此符合文物稀缺性的特点。

再来讨论《米洛斯的阿佛洛狄忒》。它在中国大家更熟悉的名称是《断臂的维纳斯》，因为它没有手臂，也被认为是残缺美的代表。阿佛洛狄忒和维纳斯其实只是同一个女神在希腊神话和罗马神话中两种不同的叫法，由于这个雕塑是"希腊化时期"的作品，因此使用古希腊神话中的名字更贴切些。所谓希腊化时期，是指亚历山大大帝征服了地中海沿岸之后，将希腊的文化带入了所征服地区的那一段时间。在希腊被罗马征服后，欧洲的艺术进入了希腊罗马时期。"米洛"则是指作品的发现地点米洛斯岛。在希腊化时期，雕刻艺术达到了顶点，除了继承了古典时期逼真的特点，这个时期的雕塑都具有动感、传神以及戏剧色彩的特点。这个时期的代表作包括《米洛斯的阿佛洛狄特》和后面要介绍的《萨莫色雷斯的胜利女神》，以及《拉奥孔与儿子们》等。

最后我们来看《萨莫色雷斯的胜利女神》，胜利女神在拉丁语中被称为"Victoria"，即维多利亚，而 Victory 则是今天英语中"胜利"的意思。不过在古希腊神话中，她的名字叫 Nike，一般翻译成"尼凯"，美国著名体育品牌耐克（NIKE）就源于此。与《米洛斯的阿佛洛狄忒》一样，《萨莫色雷斯的胜利女神》这个名称也包括两部分，第一部分是发现地的名称，第二部分是人物本身的名称。

在古希腊神话里，胜利女神并不是主神之一，而是智慧之神雅典娜的随行女神，有点像丘比特（古希腊神话里称为厄洛斯 Eros）是阿佛洛狄忒的随行之神一样，胜利女神的身形一般都比较小，翅膀也像丘比特似的。

这座胜利女神的雕像虽然是女性的形象，但是非常威武，翅膀也像老鹰一样非常雄健，和胜利女神通常的形象相差很大。因此，人们认为这应该是希腊人为庆祝一次关键性的胜利而雕刻的。

从 19 世纪它被发现以来，对于它是用来庆祝哪一场战争的胜利而创作一直众说纷纭。今天根据对年代的考证，确认它应该完成于公元前 200 年左右，因此大多数人认为这是为庆祝小亚细亚国王德梅特里奥斯一世在海战中打败托勒密王国的舰队而创作的，它最早矗立在萨莫色雷斯岛海边的悬崖上，面对着苍茫大海。

1863 年，一位法国业余考古爱好者在希腊的萨莫色雷斯岛（Samothrace）发现了《萨莫色雷斯的胜利女神》。当时他看到的是一堆大理石碎片

萨莫色雷斯的胜利女神

（碎块），便向当地人买下来后运回了巴黎。当工匠和艺术家们把这些大大小小的大理石碎块拼接复原后，才发现这是一尊了不得的大理石雕塑——古希腊神话中的胜利女神像。遗憾的是，这尊大理石雕塑缺了右手的翅膀，两只手臂、头颅和底座部分也遗失了。

十几年后，在萨莫色雷斯岛又发现了雕像的部分底座，是一个船头的形状，它也被复原到雕像下面。后来又找回了雕像的右臂，但是并没有被安放回去，原因在后文会谈及。

这尊雕像到底好在哪里？

首先在于它的构图。绘画也好，摄影也好，构图非常重要，雕像也不例外。整个雕像的构思十分特别，姿势结构完美而生动。

雕像的底座是战船的船头，胜利女神虽然站在船头，但是由于身体略微向前倾，迎着海风，腿和双翼构成一个钝角三角形，硕大的双翅展开，像是飞到船头一般。当然，你也可以想象它是欲飞的姿态。不论是哪一种，都既有动感，又有静态的美感。

其次在于雕刻技巧。薄薄的衣衫隐隐显露出女性丰满而紧致的身躯，衣裙的质感和衣褶纹路雕刻得栩栩如生，让人叹为观止。

女神的衣裙被海风吹拂，上半身的衣物被风吹得贴着丰满的胸部，中间腹部被海水打湿，紧贴着平坦的小腹，显现出女性人体的完美；下半身的裙子被吹得飘了起来，裙褶疏密有致，飘逸流畅；左腿裸露出来，再次显示出人体美。完美的人体和动感的衣物让人联想到生命的飞跃，这也让冰冷的大理石有了生命的活力。

相比古典时期那些精美但相对死板的静态雕塑，希腊化时期的胜利女神像就显得特别有灵气。在古希腊被罗马占领后，罗马人复制了很多古希腊的雕塑，但是大多比较呆滞，匠气太重，缺乏灵气，艺术水准也不如希腊化时期的作品。

与《断臂的维纳斯》一样具有残缺美的《萨莫色雷斯的胜利女神》缺了头和手臂，反而给观众留下了遐想的空间，这也是它吸引人的地方。观众看到这尊雕像就会猜想她到底要做什么。从残缺的雕像上看有两种可能：一种是传达胜利的主题，因为雕像体现了胜利者欢呼凯旋的雄姿。如果是这样，她和各种凯旋门上胜利女神的寓意是一样的。还有一种可能是引导舰队乘风破浪前进，因为她雄健而硕大的羽翼高扬，体现出海战的情景，这和瓦格纳歌剧中所描绘的女武神有相似之处。

到底是哪一种情况呢？如果把女神失落的右臂装回去，就能复原原貌，从而找到答案。卢浮宫给出的原雕像复原图，右胳膊是高举的，因此是凯旋的情景。但是，完整的构图反而没有了残缺雕像的悬念和韵味，因此卢浮宫在修复雕像时并没有把右臂装回雕像，为的是让作品更符合原貌的韵味。

但是，艺术家在修复时根据左边翅膀的形状和尺寸，制作了一个假的右侧翅膀安在了雕像上，两个翅膀同时展开，更能让我们感受到雕像的冲击力，同时也保留了悬念。看到这个雕像后，我不禁赞叹古希腊艺术大师的精湛水平，也为后世修复它的艺术家们匠心独运的妙想叫绝。

在拍摄这幅杰作时，最好的位置在它左侧 45 度角，因为右边的翅膀是后来加上去的，多少有点不完美。因此可以选择从左侧拍摄，避开右边的翅膀。

波士顿艺术博物馆

如果有人说美国没有历史文化积淀，波士顿人可能不答应。波士顿的历史虽然不长，只有不到 400 年，但是当地人很好地保留了各个时期的传统。当然，波士顿人最为骄傲的是它的人文气息——波士顿拥有世界顶级学府哈佛大学和麻省理工学院、高水平的波士顿交响乐团、收藏丰富的波士顿艺术博物馆（Museum of Fine Arts Boston，有人翻译成美术博物馆，这是不对的，里面的文物不属于美术的范畴）……下面我们聚焦于波士顿艺术博物馆。

波士顿艺术博物馆位于城市北边，离著名的查尔斯河只有一刻钟的步行路程，跨过河上的约翰·哈佛桥，就能到达麻省理工学院。波士顿艺术博物馆的占地面积虽然不如卢浮宫或者纽约大都会博物馆大，但是藏品也相当丰富，多达 35 万件。如果仔细参观，一整天时间也不够。不过它的门票通常是一周有效，允许多次参观。和很多博物馆一样，波士顿艺术博物馆也有它的特色馆藏，下面为大家介绍我觉得最有价值的几个。

1. 《我们从哪里来？我们是谁？我们向何方去？》

在波士顿艺术博物馆的馆藏中，镇馆之宝当属高更的代表作《我们从哪里来？我们是谁？我们向何方去？》。这是一幅充满哲理的大型油画，宽为 3.75 米，高为 1.39 米，高更当时作这幅画时投入了最大的热情。

自年轻时，高更就一直在思考人存在的意义。43 岁那年，高更卖掉了自己的大部分作品，并用卖画的钱到南美洲和南太平洋去寻找人生的答案。他到了南太平洋法属波利尼西亚向风群岛中的塔希提岛，那里四季如春、物产丰富，被认为是最接近天堂的地方，当地人过着无忧无虑的生活。在那里，高更领悟到人的生活应该返璞归真的真谛。

《我们从哪里来？我们是谁？我们向何方去？》

从塔希提回来，高更开始与印象派决裂，并形成了自己独特的艺术风格。不过他曾在巴黎举办的艺术展却彻头彻尾的失败了。在那一段时间，高更贫病交加（他在塔希提岛染上了梅毒）、精神痛苦，甚至绝望自杀。在获救后，高更幸运地得到了一笔遗产，渡过了危机。这时，

《我们从哪里来？我们是谁？我们向何方去？》局部（左上角是用法语书写的三个人类终极问题）

他带着强烈的情绪开始创作这幅巨作，画面源自他梦中的幻想和在塔希提的生活感受。

高更说："希望能在临死之前完成一幅巨作。整整一个月内，我几乎不分昼夜地以我前所未有的热情从事创作。我完全不用模特，在粗糙的麻袋布上直接作画，以至于看起来十分粗糙，笔触相当草率，恐怕会被认为是未完成的作品。确实，我自己也无法十分明确地断定。可是我认为这幅画比我以前的任何作品都要优秀，今后也许再也画不出比它更好的或同样好的作品了。我在死之前把我全部的精力都倾注在这幅作品中了。"在恶劣的环境中，以痛苦的热情和清晰的幻觉来描绘，因此画面看起来毫无急躁的迹象，反而洋溢着生气。

高更这幅巨作，画面充满了神秘的气息。看上去表现的是原始质朴的生活和美丽的自然景观，但他的目的是想表达自己寻求人类诞生之初生命本质的想法，以及他对生命意义的追问。这件作品把文明人内心的迷惘、忧伤和焦虑淋漓尽致地表达了出来。

2. 《富岳三十六景》

版画是日本最有特色的视觉艺术之一，它简洁而鲜明的艺术表现手法
诠释了日本文化至简至纯的特点。日本版画在色调上较为清冷，有种
忧郁的感觉，这和日本人一直感叹生命短暂不无关系。

葛饰北斋可谓日本版画艺术最高成就的代表，也是乔布斯生前最推崇
的艺术家。葛饰北斋生活在明治维新之前的 19 世纪初到 19 世纪中期。
透过他的版画，我们仿佛置身于江户时代末期的日本，看着这些百年
前的版画，能感觉出一种忧郁婉约的失意，不禁让人联想到李商隐的诗。

《富岳三十六景》之一

葛饰北斋最著名的版画是一套 36 幅的《富岳三十六景》，是对富士山下和江户附近风景和民俗的写生作品。其中的《神奈川巨浪》在介绍大英博物馆时提到过。波士顿艺术博物馆从 19 世纪末开始大量收藏日本版画，但每次只展出很少一部分。能否看到《富岳三十六景》，就看运气了。另外，葛饰北斋在画上的签名通常是"北斋为一笔"，看到这 5 个字就知道是他的画了。

3.　元青花

波士顿艺术博物馆收藏了大量来自各个国家的瓷器作品，包括珍贵的北宋四大名窑瓷器和韩国早期瓷器。该馆所收藏的青花瓷以明青花为主，并以永宣青花居多。其中还有一件元青花，从题材风格上看，和在伦敦创下拍卖纪录的《鬼谷下山》是同一类。元青花使用的钴蓝（即苏麻离青）来自波斯，这和后来的永宣青花大量采用（或者混用）国产颜料不同。关于元青花的风格特点，在我的《文明之光》中有详细的描写。

元青花

4. 《永无尽头的重复》

波士顿艺术博物馆有不少现代艺术精品，其中我比较喜欢的是麦克埃尔亨尼 2007 年创作的《永无尽头的重复》。它通过镜面反射，用上百个玻璃瓶构造出无限延伸的视觉效果，看上去既震撼，又让人回味无穷。

《永无尽头的重复》

5. 米色曼吉尼（Menkaure）法老和王后石雕

什么叫做时间的永恒？看了古埃及或者美索不达米亚平原的文物就能有所体会。米色曼吉尼法老和王后石雕与大金字塔诞生于同一时代（公元前 2490 到公元前 2472 年），它们和大金字塔的主人胡夫法老都属于距今 4500 多年的第四王朝。

4500 年是什么概念？今天我们去参观兵马俑会感叹"真古老"，而如果秦始皇看到这尊石雕，也会有同样的感慨，因为他正好生活在米色曼吉尼法老和我们之间的时间中间点上。设想一下，比秦始皇还早2200 多年的古埃及人，都能够雕出如此精妙的艺术品，其早期文明水平可见一斑。在此之后，要大约再过 1000 年，中国商朝才在今天的安阳殷墟建都，出现了最早的文字记载。

米色曼吉尼法老和王后石雕

在波士顿，除了现代艺术博物馆，还有一个特别值得一看的博物馆，那就是位于郊区塞勒姆（Salem）小镇的迪美博物馆（Peabody Essex Museum）。20 年前这家博物馆因为一个偶然的机缘，得以买下一栋完整的安徽休宁县黄村的老宅荫余堂，随后运到美国，并完全复原，就连墙上写的粉笔字都保留了下来，这座老宅不仅是中国徽派建筑的代表，还记录了"文革"时期中国农家的生活。

圣彼得教堂和梵蒂冈博物馆

每一个人一生都应该有一次朝圣之旅。

虽然大部分中国人不是教徒，不会去麦加、耶路撒冷或者梵蒂冈朝圣，但是如果你对艺术多少有点兴趣，就应该去一次梵蒂冈，不是朝见教皇或者圣彼得的陵寝，而是朝见米开朗基罗等人的艺术作品。

梵蒂冈是意大利的国中国，面积不到半平方公里，主要建筑只有两个，圣彼得大教堂和梵蒂冈博物馆（Vatican Museum）。

圣彼得大教堂不仅是世界上最大的教堂、教皇的主座教堂、耶稣弟子圣彼得的安息地，也是人类建筑史上的奇迹。这座大教堂始建于 1506 年，直到一个多世纪后的 1615 年才正式完工 [11]。在此期间，先后有 8

---

[11] 圣彼得大教堂的收尾工作一直持续到 17 世纪中，1615 年是《大英百科全书》给定的完成时间。

位建筑师负责教堂的设计和工程建造，从多纳托·布拉曼特（Donato Bramante）开始，中间经历了米开朗基罗等人，最后在贝尼尼（Gian Lorenzo Bernini）手上完工。完工时，距米开朗基罗去世已经半个世纪了。在这一个多世纪中，梵蒂冈经历了 17 位教皇，无论哪位教皇主政，都尽心竭力支持这个大工程，更有成千上万名工匠和艺术家怀着对上帝极为虔诚的心，几十年如一日一丝不苟地建造着教堂的每一个细节，才造就了这座堪称艺术品的大教堂。

大教堂前是可容纳 30 万人的圣彼得广场，它被两个半圆形的长廊环绕，每个长廊由 284 根高大的大理石圆柱支撑，上面有 142 个人物雕像，雕像神采各异、栩栩如生。广场的正中央耸立着一座埃及方尖碑，两旁各有一个巨大的喷泉，它们象征着生命之水。到过圣彼得广场的人无不被这宏大的场面震撼。

圣彼得大教堂宏伟壮丽，正面宽 120 米，纵深达 220 米，高 137 米，占地面积 2.2 万平方米，大约相当于三个足球场大小。教堂的内部呈十字架形状，后来成了一种标准的教堂设计方案。十字架交叉点处为教堂的中心，地下埋着圣彼得的遗骸，地上则是教皇布道的圣坛，圣坛上方是金碧辉煌的华盖，上方是米开朗基罗设计的大拱顶，高达 120 米，拱顶的四周是精美的壁画和浮雕。白天任何一个时刻，阳光都会从拱顶的某个方向照进来，透过彩色马赛克玻璃，让人感觉仿佛是从天堂来的圣光。

圣彼得教堂装饰极为华丽，让人赞叹不已。在教堂的大殿中有很多雕

圣彼得大教堂内部

像和浮雕，艺术水平极高，其中最有名的是在靠近入口处右侧的米开朗基罗的雕塑《圣母怜子》，这也是米开朗基罗唯一一个刻上自己姓名的作品。这幅雕塑描绘了圣母玛利亚怀抱着被钉死的基督时悲痛万分的情形。雕塑呈金字塔造型，让圣母显得沉稳而神圣。米开朗基罗是一个注重细节的大师，在这幅雕塑中，圣母和耶稣衣服的细节雕刻得十分逼真。

圣彼得大教堂里安葬着很多教皇，每一座纪念碑都是一件艺术品。在众多教皇中，我最敬仰的是格利高里十三世。对大部分人来讲，这座大教堂更像是一座历史和艺术的博物馆，而不是一个宗教场所。

梵蒂冈另一个主要建筑就是博物馆，那其实是一座宫殿，教皇也住在里面，只是他的住所一般游客无法参观。里面的一些设施今天教廷依然在使用，比如西斯廷教堂。从梵蒂冈博物馆的名字中你也能猜到，里面是教皇的收藏。其历史也极为悠久，可追溯到 500 年前。

1506 年，人们在地下发现了一个古希腊雕像，即今天可以在梵蒂冈博物馆见到的《拉奥孔与儿子们》，当时教皇请朱利亚诺·达·桑迦洛（意大利著名的建筑家族成员）和米开朗基罗去查看，这两位大师回来后将雕塑夸了一番，于是教皇买下了雕像并向公众展示，这便是这座博物馆的开始。2006 年梵蒂冈博物馆在庆祝建馆 500 周年之际，向公众开放了发掘现场。

梵蒂冈博物馆可看的东西实在太多，最值得看的一件作品是米开朗基罗的西斯廷教堂天顶画《创世纪》。这幅画是人类绘画艺术的巅峰，任何人只要真正看到它，都会承认这一点。达·芬奇虽然是文艺复兴时期的艺术巨匠、全能型人才，但是单就绘画技艺而言，他不如米开朗基罗。前者绘画的目的是研究，他为提升绘画技艺做各种各样的实验，更像是科学家，而后者只是一个单纯的艺术家。

在我学习艺术史时，我的老师王乃壮教授讲，波提切利之后是更伟大的达·芬奇，达·芬奇后是更伟大的米开朗基罗。当时我和我的同学都奇怪他为什么这么说，后来更多地观察和对比了三人的艺术作品后，我慢慢体会到了这句话的含义。

《创造亚当》

《创世纪》是西斯廷教堂的巨幅天顶画，面积超过 500 平方米，取材于《圣经·旧约》中《创世纪》一章，包括 9 幅中心画（《神分光暗》《创造日、月、草木》《神分水陆》《创造亚当》《创造夏娃》《原罪——逐出伊甸园》《诺亚献祭》《大洪水》《诺亚醉酒》）、12 幅预言人物画，以及众多装饰图画，共绘有 343 个人物。

其中最著名的是《创造亚当》，你一定见过它的照片。西斯廷教堂是梵蒂冈博物馆内唯一一个不许出声、不许拍照的地方。喜爱艺术的朋友可以在博物馆买一本《创世纪》高质量画册收藏。

需注意的是，参观梵蒂冈博物馆最好提前在网上订票，现场买票至少要花费一个小时，在夏天旅游旺季，可能等待的时间更长。

总而言之，面积不大的梵蒂冈本身就是一座艺术宝库，不管你是想探寻宗教文化，还是对建筑、雕塑和绘画艺术感兴趣，梵蒂冈都是朝圣的山巅。来到这里，除了景仰，就是惊叹！

一生必须去的十大博物馆

世界上好的博物馆非常多,除了本章介绍过的四个博物馆和在前面第一章中简单介绍的纽约的两个主要博物馆——大都会博物馆和现代艺术博物馆之外,还有一些也是一生中值得去的。

2016 年美国《国家地理》杂志评选出全球十大博物馆榜单,除了遗漏了中国的故宫博物院,世界上最重要的博物馆都位于其列。榜单上前九个博物馆我都去过,有的还去过不止一次,根据我的亲身感受,榜单上面的博物馆确实实至名归。这 10 个博物馆分别是:

1. 美国华盛顿的史密森尼博物院（Smithsonian Institution）

2. 法国巴黎的卢浮宫

3. 希腊雅典的雅典卫城博物馆

4. 俄罗斯圣彼得堡的国立艾尔米塔什博物馆 [12]

5. 英国伦敦的大英博物馆

6. 西班牙马德里的普拉多博物馆（Prado Museum）

7. 美国纽约的大都会博物馆（Metropolitan Museum of Art）

8. 梵蒂冈的梵蒂冈博物馆

9. 意大利佛罗伦萨的乌菲兹美术馆

10. 荷兰阿姆斯特丹的阿姆斯特丹国家博物馆

下面我就根据我的经历，谈谈对这些博物馆的看法，以及我参观时的一些心得。其中，卢浮宫等四个博物馆在前文介绍过了，我会一笔带过。

1. 美国华盛顿的史密森尼博物院

美国《国家地理》杂志将史密森尼博物院排在第一，大家可能会奇怪为什么，至少在中国人看来，它的名气不如大英博物馆和卢浮宫。我想这可能是因为它的规模太大、参观人数实在太多的缘故。

史密森尼博物院是位于华盛顿的一个半国营半私立的博物馆群，它不仅包括 19 个博物馆，还包括一些研究院及当地的国立动物园。史密森

---

[12] 1992 年国立冬宫博物馆与艾尔米塔什博物馆合并为国立艾尔米塔什博物馆。

尼博物院共有 1.54 亿件藏品，每年要接待 3000 万人次的参观，一年的预算高达 12 亿美元，其中 2/3 来自于美国联邦政府。因此，你也可以将它看成美国的国家博物馆。

那么为什么这个博物馆群要叫做史密森尼博物院呢？因为它的建立是靠英国科学家史密森尼外甥的一笔捐赠。史密森尼的外甥因没有后裔便按他舅舅的遗愿将钱捐给了美国政府。为什么这位英国人不把钱捐给他的祖国英国，而要捐给大洋彼岸的美国呢？因为史密森尼是私生子[13]，早年备受歧视，虽然后来靠学术成就当上了英国皇家学会会员，但依然对在英国的经历耿耿于怀。当时的美国总统杰克逊（Andrew Jackson）得知消息喜出望外，马上接受了这笔捐赠，并且派了一个外交官到英国拿回了史密森尼的财产——104960 枚英国金币，这在当时是一大笔钱，足足装了 100 多箱。

从史密森尼的捐款到博物院的建立，期间经历了数年，这笔钱当时放在一个信托机构，但因投资管理不善亏光了。这时美国前总统约翰·昆西·亚当斯（John Quincy Adams），也就是美国国父亚当斯的儿子，坚决要求美国政府从其他渠道将这笔钱补上，最后建成了今天全球最大的博物馆群。

史密森尼博物院的主要博物馆坐落在华盛顿市从国会山到华盛顿纪念碑之间的国家广场两旁，以国立艺术博物馆（National Museum

[13] 史密森尼的生父是诺森伯兰公爵，生母是王室成员。

of American Art）、国立自然历史博物馆（National Museum of Natural History）、国立美国历史博物馆（National Museum of American History）、国立航空航天博物馆（National Museum of Air and Space）、弗里尔美术馆（Freer Gallery of Art）、史密森尼城堡为中心，构成了它的主体。

如果把国家广场周围的博物馆都参观一遍，大约需要三天时间。如果你只有一天时间，可以走马观花地看这三个博物馆。

第一个是美国国家艺术馆（National Gallary of Art），里面有很多世界名画，最著名的是莫奈的《睡莲》。这个博物馆分为新古典主义建筑风格的老馆和贝聿铭设计的现代风格的新馆，前者主要展示古典艺术藏品，后者展示现代艺术作品。无论是建筑风格还是馆藏，我都更喜欢老馆。

第二个是美国国立自然历史博物馆（National Museum of Natural History）。虽然世界各国都有此类博物馆，但是在华盛顿有很多藏品是其他地方不可能看到的，主要收藏在它的珍宝馆中。它们包括世界上最著名的钻石——希望（之星）蓝钻。此外，拿破仑皇后约瑟芬的后冠等珍宝也在其中。如果你参观了自然历史博物馆里的珍宝馆，就会觉得世界各地博物馆的珍宝馆简直不值一提。简单地讲，那些硕大无比的钻石和宝石实在太多，以至于你看完后会觉得它们就和石头一样普通。

第三个是美国国立航空航天博物馆（National Air and Space Museum），收藏有很多火箭和航空器的实物，包括阿波罗登月的登月舱等。

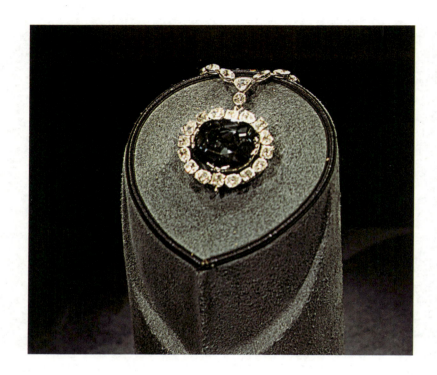

希望（之星）蓝钻（45.5Ct）

如果还有些时间的话，我特别推荐规模不算太大的亚洲艺术博物馆——弗里尔美术馆（Freer Gallery of Art），在那里可以看到很多在亚洲也难得一见的艺术精品。我在写《文明之光》时要寻找中国早期的白陶制品，就在那里看到了周朝的白陶制品。白陶和一般陶器不同，它不是用一般黏土烧制的，而是使用高岭土，即烧制瓷器的瓷土。但是由于炉温不够高，因此烧出来的是陶器而不是瓷器。从某种程度上讲，它是从陶器到瓷器的中间产品，当然它也是中国古代所特有的陶器。

半年后我再次参观弗里尔美术馆时，发现里面的展品全部更新了，而那次最值得看的是大量的八大山人的书画作品。要知道在国内的博物馆都很难一次性看到如此多的八大山人的墨宝。

美国是一个历史非常短暂的国家，但是各个博物馆中收藏的文物却多得惊人。这些文物主要依靠私人收藏家直接捐赠，以及博物馆接受慈善机构捐赠的现金后再前往世界各地拍卖行竞拍获取。和世界上大部分国家博物馆完全国有的性质不同，美国的博物馆很多是以私营企业组织的形式运营，各大慈善基金会和一些慈善家是它们的董事。美国通过这种方式，在民间收藏了大量的财富。美国所有的博物馆都是亏损的，完全是靠慈善捐赠维持，目的就是给予国民文化和素养的教育。

2. 法国巴黎的卢浮宫

在很多人的心目中，卢浮宫当属世界第一的博物馆，从展品的艺术性来讲，确实如此。卢浮宫之所以被称为宫，是因为它是中世纪的一座城堡，后来成为宫殿，直到路易十四修建凡尔赛宫之前，那里还是巴黎最大的宫殿和政治中心，它被改成博物馆只是近两个世纪的事情。

1989 年，建筑大师贝聿铭在卢浮宫前设计修建了一座玻璃金字塔，作为卢浮宫新的入口，这件事当时在法国遭到了一批人强烈的反对。这件事最后能做成，首先靠时任总统密特朗的支持，当然原因并不是像《达·芬奇密码》中所说的这位总统是隐修会的成员，要把圣杯藏到卢浮宫里面，而是因为密特朗希望卢浮宫的改建能增加一个既具有现代气息又能和古典风格兼容，并形成对比的建筑。其次是靠贝聿铭的耐心，法国人描述他具有东方贵族的礼貌，永远不会被激怒，温和地说服了所有相关的人。从贝聿铭身上，大家看到了教养和耐心的重要性。

卢浮宫的展品除了在本章第二节介绍的镇馆三宝外，质量最高、数量也最多的，是法国的绘画和雕塑，特别以从新古典主义开始，历经浪漫主义，再到现实主义时期的作品最为经典。其中最值得一看的是达维特的《拿破仑加冕礼》《马拉之死》等新古典主义的代表作，以及德拉克罗瓦的《自由引导人民》、籍里柯的《梅杜萨之筏》等浪漫主义的代表作。此外，文艺复兴时期和 18 世纪西班牙和荷兰的很多作品也值得一看。如果将全世界历史上最著名、最重要的绘画列出 100 幅，可能有 20 幅在卢浮宫。

卢浮宫还有一件价值远远超过镇馆三宝的文物，那就是人类历史上第一部成文的法典《汉谟拉比法典》，到卢浮宫不应错过这件见证历史的文物。

卢浮宫至少应该去两次，一次是冬天去，主要看博物馆内的展品；另一次是夏天去，主要看外景和从卢浮宫到凯旋门之间的香榭丽舍大道。我在冬天去的时候，《蒙娜丽莎》绘画前面几乎没有人，而在夏天的时候，则要排队一两个小时才能看一眼，而且每个人只允许在画前停留几秒。根据我的经验，在全世界几乎任何城市，逛博物馆最好的季节都是冬天，因为那时参观人数非常少，参观者有足够的时间慢慢品味。

3. 希腊雅典的卫城博物馆

雅典的卫城在雅典的最高处，它在西方语言中叫做 Acropolis，Acro 是希腊语中"高处"的词根，而后面的 polis 就是城市的意思。卫城因为在雅典的最高处而得名。它的中文翻译，是形象地表明它拱卫着雅典的意思。卫城作为博物馆包括两部分，一部分是卫城本身，那一片大理石建筑代表了公元前世界建筑和雕塑艺术的最高水平；第二部分是后来在山下修建的一座博物馆。

雅典娜神殿

卫城本身也是构建在大理石上的一片大理石建筑群。它从公元前6世纪末一直修建到公元前5世纪末，当时正是雅典的黄金时期。这座大理石大城市在古希腊著名政治家伯里克利任内完工，因此也成了他为人类留下的宝贵遗产。卫城主要由三个神殿组成，其中最有名的是为雅典的守护神雅典娜女神修建的帕特农神殿，它坐西向东，用46根每根重达4.5吨的大理石柱环绕支撑，搭建而成。帕特农在希腊语中是处女的意思，因为雅典娜是三个处女女神之一，也被称为帕特农雅典娜。古希腊没有发明水泥，因此这一片大理石建筑都是"摞起来"的。

伊瑞克提翁神殿的少女石柱

在神殿中一部分是浮雕群和雕塑群，这些浮雕今天大多在大英博物馆，部分留在了雅典。神殿的另一部分供奉着雅典娜女神。在被毁坏之前，那里有一个十多米高的雅典娜女神巨像，她的面部和裸露出来的胳膊是由白象牙雕刻，而其他部分则由黄金雕刻，女神手持长矛，威风堂堂。这座像并非为了宗教仪式所建，而是作为雅典城的黄金储备，因此一般人也看不到。作为仪式所用的雅典娜像要小很多。

雅典卫城里面第二个神庙是祭奠海神波塞冬的伊瑞克提翁神庙（神殿），这位海神在和雅典娜争夺雅典庇护神地位中失败，但是雅典人依然给这位失败的神建立了一个神殿。当地的学者讲，这体现出雅典人追求平衡的一面，有点像我们所说的中庸。伊瑞克提翁神殿最有看头的是六根少女石柱。这六位少女的原型都是当时当地的村姑，她们身着束胸长裙，亭亭玉立。为了解决石柱的承重问题，同时不至于把少女的颈部做得太粗影响美观，设计师让每位少女颈后保留了浓厚的秀发，再在头顶加上花篮，成功地解决了建筑美学上的难题，这六尊少女石柱也因此举世闻名。在卫城看到的六个石柱是后来的复制品，真品中的五尊在山下的博物馆里，一尊在大英博物馆。

卫城中第三个神殿则是传说中的雅典第一任国王埃里克特翁尼亚斯的神殿。这位国王自称是雅典娜的儿子，这样就有了执政的合法性。至于处女雅典娜怎么可能生孩子，埃里克特翁尼亚斯就编了一个故事。

雅典娜的弟弟火神赫斐斯塔斯爱上了美丽的姐姐雅典娜，要娶她，作为处女神，雅典娜拒绝了赫斐斯塔斯的追求。但是赫斐斯塔斯忍不住依然把精液溅到了雅典娜的衣服上，雅典娜生气地用羊毛巾擦去了精液，扔在了地上。结果让她的太祖母，大地女神盖亚怀了孕，生下了埃里克特翁尼亚斯。卫城的这个神殿就是祭拜雅典半人半神开国之君埃里克特翁尼亚斯的。这一类的故事在早期各种文明中都出现过，它们反映出早期君权神授的思想。

希腊神话中的主神宙斯在卫城里反倒没有专门的神殿，不过希腊人在山下 500 米的地方为他修建了一个巨大的神殿。宙斯神殿和卫城差不多同时建造，但是神殿完工的时间却晚了 600 年，这主要是因为工程太浩大，以雅典一国之力无法完成。到了古罗马哈德良皇帝时期，这位皇帝动用古罗马的财力，才完成了这个浩大的工程。宙斯神殿长110 米，宽 44 米，由上百根高 17 米的巨型科林斯（Corinthian）石柱支撑，这种石柱上方的造型极为复杂，以至于工期极长。今天那里只剩下一片遗址。在宙斯神殿和卫城之间是哈德良拱门。这位完成了旷世建筑的皇帝在面向卫城的一面刻下了"从这里往里是底修斯的古城"，然后又在面向宙斯神殿的一面刻上了"从这里往外，是哈德良的新城"。

卫城山下是卫城博物馆，里面展出了所剩不多的卫城的雕塑和少量其他展品，其中比较著名的有前面介绍的五尊少女石柱。卫城中大部分艺术品都被英国人搬到了大英博物馆中。希腊人一直要求英国人归还这批国宝，而英国人则找出各种借口，包括希腊没有像样的博物馆保存这些文物。于是，希腊人在卫城山脚下建造了这个博物馆，一直等待着国宝的归来。

希腊文明的重要文物则收藏在几千米外的国家考古博物馆（National Archadeological Museum, Athens）中，那里也非常值得一看。

宙斯神殿及远处的卫城

4. 俄罗斯圣彼得堡的国立艾尔米塔什博物馆

艾尔米塔什（Hermitage）是它的官方称呼，中国人一般熟悉它的另一个名称——冬宫（Winter Palace），在沙皇时期，这座宫殿的一部分是沙皇的私人博物馆，另一部分是宫殿。在十月革命之后，所有的建筑都成了博物馆。

艾尔米塔什博物馆可以理解成是凡尔赛宫和卢浮宫的俄罗斯版。在那里，既要看建筑，又要看收藏，即便是走马观花地看，也要花上整整一天时间。遗憾的是，俄罗斯的博物馆管理水平非常低，展出的藏品只有馆藏的 5%，而卢浮宫等大型博物馆则在 10% 左右。另外，该博物馆没有很充足的讲解员提供讲解服务，因此在那里参观一定要用导游机，最好事先也做些功课。

冬宫是一座三层的建筑，规模宏大，内部奢华。很多建筑专家对冬宫的建筑评价也非常高，因为从不同的角度看，冬宫会给人留下不同的印象。

从正面看，它的结构对称庄严，从侧面看华美而有韵律，门廊、科林

冬宫

斯柱式、复杂的飞檐曲线、装饰性的雕塑都别具匠心。它一方面有西欧的巴洛克风格，另一方面又具有俄罗斯建筑的特点。因此，说它是俄罗斯版的凡尔赛宫也不为过。

冬宫的藏品根据来源地可以分成三部分：古希腊、西欧和俄罗斯。古希腊部分中除了有古希腊时期的藏品，也包括古罗马时期和土耳其等小亚细亚地区的珍贵藏品，这部分以文物为主。西欧部分以绘画为主，包括达·芬奇等人的绘画。

博物馆最重要的，也是最值得看的是俄罗斯部分的藏品，尤其是从彼得大帝时期一直到末代沙皇时期的艺术品，它们包括 18 世纪和 19 世纪俄罗斯著名艺术家的绘画、雕塑和非常漂亮的马赛克拼画，以及瓷器、金银器等实用艺术品。

在冬宫，你可以体会到这个横跨欧亚大陆，曾经叱咤风云的帝国往昔的荣光。所幸的是，它的大部分文化和收藏的文物被保存并继承了下来。

5. 伦敦大英博物馆

大英博物馆被排在了第五，我觉得有点委屈它，从藏品的质量、数量，特别是文物的价值方面考量，我觉得应该排在第一。我在本章第一节已经介绍过它，这里就不再赘述。不过需要补充的是，大英博物馆没有太多西方绘画，它们都被收藏在离大英博物馆不远处的英国国家美术馆（The National Gallery）中，包括世界上最早的油画，如扬·凡·艾克的《阿尔诺芬尼夫妇像》、达·芬奇的《岩间圣母》、拉斐尔的《圣母子》和梵高的《向日葵》等。

英国国家美术馆前的广场被称为特拉法尔加广场，是为了庆祝纳尔逊在著名的特拉法尔加海战中战胜拿破仑的舰队而修建的。在广场的正前方，英国海军军神站在高高的功德柱上眺望远方。

6. 西班牙马德里普拉多博物馆

普拉多博物馆在马德里市的正中央，它的前身有点像北京的故宫博物院，藏品来自西班牙王室的收藏。作为历史上曾经最富有的王室之一，西班牙王室经过几个世纪从世界各地寻找和收藏珍品，馆藏十分丰富。1819 年，西班牙国王费尔南多六世决定修建一座新的博物馆，将王室的藏品向公众展示，这就形成了今天的普拉多博物馆。

普拉多博物馆的藏品中，绘画收藏最为丰富，质量也最高。其中，文艺复兴大师拉斐尔、提香等人的绘画作品数量可以用"无数"来形容。此外，还有数不胜数的西班牙画家的绘画精品，包括鲁本斯、委拉斯贵兹和被誉为"鬼才"的戈雅，以及出生在希腊的西班牙大师格列柯（格列柯 Greco 这个名字含义就是"来自希腊的人"）的诸多代表作。

从艺术成就来讲，鲁本斯的《三美神》（The Three Graces）最为有名。不同于文艺复兴时期意大利画家和后来新古典主义画家用唯美的手法表现女性无缺陷的美，在这幅名画中，鲁本斯用写实的手法表现女性

（模特）真实的身体。波提切利在他的名画《春》中表现的"三美神"那种纯粹的美，只能存在于画家的笔下，而在现实生活中我们看到的则是鲁本斯所表现的人体。到了鲁本斯的时代，人类已经足够自信来展示自己的每一个部分，不再需要掩饰自己的缺陷，因此他这样写实而贴近生活的画风才得以流传。不过当时依然有唯美主义艺术家批评鲁本斯的画是"肉铺子"。

波提切利在《春》中表现的三美神　　　　　　　　鲁本斯的《三美神》

上面两张图分别是文艺复兴时期的大师波提切利在《春》中表现的三美神和鲁本斯的《三美神》。另外，由于波提切利的《春》主题也是三美神，因此很多人也将那幅画称为《三美神》。为了区别，谈论时要强调其作者。

鲁本斯虽然作为画家闻名于世，但他在当时还是一位成功的外交家。每次出访时，他就和对方说，我给你画幅肖像吧。大家一听艺术家鲁本斯要给自己画像，欣然同意。鲁本斯一边给对方画像，一边交谈，外交的使命就这样完成了。鲁本斯因为画家身份和其本身的博学，可以与当时欧洲几乎所有的显赫家族都有交情。

从名气上来讲，鲁本斯的《三美神》在普拉多博物馆的收藏中可能算是第二，第一当属戈雅的两幅玛哈像——《裸体的玛哈》和《穿衣的玛哈》。画中的玛哈是一位公爵的情妇，公爵请戈雅为这位美女画像，这位美女颇为风骚，直接请戈雅为她画一幅裸体像。戈雅就认认真真地画起来，快画好时，这位公爵提出要看一眼画像，吓得戈雅赶快把那幅裸体画像藏了起来，一夜之间凭着想象又画了一幅穿上衣服的，于是就有了裸体的和穿衣的两个版本的画像。当然，由于前者经过了很长时间的精雕细琢，后者只是一夜间赶出来的，因此从水平上讲《穿衣的玛哈》远不如《裸体的玛哈》，但是它却和《裸体的玛哈》形成对比，让后者更加有名。

普拉多博物馆旁边是著名的利兹马德里酒店（Hotel Ritz Madrid），那里的下午茶非常有名，当然其本身也是欧洲最知名的酒店之一。旅游指南上对它的评价是，"如果你不能在那里住一晚上，也应该去吃一次下午茶，不仅欧洲风味十足，而且环境优美，是一种享受"。

西班牙所处的经度和英国差不多（相差 2° 左右），但是却早一个小时[14]，因此当地人吃饭总是很晚，下午茶四五点才开始，参观完普拉多博物馆，正好可以去那里喝茶。

7. 纽约大都会博物馆

纽约在很多美国人，特别是纽约人看来是世界之都。这个被称为"大苹果"（Big Apple）的城市，虽然有点混乱，但是"7×24"地运转，充满活力，而且它拥有的东西几乎全是世界一流的。从哥伦比亚大学到茱莉亚（音乐）学院（The Juilliard School），从纽约爱乐乐团（卡内基音乐厅）到大都会歌剧院（林肯表演艺术中心内），从扬基棒球队到尼克斯篮球队，从百老汇到第五大道购物中心……都是全球顶级的。纽约也是全世界博物馆最集中的城市之一，大大小小的博物馆有一百多个，其中无论规模、藏品品质，还是参观人数都首推大都会艺术博物馆（Metropolitan Museum of Art，当地人称它为 The Met），简称大都会博物馆。

该博物馆的主馆在曼哈顿的中央公园旁边，此外在纽约的上城区还有

---

[14] 尽管按地球自转，每隔经度 15° 划分一个时区，但为了国家行政管理便利，一般一个国家采用统一时区（除地跨过多的国家，如俄罗斯）。西班牙为东一时区（UTC+1），英国为零时区（UTC±0）。

第二分馆，主要展出中世纪的艺术品。即便是主建筑占地也有 8 公顷，整个博物馆的展览面积达 20 多公顷，所以想要一天转完是很辛苦的，好在它的门票可以多次使用，个人建议时间充裕的话可以先转半天，然后出去吃饭，吃完再回来慢慢看。

博物馆里的艺术收藏品超过 200 万件，分为 17 个展区，从古埃及、美索不达米亚、希腊罗马到亚洲，再到伊斯兰文明、文艺复兴的欧洲，一直到美国，以及南撒哈拉和大洋洲的文物和艺术品，应有尽有。最令我震撼的是博物馆把一座古埃及第五王朝的古墓和神庙（距今有 4400 年的历史）原封不动地搬了进来。此外，大都会博物馆还拥有仅次于中国的佛教雕塑藏品。

8. 罗马中心的梵蒂冈博物馆

教皇的私人收藏自然差不了，前文已经介绍过，此处不再赘述。

9. 意大利佛罗伦萨的乌菲兹美术馆

乌菲兹美术馆在本书第一章第三节介绍佛罗伦萨时已经聊过，它是意大利佛罗伦萨历史最为悠久、水平最高的艺术博物馆，原本是美第奇家族科西莫一世·德·美第奇（第一代托斯卡纳大公）的官邸乌菲兹宫，他的后代将美第奇家族收藏的艺术品放到宫殿中，并逐渐将它变成了博物馆。美第奇家族的最后一个继承人安娜·玛丽亚·路易萨·德·美第奇在去世前把艺术品作为遗产捐给了公众，并且规定这些艺术品必须留在佛罗伦萨，并为公众服务。在此之前，富人的遗嘱中还没有出现过将个人遗产变成城市财产这样的条款，因此安娜·玛丽亚·路易萨·德·美第奇可谓开了历史的先河。也正因为如此，乌菲兹博物馆的收藏历经几百年依然能完好地保存至今。

乌菲兹美术馆里以中世纪后期和文艺复兴时期的意大利绘画最为著名，包括文艺复兴先驱波提切利最著名的两幅作品《维纳斯的诞生》和《春》、米开朗基罗的《圣家族》、达·芬奇的《圣母领报》等。由于乌菲兹美术馆的藏画跨越了几个世纪，花上半天时间在里面参观学习，就能掌握鉴别和判断欧洲绘画年代的基本技巧。我一般喜欢把欧洲从中世纪后期（13 世纪）到文艺复兴后期（17 世纪）的绘画概括成"天上 — 天上人间 — 人间天上 — 人间"四个阶段。

《维纳斯的诞生》

《春》

在文艺复兴之前的几个世纪里，几乎所有的绘画都是宗教题材。即使在文艺复兴初期，这种题材仍占多数。不过，文艺复兴以前的宗教题材绘画作品和文艺复兴时期的同类作品，在创作手法和主题表现上有非常大的差别。文艺复兴前，人性非常受压抑，神在人们的心里是至高无上的存在，人是神的奴隶。当这种心态表现在绘画中时，你会看到画中所有神的表情都严肃而略显呆滞。这样的画放在教堂里，也无法让教徒心生敬畏。当时为了区别神和人，画家的做法是在神的头上都画上一圈圣光，比较细致的画法是把这一圈圣光画成金色的光芒，比较简单的画法则是用一个细细的金圈代表圣光。总之，这个时期的绘画，无论是题材还是手法，都是宗教性的，我把这个时期概括为"天上"。

到了文艺复兴初期，虽然绘画在题材上有所突破，可这种压抑的心情在绘画中依然随处可见，绘画中的人是难得一笑的。这个时期最有代表性的绘画作品，就是波提切利的名画《维纳斯的诞生》，这幅画取材于古希腊传说中美神维纳斯诞生在贝壳里的故事。很显然，绘画题材和《圣经》已经没有了关系，波提切利在画中表现了女性曼妙的身体，使它成为历史上诸多表现维纳斯的绘画中最著名的一幅。但是，从维纳斯的表情中，我们能够看到一丝忧郁，这是早期文艺复兴绘画的普遍特点，也是那个时代人们心灵的写照。在波提切利同时期创作的另外一幅画作《三美神》中，依然可见这种忧郁的表情。

到了米开朗基罗时的文艺复兴中期，绘画作品中这种忧郁的特点已经消失了，因为人们开始走出中世纪的黑暗生活，艺术家们要表现的是人文主义思想，而不是宗教。虽然很多画家还是选择圣经题材，但只是借助圣经中的人物表现人间的生活，这时的神已经凡人化了。米开朗基罗的《圣家族》就很好地表现了这种特点。在这幅画中，不仅中世纪时加到神头顶上的神圣光环消失了，而且这些神都变成了人的形象。无论是耶稣的养父约瑟，还是圣母玛利亚，都是人间慈父、慈母的形象，而耶稣则是我们生活中常见的可爱的"大胖小子"。不看这幅画的标题，我们会以为这是一个普通家庭的全家福。而文艺复兴三杰之一的拉斐尔（Raffaello Sanzio da Urbino）也生活在那个年代，他画了很多圣母子图，其中收藏于乌菲兹美术馆内的《金翅雀圣母》也同样具有人间生活的特点。这个时代的画家，其实是通过宗教绘画反映出人文主义气息。因此，这个时期我称之为"天上人间"。

从文艺复兴中后期开始，画家们逐渐抛开宗教和神话题材，更直接地反映人间美好的生活。其中包括威尼斯画派代表人物提香和丁多雷托的画作，在众多尼德兰画家的作品中普通人的形象也大量可见。透过这些绘画，我们能感受到走出中世纪，历经文艺复兴时期和后来的大航海时代，生活富裕起来的欧洲人享受人间幸福生活的一面。因此，

米开朗基罗《圣家族》

这个时期便是"人间天上"了。乌菲兹美术馆里从中世纪后期到这个时期的绘画都非常丰富。

绘画的第四个阶段"人间"是在 17 世纪之后，它单纯反映人间的生活，既有美好的一面，也有丑陋的一面。不过乌菲兹美术馆这个时期的藏画并不多。

乌菲兹美术馆外面有一个方庭，四周都是佛罗伦萨历史上杰出人物的雕像，比如伽利略、薄伽丘、但丁、乔托、亚美利加（命名美洲的人）和马基雅维利等。当然，达·芬奇、米开朗基罗、拉斐尔、多纳泰罗和提香等文艺复兴时期的巨匠自然也少不了。大家到乌菲兹美术馆时不妨去看看认识多少人，也算是对自己世界史知识的一个测试。

10. 荷兰阿姆斯特丹国立博物馆

荷兰阿姆斯特丹博物馆这是我唯一没有去过的博物馆，放在了待参观的名单上。据我了解，里面最值得看的是伦勃朗的《守夜人》（也称为《夜巡》）和扬·弗美尔的《倒牛奶的女仆》。希望我看完之后能和你们分享更多的感受。

扬·弗美尔《倒牛奶的女仆》

第三章 _ # 读书以怡情长智

古人把读万卷书和行万里路看作精英阶层成长不可或缺的两个环节，它们既能使人获取知识，也能令人愉悦自我。今天互联网或其他展示形式更丰富的媒体，使得获取知识似乎变得更容易了，那么读书，特别是读纸质书是否还有必要呢？答案是肯定的，因为读书的好处远不止获取知识和愉悦自我，它还是我们与世界交流的一种方式，也是我们思想形成的一个环节。

阅读的意义

阅读的意义，这是一个看似简单却很难回答的问题，谈论这个话题，完全是因为我遇到的一件小事。

一天下午，我在我们小镇的图书馆遇见一位老奶奶，她借了一本《哈利·波特》，我很好奇，便问她："您也喜欢看这种书？"她告诉我，她自己也想读一读，因为她发现自己和她过去疼爱有加的孙子陷入了"无话可说"的尴尬境地。每当她打电话询问孙子的生活情况，对方的回答总是几个字，"挺好的"。有一天，她问起孙子在看什么书，孙子说自己刚开始看《哈利·波特》，于是这位祖母决定看看《哈利·波特》的第一册，看完之后，他们之间多少有了些共同话题，于是她决定看第二册，以便今后能以此作为聊天的话题。在此之前，她只是听说过这本畅销书的书名而已。

这位老奶奶和她的孙子，虽然有血缘关系，但其实并没有什么共通之处，老人的爱孙之情是出于人类的本能，但是孙子未必能理解老人的苦心，更何况当老人照顾他的时候，他还不记事，除了被父母告知这是"你奶奶"之外，恐怕想不出她和自己有什么关系。但他们现在因为一本书而有了共同话题，产生了更多的联系。

钱钟书先生在《围城》中讲了这样一个观点，借书有利于男女之间的交往。因为借一次书，还一次书，至少就接触了两次。其实，如果考虑到他们可能还会谈一点书中的内容，接触的机会就远不止两次了。

富兰克林在他的自传中讲，曾有一个支持他的政敌，并且颇有影响力。富兰克林想把他争取过来，便想了一个很有创造性的方法与对方接触，他去向对方借书，而对方还真借给了他，于是两个人后来成了朋友。

为什么借书可以增进两个人的关系呢？因为这至少说明两个人有共同语言，在此基础上，谈合作也好，谈利益也罢，才搭得上话，至于惺惺相惜，则是深度交流后的结果。

今天，我聊阅读的目的还不仅仅是为了交朋友，也是为了能够改变我们的生活方式。互联网出现后，获取知识变得越来越容易，人们反而比以往任何时候都更需要成为一名阅读爱好者。

现在，我们每天给自己安排的日程非常满，也一直在抱怨自己太忙，但并不清楚时间都花到哪里去了。类似地，虽然我们的收入比长辈多出很多，但是钱总是不够花，很多年轻人反而要长辈来补贴自己的花销。

我们总是在买一些并不需要的东西，然后因为它们堆满了房间，塞满了抽屉而心烦。我们有很多提高效率的工具，但是却难以拥有足够的时间保证充足而优质的睡眠。我们和许许多多所谓的"熟人"加了微信，但是能说真心话的朋友却越来越少。我们每天刷小视频和其他各种消息，但是我们什么都没记住，那些内容也没有对我们产生任何影响。

其实这些现象的背后透露着一种恐惧——生怕自己错过些什么。不论我们身在何处，总怕遗漏或忽略掉某一条消息，从而错过一次机会。一个人，总希望能经历更多好玩的事情，欣赏更多优美的风景，品尝到更多的美食……我们把它称为快节奏，但其实并没有节奏。

苏格拉底临死前说，未经审视的人生不值得度过。而审视人生需要有闲暇。我们今天有很多获取知识和资讯的渠道，但是它们不能帮助我们审视人生，因为它们不能给我们带来闲暇，反而让我们更加没有闲暇来思考。

读书则不同，尤其是在读纸质书时，我们必须有比较长的一段时间，不做其他的事情，专心致志地阅读，正因为不得不把手中的事情暂时搁置一旁，才有了审视人生的机会。因此在我看来，阅读是当下可以让我们审视人生的不多的方法之一。

一本好书本身，也可以帮助我们重新认识自己，看清世界，厘清百思不得其解的疑惑，并最终成为一个更好的人。我曾在《硅谷来信》专栏里讲了我阅读《富兰克林自传》的感受，通过与富兰克林的对比，我能审视自己的不足。阅读也会在不经意之间提醒我一些道理，那些我内心明白，却总是淡忘的道理。

在我小时候，父亲借来一本科普读物《地球》给我读，它实际上是介绍地理和天文知识的读物，里面的内容第一次让我体会到宇宙范围之广袤，远远超出观察能够触及的地方，它让我对这个世界产生了无穷的好奇和想象，而那时的我有足够多的时间反复思考里面的内容。

我在小学毕业时，读了伽莫夫（美籍俄裔著名物理学家，提出了宇宙大爆炸理论和核聚变理论）的《从一到无穷大》，让我突破了课本中的内容，对数学有了比较完整的认识。当然，伽莫夫所讲的很多内容我当时并不理解。

渐渐地，当我通过读书学到了更多科学内容后，会发现我能理解的内容更多了，直到最后我弄懂了《从一到无穷大》一书中的全部内容，那个时候，我就体会到我和伽莫夫对数学的认识在很大程度上有了一致性。虽然我没有见过伽莫夫，但是通过他的书我可以和他交流了。

很多人会纠结读什么书，甚至期望一本书能够改变他的人生态度、思维方式和行事方法。一本好的书，确实能引起读者的共鸣，但是我们为了一个非常明确的目的去看书时，未必能达到预想的效果。很多励志的书籍便是如此，它让人乘兴而来，败兴而归，读者会发现里面都是些绝对正确，但又绝对无用的大道理。

我不是一个守规矩的或者系统性的探寻者，选书时不会想太多，看上什么就读什么。好书往往是在不经意之间发现的，我记得最初买《曾文正公家书》时，只是出于对"镇压农民起义的刽子手"的好奇，后来发现里面充满了哲理和智慧。如果选了一本"坏书"，或许我会读不下去，但也没有浪费时间，或许读完了以后完全不认同其中的观点，但也是一种收获。

阅读不仅仅是为了让我们在冷酷无情的科技时代获得喘息，让我们重启大脑深入思考的功能，也是抵抗狭隘、思想控制和舆论支配的方式。约翰·霍普金斯大学高级国际研究学院（SAIS）的学者、伊朗裔的畅销书作家纳菲西女士 1995 年在德黑兰带领了一个学习小组，他们的工作强化了文学在许多人心中的力量。

纳菲西女士在《在德黑兰读洛丽塔》（*Reading Lolita in Tehran*）一书中写道："所有传世的文学作品，无论呈现的现实多严酷，都有一股借着肯定生命来对抗生命无常的基本反抗精神。它们的作者以自己的方式重述故事，通过小说中的现实，创造出一个新的世界。每部伟大的作品都是赞颂美好，都是对人生的背叛、恐惧与不义的反抗。"

每个人都可以选择各种各样的生活方式，但是阅读本身就是一种生活方式。我最近在修订《大学之路》第二版的内容，读到牛津大学的历史，里面介绍了牛津大学圣埃德蒙学院的一句话，"Study as if you were to live forever, live as if you were to die tomorrow"（出自 13 世纪的坎特伯雷大主教）。翻译成中文也许应该是"终身学习，向死而生"。

轻松地读书、有效地学习

在讲这个题目之前，先讲讲我在走出学校后自我学习和自我提高的体会。谈这个话题是因为很多人让我列一个书单，问我都在读什么书，怎么读书。其实读书虽然是学习的一方面，但也仅仅是一方面，人的学习是全面的。

除读书之外，学习新知识最简单的方法是上课，今天有慕课（MOOC）课程，大家学习起来非常方便，我也经常在 Coursera（美国的一个公开课平台）上听一些课程。除此之外，如果靠近大学，可以到课堂听课，国内的一些大学是开放式的。当然，我也花了很多钱找专业人士给我一对一地上课，比如我最初学金融学知识，就是专门付费邀请高盛和摩根士丹利的财务专家给我教授的。

上课之外，主要就是靠阅读。阅读材料的来源包括杂志、报纸和书籍。在过去，一些报纸会刊登一些观点独到、思想深刻的评论和综述文章，但是在金融危机后，美国报纸里的这些文章已经不见了，取代它们的是内容肤浅的新闻。因此，从五六年前开始，我很少读报纸。2016 年的美国大选中，美国的报纸完全按照主观意愿站队，已经失去了中立性，未来它们的影响力可能还会进一步萎缩。

关于杂志，我会选择两种来阅读。一种是高质量知识性的，比如《巴伦周刊》（Barron's）、《大西洋月刊》（The Atlantic）、《外交政策》（Foreign Policy）、《哈佛商业评论》（Harvard Business Review）等，以及斯坦福、MIT 或者约翰·霍普金斯大学的科技报道。

另一类是纯学术的。除了我自己的专业 IEEE（电气和电子工程师协会）的一些会刊外，我会读一些其他领域纯学术性的期刊，比如《自然》（Nature）和《科学》（Science），这是全世界影响力最大的科学刊物。当然其中大部分论文是关于生物、材料、考古等学科，许多内容我不感兴趣，一般都是挑着读。比如在写《文明之光》第四册时，要确认很多和生物遗传学有关的发明、发现，我把很多当初获得诺贝尔奖的重大发明、发现的论文读了一遍。那些论文通常非常短，只有两到四页纸，但是写得很明白，并不晦涩。真正的大师可以做到深入浅出，用简短精炼的文字将深刻的道理说清楚。

另外我会读一些经济学的纯学术期刊，比如《美国经济》（American

Economic Journals)、《世界经济》(*The World Economy*)、《国家学院经济评论》(*National Institute Economic Review*),等等。我并没有时间通读这些杂志,常常是为了搞清楚一些问题而到杂志中找答案,顺便把全文读下来。比如我对宏观经济和货币政策的理解,很大程度上来自于这些阅读。有些人可能会觉得这并非我的专业,为什么要读这些杂志,其实我兼任着上海交通大学商学院的教授,不断更新这方面的知识是必需的。

相比阅读书籍著作,读杂志有三个明显的好处。第一,内容比较新,各种观点比较全面。第二,相对客观,即便作者有较强的个人观点,也需要非常翔实的数据说明。书籍则不同,它的观点相对主观,因为一本书必须要表达一个非常完整的、与众不同的观点,才有意义。第三,杂志中的文章,以及它们的参考文献,能够构成完整的知识体系,或者说这种体系是网状的。在杂志上,即便是一种很独特的观点,放在大的学术背景下,你会发现它想要强调的其实就是一点微小的差异而已。但是书籍则相对独立,有些书中有非常独特的观点,让人感到非常有颠覆性,如果缺乏相关领域的背景知识,读者容易"走偏"。比如《人类简史》和《自私的基因》就属于这种书。

当然,读杂志替代不了读书,因为杂志缺乏图书叙事的完整性。通过读书,不仅可以增长见识,而且可以获得新的、完善的知识体系,并学到作者思考问题的方法。我 2016 年底读的《哈佛中国史》便属于这一类的图书。这套丛书的英文名称是"History of Imperial China",

翻译成"中华帝国史"或者"帝制中国史"可能更合适，而且每本单册的名称也都是"某某帝国"，比如最后一本叫做《最后的中华帝国——大清》。但是，或许是有人比较烦"帝国"，或者"帝制"这两个词，就翻译成了"中国史"。

《哈佛中国史》一共六大本。总的来说，这套书比更大部头的《剑桥中国史》容易读得多，《剑桥中国史》是一套好书，但是我不推荐给任何人，除非是专门学历史的人，否则没有必要读，它完全像是论文的汇编，我也只是用它作为写书的参考资料。《哈佛中国史》虽然写法和中国的各类历史书不同，也完全没有故事性，但还算是通俗易懂。我花了几周时间就读完了第一遍，个别地方我做了注释，后来对其中部分章节读了第二遍。

如果你想对一些历史事件有深刻的理解，可以读这套中国历史书，至少它带给我不少启发。《哈佛中国史》最大的特点，是把中国放在整个世界的大环境下去考察，分析历史事件时，又把它们放到前后几千年的时间范围内去分析。也就是说，该书对中国历史事件的分析，在空间和时间上的尺度都很大，超越了中国过去以考据为主的历史研究。为了说明这一点，我们不妨看一个具体的例子。

2016 年我在写《文明之光》第四册时，涉及明治维新，对这段历史我花了很多时间研究，并且做了一些实地考察。为什么日本的明治维新能够成功，而中国的戊戌变法、洋务运动等改革都失败了，中国很多学者有各种各样的看法。不过，我更喜欢使用哈佛大学著名历史学家费正清的研究方法来分析这件事，得到的结论或许和不少中国学者有所不同。在《哈佛中国史》中，历史学家们在时间和空间上用更宏观的视野分析这个问题，得到的结论更为全面。在讲述该书的观点之前，我先谈谈我对明治维新和戊戌变法的看法。由于篇幅的原因，这里我只讲我书中的一个观点，即从中国一直强调的"中学为体，西学为用"入手分析，我是这样写的：

> ……这就要说说日本国民的一个优点了。其实无论是"黑船事件"导致明治维新，还是第二次世界大战战败导致日本进一步改良，其背后都有一个共通点，那就是当日本国民看到科技的力量时，愿意接受产出这样的科技力量的社会制度。

> 当日本遭受了原子弹攻击之后，在看到装备有大量现代化工业品的美军进驻日本时，日本人在心理上受到的冲击不亚于当年的"黑船事件"。日本强国的方式是，既然你的政治制度能够产生更先进的生产力，我就接受这种制度。

> 从这里，我们既可以看到科技对一个国家现代化的贡献，也可以看到一个善于学习的民族奋进的精神。相比之下，中国过去学习西方，却逃不脱中体西用的框框，学习西方技术是为了让当前的政体更稳固，而不是改变它。这才是明治维新成功，而中国历次改良失败的根本原因。

《哈佛中国史》中第一个观点就与此类似，毕竟编写这套丛书的学者和我一样受到费正清教授的影响，一些中国学者也同意这个观点。但是，接下来英国的中国问题专家伊懋可的观点就让人耳目一新。他在总结了中国近三十年的建设成就后，提出了一个新的观点。他认为晚清时的中国达到了农耕文明所能达到的最高效率，当时体制更替成本太高，所以遇到各种阻力。因此，中国晚清改良的失败和中国的传统文化无关。而到了 20 世纪后期，中国的传统文化其实没有太大的改变，但是由于经济已经到了崩溃的边缘，维持旧的经济体制的成本就显得太高了，反而应采用新的经济体制（商品经济）。

伊懋可以独到的观点和理由解释了为什么一百年前中国没有采取西方政治制度，无法实现近代化，而现今却能实现。也就是说，《哈佛中国史》把很多历史问题放在很长的时间跨度上来考虑，这是这套书的一大特色。

读书时，我会把这样的观点标记下来并作说明，还可能去查阅作者的其他著作。长时间坚持这样做，我的视角就可以保持开阔，这便是读优秀图书的好处。

怡情与长智

读书一个主要的目的自然是学习和增长智慧，我想大部分人对此是认可的。不过，对我来讲，为了长智慧而读书，仅仅是读书乐趣的三分之一，另外三分之二是怡情养性，和长智结合在一起，就是我读书目的的六字诀——"怡情、养性、长智"。这一节我想谈谈为什么读书可以怡情，下一节再谈养性。

人在闲暇时都想要放松自己，享受一下生活。清朝末年，曾国藩的幕僚赵烈文，以日记的形式记载了这位被誉为道德楷模的理学名家的一桩趣闻。

曾国藩在湘军收复南京之后，带着他的幕僚和下属视察被战火毁坏的曾经烟柳繁华的十里秦淮。

让赵烈文等人吃惊的是，在整个南京城还百废待兴之际，被称为卫道士，在人们的想象中应该是远离烟花之地的曾文正公，居然下令恢复秦淮河灯船，在秦淮河两岸兴建酒肆茶馆等各类商铺，并且把这件事交给了最得力的幕僚赵烈文来办。

赵烈文等人问起原因，曾国藩讲，世上真正能像他们那样成就一番事业，谋得不世之功的人毕竟是极少数，大部分百姓都是贩夫走卒忙忙碌碌终其一生，能修缮一个地方，给这些人带来一些欢乐，不啻为一件善事。

当然，每个人享受、取悦自我的方式不同，这里面没有高雅与低俗之分，也正是因为这个原因，曾国藩没有瞧不起享受感官娱乐的人。我认识的几个斯坦福大学的教授，闲暇时最大的享受就是看 NBA，至今他们描述 20 年前公牛队某一场比赛最后被翻盘的细节时，依然让你感觉身临其境。

在我读中学时，没有什么娱乐活动，电视节目少得可怜，电影全然无趣。除了和同学玩，一个人的时候就只能读书了。三十年前，中国家庭的经济都不宽裕，买书是一种奢望，看书能借就借，而借不了就到图书馆或去书店蹭书看。

那时我下午放学，常常顺道拐个弯到大学的图书馆，假装成大学生混进开架的借书室，坐在地上看书，一看一下午。当然，一本书是很难一个下午就看完的，等下次再去，那本书可能已经被借走了，因此我就养成了断断续续看书的习惯，直到今天我拿来一本书，通常还是先翻一翻，然后找感兴趣的章节阅读。

讲到这里你可能会说，现在的孩子根本没有时间享受阅读，因为他们功课压力太大。其实在任何时候中学生的压力都不小，三十年前的大学升学率比今天低很多，而且教师的平均水平也不如今天。今天很多孩子只是花了太多时间"炒剩饭"而已。为了了解中国的高考，我专门把 2015 年和 2016 年的高考题拿来看了看。坦率地讲，对于一个稍微有一点心思愿意读书的高中生来讲，我并不觉得数学和语文考试需要花大量的时间准备。具体地说，数学并不算难，重点是课堂上的消化和吸收。而语文题早已不是靠死记硬背就能答好的，很多题考查的是学生的阅读能力。

阅读的好处是怡情，不是为了取悦于谁，而是自我享受。我在高中和大学最高兴的事情，就是在暑假的上午一个人在窗前，听着窗外的风雨声，读两个小时的书，那真是一种享受。

离我家不远处有两家书店和几个书摊。有时早上九十点钟，我就去书店和书摊上转转，东翻翻、西看看，由于没有钱，很多喜欢的书总是拿起来又放下，来回转几次，终于咬牙买回去一本，再坐在窗前享受闲暇的时光。那时候，我几乎把所有的零花钱都用在了买书上。我买回书，父母有时会跟着读，那么谈话就有了共同的话题，而我的思想也就逐渐影响到他们的思想。父母是 20 世纪 50 年代受的教育，对于西方近代的思想其实了解甚少。他们还是通过我了解到卢梭、伏尔泰等人的思想。

我在高中读完了尼克松的《领袖们》，颇为震撼，了解到外界是如何看待中国和中国老一代领导人，知道了外国杰出政治家们所关心的事情和我们报纸上讲的不一样。我把这本书推荐给我父亲，他看了以后也很震撼。这一类的事情非常多，我的父母了解庄子，了解曾国藩，重新认识李鸿章，都是通过我。我在《硅谷来信》第 29 封信中讲，子女们要让父母成熟起来，如果自己头脑空空，是不可能影响其他人的。

怡情这件事也勉强不得。我们对很多事物的喜爱，有些是天生的，有些是后天逐渐养成的。先天的喜爱大部分来自于我们的基因，比如喜欢吃甜食，而好美色也是如此。

但是，有一些习惯则是后天养成的，比如很多人的饮食习惯。四川人爱吃辣，他们的孩子从小吃辣，即便不生活在四川，也保持了这个习惯。其实，辣椒是在哥伦布发现新大陆后才从美洲传到欧洲，然后再传到中国，四川人吃辣的习惯完全是后来才有的。第一次吃辣未必舒服，但是吃多了就习惯了，甚至会上瘾。通过读书来怡情，不可能是天生的，是慢慢养成的习惯。

当我的孩子进入校园，我与她们的老师谈论怎样培养孩子的阅读习惯时，他们给我的答案基本上都是孩子喜欢什么就让他们读什么，是否长知识了，是否记住了都不重要，重要的是他们能够喜欢阅读。因此，读书本身不能太功利。

最后讲两个我读闲书的故事。

一次是在机场书店逗留看到的《金戈铁马辛弃疾》（由《百家讲坛》内容改编）。这本书我随手翻了翻，觉得写得不错，就买了下来。今天中国的书籍，相比其他商品简直便宜得如同免费，如果连书都舍不得买的人，再有钱也是乞丐！我对辛弃疾的词并不陌生，从中学起就非常喜欢。北宋文人写词还是以消遣为主，那时词的地位并没有诗高，写诗才是正道。但是到了南宋，诗开始走下坡路，文人们更多地开始用词表达自己的思想，而辛弃疾则是把词推向巅峰的人。可以讲，辛弃疾是在用生命写词，那些词如同辛弃疾的日记，记录了那个历史时代。当然，了解一个人写的词，还需要了解写词的人，写词的时代。《金戈铁马辛弃疾》一书就是通过讲述辛弃疾一生的故事，还原南宋的时代背景来帮助我们欣赏辛词的。辛弃疾是出生于北方金国的官宦公子，文武双全，一心向往南宋，年轻时率兵抗金，后来南归故土。用他自己的话讲"壮岁旌旗拥万夫，锦襜突骑渡江初"，何等豪迈。辛弃疾一生力主抗金，光复河山，但壮志难酬，最后只得将他郁郁的心境通过词告诉后人。了解了这段往事，马上就能读懂他那首《摸鱼儿》，"更能消，几番风雨，匆匆春又归去。惜春长怕花开早，何况落红无数。春且住，见说道，天涯芳草无归路。"从这首词中，你能感受到的是英雄迟暮的悲凉。

另一次是南京市政府代表团在硅谷和我们达成合作协议后，送了我一套描写南京的线装本古诗词。那套仿古书用上好宣纸印制，拿在手里读起来感觉异常舒服，这不是冷冰冰的电子阅读器所能替代的。拿到书后，我坐在沙发上随手翻翻，翻到李后主的《破阵子》，想想他的身世，不禁感慨万千。李煜的这首词是这么写的：

四十年来家国，三千里地山河。

凤阁龙楼连霄汉，玉树琼枝作烟萝，几曾识干戈?

一旦归为臣虏，沈腰潘鬓消磨。

最是仓皇辞庙日，教坊犹奏别离歌，垂泪对宫娥。

想想李后主国破家亡之时，北宋曹彬的大军押着他即将踏上北上为虏的路途，李后主到祖庙向祖宗牌位辞行，那本是万分凄惨的事，而建康的教坊里却依然传来歌舞声，这个对比何等强烈。

读到这里，我想起李后主《相见欢》中的一句"林花谢了春红，太匆匆，无奈朝来寒雨晚来风……"这便是他后来为虏的处境。最后，李后主吟完"问君能有几多愁，恰似一江春水向东流"之后不久，便撒手人寰。李后主在其死后近千年来一直让人怜悯、惋惜。一方面，他实在是一个不称职的皇帝，早年就像他自己所说，是一个活脱脱只知道吃喝玩乐的昏君。

红日已高三丈透，

金炉次第添香兽。

红锦地衣随步皱。

佳人舞点金钗溜，

酒恶时拈花蕊嗅。

别殿遥闻箫鼓奏。

另一方面，他最后为虏的几年，遭遇国破家亡，词的境界更上一层，从此确立了他在中国文学史中的地位。《人间词话》的作者王国维先生对他评价极高，王先生讲"词至李后主而眼界始大，感慨遂深，遂变伶工之词而为士大夫之词"。

对于辛弃疾来讲，了解他的生平就可以了解他的词，而对于李后主，读了他的词就能了解他的人生轨迹，以及那个时代北宋和南唐的政治。因此，读这些书难免感慨一番，甚至会有点多愁善感。我们在忙碌的生活中，大部分时间都是在和外面的世界对话，但是总需要有喘口气的时候，放松下来，享受闲暇。这时，和自己对话，和内心对话，我把做这种事情看成是怡情。怡情的时候，没有书是不行的。

怡情有什么用？或许也没有什么用，但是可以让人变得有趣。有趣对人一生的幸福很重要，甚至比专业知识更重要。很多人十年寒窗苦读，指望着将来能够就此改变命运，但是他们发现虽然自己的业务能力不差，但似乎并不招人喜欢，这里面可能有很多原因，其中一个原因就是无趣。很多人让我聊聊教育的话题，一个年轻人应该如何成长。我想，把自己变成一个有趣的人也非常重要。

读书与养性

谈了读书以怡情、以长智的感想，我们再来谈谈养性。

什么书对我个人修养的提升有过帮助呢？我想了想，如果列五个人的书，它们大约是：

1. 《曾文正公全集》
2. 《悲剧的诞生》《查拉斯图拉如是说》等（大约七八本尼采的书）
3. 《富兰克林自传》
4. 《培根随笔》
5. 《庄子》

当然，能够养性的好书远不止这些，但它们在传递积极向上的精神上有着一致性。《品格之路》（戴维·布鲁克斯著）便是这样一本能帮助我养性的书。

《品格之路》用一个独特的视角介绍了欧美一些了不起的人物之所以伟大的原因。这些人中，既包括德怀特·艾森豪威尔和乔治·马歇尔这样的近代政治家和军事家，奥古斯丁这样的圣徒，也包括名气不是很大，但是对美国和欧洲社会产生了不小影响的人物，比如民权运动领袖菲利普·伦道夫、女慈善家多萝西·黛伊等。下面针对两个大家熟悉的人物，谈谈我的心得。

第一个人是马歇尔。他有两重身份，第一重身份是军事家，第二次世界大战时是美军实际上的最高统帅、总参谋长；第二重身份是政治家，提出过"马歇尔计划"，并且试图调停国共纷争。《品格之路》一书中没有介绍马歇尔的雄才伟略，而是介绍他在工作中的一些事情，说明他是如何培养自己品德的。

第一次世界大战期间，马歇尔是美军前线的一名中级军官。一次，美军总司令潘兴将军作出了一个战略决定，当时下面的将官们都认为这个决定会让美军遭受巨大的伤亡，但当时潘兴将军决心已下，没有人愿意以下犯上去劝说老将军收回成命。

一次会议结束后，马歇尔一把拉住了潘兴将军，让他听完自己的解释。这个动作有点粗鲁，但是马歇尔坚定的态度让老将军不得不听他把话讲完，当马歇尔讲述了自己和大家的理由后，潘兴将军不得不重新审视自己的决定，并且最终修改决定，但是马歇尔也因此被开除出军队。

当时美军将领们都感谢马歇尔牺牲自己替大家出头的做法，但是也都惋惜他将因此而结束军旅生涯。好在潘兴将军并不是一个记仇的人，后来他回到美国需要一个参谋长时便想起了马歇尔。马歇尔正是靠潘兴将军的提携，才得以平步青云。但是，当初他为了保全士兵生命劝说潘兴将军时，并没有想到这会是他职业生涯的转折点。

第二次世界大战时，罗斯福在军事上的决定都倚仗马歇尔的建议，他对马歇尔的倚重犹如当年华盛顿对汉密尔顿的倚重一样。1944年诺曼底登陆之前，大家都知道，这场人类历史上规模最大的两栖登陆战的总指挥，必将名垂青史，因此很多将领都希望担任此职。

而在英美的诸多名将中，没有人比马歇尔更有资格来指挥这场战役。因此，只要马歇尔提议，无论是罗斯福、丘吉尔这些领导人，还是艾森豪威尔、巴顿或者蒙哥马利这些一线的指挥官都不会提出异议。罗斯福当时也直接向马歇尔表示，如果他要求去前线指挥这次登陆战役，他会任命其为英美联军总司令。

马歇尔当然会心动，不过他是这样对罗斯福说的：首先他感谢总统给他这个机会，自己虽然有心上前线，不过如果总统因此而感到不踏实，他会留在总统身边。美国当时要在大西洋和太平洋两个战场上两线作战，诺曼底登陆虽然重要，但毕竟只是一场局部战役。因此，罗斯福表示，如果马歇尔留下来，他会踏实很多。就这样，马歇尔把成名的机会让给了艾森豪威尔。

今天，诺曼底登陆已经成为历史，除了研究军事的人，大家对那场战役的细节其实已经不甚关心了。但是，马歇尔后来在欧洲做的一件事情，影响却非常巨大，那就是对西欧盟国的援助。

作为美国国务卿，马歇尔对当时的总统杜鲁门讲，德国和法国等深受战火摧残的国家，并不缺乏工匠和专业人士，也不缺乏重建家园的动力，真正缺少的是经济上的支持。如果我们能够援助这两个国家，它们就能为我们所用，否则它们引发革命，最后可能投入苏联的怀抱。最终，马歇尔帮助欧洲人振兴了家园，维持了西欧的民主制度和自由的经济体制。

马歇尔所做的这件事情，远比美军在军事上的胜利重要得多。从这些事情上，我们可以学到一个人应该如何修行，并且做事有所选择。

我在《文明之光》中讲，在历史的长河中，军事上的胜利远没有文明的进步来的意义重大。今天我们绝大部分人不会涉及军事，但今天的商业在很大程度上相当于过去的军事。如果我们把目光放得长远些，就会意识到生意上成功的意义要远比文明的成就小得多。赚到一笔钱，成功办了一个公司的人大有人在，但是如果做一个产品，最终对世界有点帮助，这个意义则更大。

我在很多场合讲，我所创立的丰元资本的投资原则是，一个项目是否能对世界产生重要影响，而不是简单获得金钱回报。这个道理和马歇尔所追求的"首先是政治上的目标，其次才是军事上的胜利"多少有些相似。

当我们怀揣理想时，未必能在现实生活中找到对我们想法理解和支持的人，但是在书中可以找到能够让我们坚持自己理想的力量。罗曼·罗兰在《贝多芬传》中讲，他写《贝多芬传》的目的就是在那些不甘平庸的人身边，聚集起一批英雄。而我们作为读者和那些英雄对话，就是养性的过程。

在《品格之路》中还有一个关于艾森豪威尔的故事值得和大家分享，它揭示了艾森豪威尔自律的行为是如何养成的。艾森豪威尔是德国移民的后裔，他的父亲保留了德国人的很多品行，可以说他这种自律的品行来自于他父亲和家庭的影响。

艾森豪威尔的父亲是一个小业主，曾经破产，因此做事情非常谨慎，他不仅自己如此，也要求员工如此。同时，他因为担心自己破产会让员工无法生存，于是要求凡是在他公司工作的人，每月发薪水后将10% 的工资存起来。

今天美国大部分家庭的财务管理是一团糟，有一半的家庭连 500 美元应急的钱都不存。艾森豪威尔父亲的这种做法和大部分美国人不一样，但就是靠这样严格的自律，才让自己的家庭能够有一个虽然不富裕却体面的生活，也让他员工的家庭生活有所保障。这种自律行为，为艾森豪威尔成为一个优秀的军人奠定了基础，后来他还当上了美国总统。

我们常常讲，从底层逆袭很困难。其实身处底层，贫穷固然是一个最大的上升障碍，但是更可怕的是身处底层缺乏见识和自制力。艾森豪威尔的家庭物质虽不丰富，但是并不缺乏精神上的财富。他父亲给予他在品格上的财富并不少。

对于每一个人，养性这件事都可以通过读书来达到。在中国，很多学习和自我提升需要不少资源和资金，不是所有人都有条件做到。而书籍相对来说，非常便宜。也就是说，通过读书养性，人们很容易获得不受他们家庭物质财富影响的品格上的财富。

读经典的重要性

每一个伟大的民族都有史诗般的作品，了解这个民族就要读他们的史诗。古希腊有《荷马史诗》，意大利有《神曲》，英国有莎士比亚的名剧，德国有《浮士德》，俄罗斯有《战争与和平》《静静的顿河》，日本有《源氏物语》，法国有《红与黑》《约翰·克利斯朵夫》，等等。而在我们中国的古代文学中，要说经典莫过于《红楼梦》。

我平时读书比较快，常常不求甚解，大部分书快速地翻一遍，理清作者表达的核心思想，然后思考有什么收获。对于那些不太感兴趣的书就直接排除了，对于一些我认为不错的书，会对里面个别细节内容格外关注。对于经典文学作品，我除了仔细阅读内容，也要欣赏它的文字，这便是怡情。通常我读书也就到此为止。但是《红楼梦》与众不同，它需要一层层剖析，因此可能需要读很多遍，当然它也值得读很多遍。

第一遍可以只看热闹，这样能够产生兴趣。《红楼梦》的细节描写特别多，很多生活场景和今天已经不同，如果细究每一个细节，就会令很多人丧失兴趣。《红楼梦》的主线是宝、黛、钗的爱情故事和贾府的兴衰，这个故事本身足够精彩动人，读第一遍时不必对自己有太高要求，就把它当作琼瑶的爱情故事来读就好。很多时候，要想将读书长期坚持下去，保持兴趣很重要。正在热恋中的男生和女生，还可以和书里面贾宝玉和林黛玉产生一些共鸣，细细体味他们的心情。

读第二遍时，可以重点看书中人物之间的关系，把里面发生的每一件事情当作现实生活中的案例来处理。我们不妨看看第六十一回"投鼠忌器宝玉瞒赃　判冤决狱平儿行权"中的一个具体的例子。

　　丫头彩云偷了茯苓霜和玫瑰露等名贵贡品去讨好贾环。大观园里丢了东西

投鼠忌器宝玉瞒赃 判冤决狱平儿行权 图 孙温

自然要查，当然也很快就查到了彩云和贾环头上，不过如何处理就有讲究了。处置贾环和他母亲赵姨娘没有问题，但是贾环的亲姐姐探春（赵姨娘的亲女儿）却是大家都喜欢的人，因此还不能伤及她的面子。平儿（王熙凤的丫头）说"不肯为打老鼠而伤了玉瓶"，就如同我们讲的投鼠忌器。

《红楼梦》里有几个很会做人的女性，比如宝钗、袭人，但都不太被大家喜欢，因为她们的善意多少有点做作，唯独平儿会做人，同时让读者觉得很舒服，因为平儿的善意来自真心。如果能体会到这点细微的差别，就能更好地在工作中观察每一个人，不愁处理不好人际关系。

第三遍读《红楼梦》，可以关注整个贾府的兴衰。我总是说"有生就有死"，类似地，有兴就有衰。一个国家（机构）也好，一个家族也罢，无不如此。一个王朝、一个公司、一个家族，一旦开始走下坡路，常常没有任何力量能够挽救它。

贾府的衰落有很多原因，比如皇恩不再，家族后辈没有出息，穷奢极欲后入不敷出，等等，但是根本的原因就是"太老了"，老了以后什么问题都随之而来。著名科学家温特（人类长寿公司的创始人）对我讲，人得癌症的主要原因就是太老了。而诱发癌症的其他原因，如污染，只占了不到 10%，衰老是主要原因。

贾府经过了三代繁荣，已经是千疮百孔，堵住一个漏洞，就会发现还有一大批漏洞，想堵也堵不住。对于这样一个组织中的个人，我通常建议他们改换门庭，因为这些机构咸鱼翻身的可能性不大。对这种组织的主人来讲，他们没有办法改换门庭，只能做非常彻底的改革。但即使做了彻底的改革，如果大势不再，也没有用。

《红楼梦》里有两个大能人，一个是王熙凤，她是一个很好的 CEO，但是她也只能维持一个衰落组织多存活一段时间；另一个是探春，她看到了贾府的危机，要对内务做根本的改革。但是，如果贾府外在生存的大环境改变了，他们家族不再多出几个进士翰林，不再蒙受皇恩，恐怕神仙也难救。

读完《红楼梦》，我对命运有了更多敬畏之心。我给我的第一本书起名为《浪潮之巅》，就是想表达这样一个意思，一个公司也好，一个人也罢，如果没有站在浪潮之巅，再怎么努力都是事倍功半。一个企业家，必须永远居安思危，眼睛盯着下一代浪潮，像贾府这样的大家族，重点永远应该放在下一代上。

如果有兴致读第四遍，可以体会一下贾府生活的细节，看一看上流社会的生活到底有多么雅致。比如在第四十一回"栊翠庵茶品梅花雪　怡红院劫遇母蝗虫"中，曹雪芹借妙玉之口谈论了品茶的原则。书中以杯数来区分喝茶的雅俗，既简单，又有道理。

在这一回中妙玉讲，"一杯为品，二杯即是解渴的蠢物，三杯便是饮牛饮骡了"。中国颇为权威的介绍饮茶之道的《中国茶经》一书（上海文化出版社 1992 年版），也称赞妙玉的话是"一语中的，惟妙惟肖地道出了饮茶的方法之分"。

栊翠庵茶品梅花雪 怡红院劫遇母蝗虫 图 孙温

今天有些爱品茶者，就常常拿"三杯论"当高雅的身份证，当然，更多的人则不同意妙玉的说法，觉得她矫情。不过在这一回中，对于妙玉品茶的很多原则，今天很多好茶者还是颇为赞同的，包括不同的茶用不同的杯子，用不同的水，不同的品法，等等。

一个人即使突然获得了一大笔财富也未必能活得高雅而有品位。相反，一个没有多少钱的人，可能照样能活得很有情趣，这里面的学问就大了。我在读了几遍《红楼梦》后，有时躺在床上会随便翻开一页读几段文字，在细细品味了里面一些细节后，对那种精致生活就慢慢有些感觉了。

如果对《红楼梦》还有兴趣，可以通过它来了解清初的历史。每一本好书都能反映成书年代的大背景。简·奥斯汀的书反映了 18 世纪的英国生活，马克·吐温的书反映了 19 世纪中后期美国的生活，《金瓶梅》反映了明代的中国社会，而《红楼梦》则反映了清代的社会生活。

刘心武先生试图通过《红楼梦》这本书破解当年的宫廷斗争，我觉得没有太多意义。它可以满足我们的好奇心，不过这对我们今天的帮助可能不会太大。我知道今天有很多历史学家试图解开历史上的谜团，但是实际上历史有很多谜团是解不开的，就算解开对于今天的人也没有多大作用。

总的来说，我比较喜欢大历史，将历史事件放在一个很大的时间和空间中来考虑，这样能把握一些大势，至于细节我不会深究。这是著名汉学家费正清研究中国历史的方法，也是《哈佛中国史》的研究方法。至于为什么我把通过《红楼梦》了解历史放在最后，因为我觉得这是锦上添花的事情。

我们常说通识教育很重要，我认为在美国的名牌大学中，通识教育做得最好的是哥伦比亚大学。哥大的所有学生都要上十门左右的所谓核心课程，这些课程都是通识课程，其中一门就是读 20 多位西方历史中著名作家的经典，从柏拉图、希罗多德、亚里士多德到卢梭、弥尔顿等。我们很多人向往接受常青藤大学的教育，但又去不了哈佛、哥大，简单的一个补救办法就是读一点经典。我在《大学之路》中讲，如果有心，其实在二流大学里也能接受一流的教育，那就是按照一流大学对学生的要求来要求自己，当然，其中一项就是读经典。

给高中毕业生的书单

2017 年夏天，我给高中毕业的学生提了一些暑期建议并列了一个应该在进入大学前完成的事情的清单，还列了一个最好在进入大学前能读完的书单，一共有几十本书，我将它们分为 6 类。

第一类：文学

1. 金庸和琼瑶的书各一本，随便读什么，长篇的比短篇的好

金庸和琼瑶的书算不上经典，甚至有人说是毒药，但是对于了解中国人的情感还是很有帮助的，关键是那些书情节都很吸引人，读起来很省劲，很多人不喜欢阅读是因为读不下去，这类书恰恰解决了这个问题。而且这些书虽然通俗易懂，但是文笔优美流畅，可以作为写作的范文。很多人觉得这些通俗小说不够高雅，要知道，简·奥斯丁甚至莎士比亚的书在他们的年代都被认为是通俗读物。当通俗小说流传下来，几百年后如果还有人读，就是经典。

2. 鲁迅的小说集《呐喊》

这是鲁迅先生的第一本小说集，浓缩了鲁迅三十多年来对中国、中华文化，以及中国人的深刻认识，要了解中国，必须读这本小薄册子。很多作家的第一部著作质量是最高的，虽然鲁迅先生后来作品的质量也很高，但是这第一部无论从文学水平还是思想深度，都堪称一流。

3. 曹雪芹《红楼梦》

这在前一节中已经介绍过，就不用多说了。

4. 雨果《悲惨世界》

这是一部史诗般的小说，里面涉及法国的历史、政治、法律、宗教和社会阶层，也融入了爱情、亲情和友情，触及人性的本质。读完这本书，会得到"爱比恨更有力量"的结论。

5. 罗曼·罗兰《贝多芬传》

这是很薄的一本书，它告诉我们什么是英雄，怎样才能成为英雄。

6. 奥威尔《1984》

这是著名的左翼进步记者奥威尔在经历了西班牙内战后反思人类的行为，写下的政治寓言式小说。几十年后出现的很多现象，居然已经在他的书中被讲到。它告诉人们什么是自由。

7. 歌德《少年维特之烦恼》

进入大学后，几乎每个人都会遇到"维特式的烦恼"，因此不妨先读读这本小册子。《少年维特之烦恼》里的主人公维特的原型就是作者自己，歌德在年轻时也经历了那种毫无希望的单相思。这本书一经面世，就成了全世界的畅销书，这是歌德自己也没有预料到的。据说拿破仑把这本书读了七遍。

8. 贾平凹的小说，随便看上一两本

贾平凹最近十年比较好的作品是《秦腔》和《古炉》。虽然莫言得了诺贝尔文学奖，但是我个人觉得贾平凹的小说写得更好。

9. 夏洛特·勃朗特的《简·爱》

女生尤其应该读读这本书，思考一下自己应该成为什么样的人。我们常常把很多悲剧归结于时代，但是在任何时代，追求平等、独立自主，都是获得幸福的源泉。

10. 司汤达《红与黑》

法国大革命后的"祁同伟（电视剧《人民的名义》中的人物）的故事"。它讲述了一个逆袭屌丝的阴谋与爱情，其思想性和文笔在众多法国名著中也是翘楚。

11. 简·奥斯丁的《傲慢与偏见》

这本书反映了英国维多利亚时代乡绅阶层的成长、教育、道德和婚姻。通过这本书可以了解一下优雅的贵族爱情。

12. 莎士比亚的《哈姆雷特》

读完这篇名剧，可以真正理解什么叫做"戏剧化"。另外如果有时间的话，也推荐读一读《罗密欧与朱丽叶》。

13. 富兰克林《富兰克林自传》

这本书建议读英文原文，它并不长，还可以借此练习一下英语。

14. 木心《文学回忆录》

这是陈丹青在大学听木心讲课时做的笔记，里面透出木心对中外文学的深度思考。

15. 《古文观止》和《唐诗三百首》

要了解中国文化和语言，要从这两本书入手。至少将来找男女朋友也用得上。如果你是一个理工男，这两本书还特别有用，因为总不能和女友谈编程或者机械原理吧，一句"曾经沧海难为水，除却巫山不是云，取次花丛懒回顾，半缘修道半缘君"，比学霸们的考试成绩更能打动人。如果想装得老成点，一句不到百字的《春夜宴桃李园序》里面很多文字，比如"浮生若梦，为欢几何？""阳春召我以烟景，大块假我以文章"，说出来也让人感慨，当然更重要的是理解李白等人的心境。

16. 菲茨杰拉德《了不起的盖茨比》

如果可以，建议读英文原文，《了不起的盖茨比》文笔极为优美，但故事性一般，读中译本就丧失了价值。

17. 钱钟书《围城》

这是钱钟书先生的代表作，深入刻画了中国知识分子的个性和生活百态，全书诙谐幽默，可读性很强，里面的内容在今天人们的谈话中仍不知不觉地被引用。

第二类：历史

1. 费正清《中国新史》

大家对黄仁宇的《万历十五年》比较熟悉，黄仁宇的大历史观正是受费正清的影响。《万历十五年》值得一读，但建议先读《中国新史》。《中国新史》中，费正清以一个新的角度解读中国历史。

2. 基辛格《论中国》

基辛格博士看待中国，比我们自己看得还清楚。建议有能力读英文原文的人，最好读一下原版书。

3. 房龙《人类的故事》

房龙的每一本书都值得读，他是一个能把历史写出趣味的人。如果只读其中一本，推荐《人类的故事》。

4. 茨威格《人类的群星闪耀时》

我的《文明之光》一书就是受他的启发，他通过对历史片段的描写，讲述了一群闪耀历史的伟人和改变世界的重大事件。

第三类：哲学

1. 培根《随笔集》

这是培根的散文集，文笔极其优美，而且充满哲理和智慧。

2. 罗素《西方哲学史》

这是一本能够系统了解哲学的好书。如果想通过学习了解一个新的领域，那么就要系统地学习，罗素的这本书就是系统了解哲学的钥匙。

3. 叔本华《人生智慧录》

叔本华在哲学中提出了"意志"这个概念，他的观点比较悲观，但是这本书却写得很好，能够帮助我们理解生活中很多困境的根源。

第四类：思维方式

万维钢《万万没想到》

这本书可以帮助大家换一种思维方式，用理性的思维思考感性的事物。

第五类：科学

1. 霍金《时间简史》

物理学大师霍金最畅销的科普读物，讲述了宇宙的来龙去脉，可读性很强，无论是高中生，还是物理学教授，读了这本书都会有所收获。

2. 伽莫夫《从一到无穷大》

这是一本极简单的数学和科学科普书，由于写作的年代久远，没有涵盖近几十年来的科学发现，但它依然是帮助我们理解科学思维方法的好书。

3. 温伯格《给世界的答案》

诺贝尔奖获得者写的科学史，视角颇为独特。

第六类：经济

戈登《伟大的博弈：华尔街金融帝国的崛起》

这是一本介绍华尔街历史和世界金融史最权威和可读性最强的书。

以上这些书是推荐给中学生的，我认为他们在读完这些书之后能够从知识储备、阅读兴趣和思考方式等方面，为大学的学习提供帮助，以获得较快的进步。而且我有选择地挑选了一些不太难懂、可读性强的图书。不过仍然有很多好书没有放在里面，比如《史记》《神曲》、尼克松的《领袖们》、麦尔基尔的《漫步华尔街》等，它们可能需要一些背景知识读起来体会才深。

给大学生的书单

大学时期是人生最美好的时光，有很多事可以做，也有比较多的时间可以按照自己的意愿安排。当然，阅读是每一个大学生都应该做的事情。我在得到 APP 的《硅谷来信》专栏中为中学生开了书单后，很多读者希望我给大学生也开一个书单。我思考了很长时间，回想那些我在大学时比较喜欢，并且对我帮助比较大的书，列出了下面这个书单。我将它们按内容分成了七类，同时也按重要性分成了 A 和 B 两类，A 类相对容易读，也更重要，可以考虑先读。

即使你大学毕业了还没有读过这些书，也可以去翻一翻。中学生如果考试压力大，倒不必急于去读这些书，因为读完它们要花不少时间。

我在前文讲到，每个在文明史上值得称颂的民族都有它的经典，它们不仅浓缩了一个文明时代的智慧，而且其内容是经过了漫长的时间沉淀筛选出来的，适用于各个时代。

1. 《庄子》A 类

庄子是我非常推崇的思想家，关于庄子的思想我在《见识》一书中专门有介绍，这里就不再赘述。《庄子》的好处是趣味性强、可读性强。

2. 《孟子》A 类

在四书（《论语》《孟子》《大学》《中庸》）中我选择了《孟子》而非《论语》，这里面有三个原因：第一，《论语》相对难读，体系比较零碎；第二，也是最关键的原因，在"焚书坑儒"之后，《论语》的版本已经非常混乱，我们今天能看到的几乎都是后世各家抄本、背诵版本和杜撰版本的大结合，这就如同《圣经》并非同一个人写的一样。虽然今天读到的《孟子》的版本也成书于西汉，但是内容的来源不像《论语》那么杂乱；第三，《孟子》的趣味性比较强，容易读。

法国启蒙时期的思想家和《孟子》的观点有些相似之处，其观点大致可以概括成下面几点：第一，性善说。《三字经》里开篇的两句话"人之初，性本善"就来自于孟子的思想。第二，民本说。孟子强调民贵君轻，虽然并没有像启蒙思想家那样阐述民权，但是强调了老百姓的重要性。第三，仁政与王道。孟子一直强调以德治国，实行仁政，与民同乐，和当时秦国搞军事扩张的霸道截然相反。我在《硅谷来信》专栏第 51 封信《帝道、王道与霸道，兼谈博雅教育》中讲过，"王道能够持久，而霸道则做不到"。

后世的君王为了给自己树立仁君形象，都尊孟子为"亚圣"，但事实上只是用他的思想来要求士大夫，自己却很少遵从。而到了朱元璋，干脆连"面子"也不要了，因为他极不喜欢孟子民贵君轻的思想，干脆禁了《孟子》一书。

当然，孟子的思想也有其局限性，主要体现在提倡复古，恢复井田制上，这在当时完全不现实。实际上孟子的想法和欧洲的空想社会主义很相似。

3. 司马迁《史记》A 类

《史记》被鲁迅誉为"史家之绝唱，无韵之离骚"。把历史写客观固然不易，写得既客观又精彩就更难了，但是司马迁做到了这一点。客观是对历史书最基本的要求，而司马迁在客观讲述历史的基础之上，还通过写史扬善贬恶，即所谓的"春秋笔法"。他没有一味地对历代皇帝歌功颂德，对于那些失败者，比如项羽、陈胜、李广等，也给予了极高的赞誉。

4. 孟德斯鸠《论法的精神》A 类

孟德斯鸠这本篇幅不长的代表作，是今天西方世界分权论的基础。为什么必须分权，为什么必须用权力来制约权力，孟德斯鸠在这本书中论述得非常详尽。今天很多人喜欢空谈自由，但理解什么是自由，不妨读读这本书。

5. 《宋词三百首》A 类

我们常说唐诗、宋词、元曲，词出现于唐代，在宋代达到了顶峰，因此读词要读宋词。读诗词的必要性，我在上一个书单介绍《唐诗三百首》时已经讲了。虽然我们常常把诗和词放在一起讲，但是在宋朝，诗和词的差别很大，有点像今天书面语和口语的差别。当时一个人通常通过写诗来彰显学问，而词就较为随意，也更贴近生活。

6. 《圣经》B 类

《圣经》是一把打开西方世界的钥匙，没读过《圣经》的人，很难和欧美人打交道。《圣经》的《旧约》实际上是犹太民族的编年史，而《新约》则相当于基督教的《论语》，讲的是耶稣传教的故事。《圣经》（特别是《新约》）是一本教人慈善、仁爱和智慧的书。

我将西方世界最重要的《圣经》归入 B 类而不是 A 类，主要是它不太容易读，特别是《旧约》，里面的历史和人物对大部分中国人来讲过于陌生。

7. 卢梭《社会契约论》B 类

在现代国家中，公民的权利从哪里来，民权是否有理论基础？《社会契约论》讲的就是这件事。卢梭认为，公民不但有权利，还要有义务。

现代国家，公民的基本权利固然要得到保障，但是每一个人要交出一部分私权给政府和司法部门，这样才可能实现社会公平。在我读这本书之前，可能也算小半个"愤青"，读完它，就明白事理了。至于它对美国第三任总统托马斯·杰斐逊和美国《独立宣言》的影响，就不多说了。

8. 恩格斯《路德维希·费尔巴哈和德国古典哲学的终结》B 类

要知道什么是马克思主义哲学，它是怎么来的，就读这本书。这本书讲述了马克思和恩格斯是如何从接受黑格尔和费尔巴哈的观点，最后发展出他们自己的观点，即辩证唯物论的。

这本书是对马克思主义原汁原味的解释，后来很多人曲解了马克思主义，用这本书做试金石就能分辨真伪。书中开篇第一句话就是黑格尔的名言——"凡是现实的都是合理的，凡是合理的都是现实的"，理解了现实性和合理性，是人成熟的标志。

《路德维希·费尔巴哈和德国古典哲学的终结》一书讲述了德国古典哲学从康德创始开始，到古典哲学的集大成者黑格尔，再到扬弃了黑格尔唯心论的费尔巴哈的整个发展脉络。在这个过程中，德国的古典哲学随着政治、经济和科学的发展，也在不断地完善。

到了费尔巴哈，德国古典哲学走到了尽头，然而"终结"和"开始"总是相连的，正如"苏格拉底的死，意味着政治哲学的生"中所揭示的结束与开始的辩证法一样，德国古典哲学的终结是马克思主义的诞生。世界上任何事情，都是如此。

9. 尼采《查拉斯图拉如是说》和《偶像的黄昏》B 类

尼采的书曾帮助我从疾病和绝望中走出来，因此我对它们非常有感情。可以想象，当一个 20 岁的年轻人在病中备感无助时，一位先哲的思想让他振作起来，超越自我，这是多么大的精神力量。

尼采的大部分书我都读过，推荐这两本的原因是，《查拉斯图拉如是说》是他的代表作，而《偶像的黄昏》对当下有特别的意义。西方人对神一样的上帝的崇拜，其实到 19 世纪末就终结了，因此人们说尼采是杀死上帝的人，因为他解释了西方社会基督教的信仰如何从对神的崇拜到追求自我心灵净化的转变。

今天基督教文明有了点"江河日下"的味道，重温《偶像的黄昏》一书，可以理解今天西方世界很多现象背后的原因。

10. 《元曲三百首》B 类

中国历代文人的上升路径都是仕途，因此戏剧和他们的关系不大，但在元朝是一个例外。文人们无法考科举做官，只好自己从事文化创作，这使得杂曲在元朝达到顶点。元朝文人不仅会写曲，还会写小令，像马致远的《天净沙·秋思》便是如此。当然，全面了解元朝文化的巅峰之作，《元曲三百首》是入门。

第二类: 东方文学

1. 施耐庵《水浒传》A 类

中国古代四大名著除了《红楼梦》，如果再推荐一本的话，我推荐《水浒传》。读水浒不要学书中人物的行为，打打杀杀没有什么意思，而里面所谓的权术、职场关系、创业更是今天的人牵强附会加进去的。

《水浒传》的情节写得出奇地好，在四大名著中堪称第一，而人物的刻画更是一绝，里面的"三十六天罡星"性格各有特点。

《水浒传》的一大问题是重男轻女，里面的女性没一个好的，不是该杀该剐的，就是女魔头女强盗，偶尔有一个顺眼的扈三娘还嫁给了猥琐的王英。今天有些人用现代人的观点分析这件事，说扈三娘是否喜欢林冲云云，都是替古人担忧。

实际上，在施耐庵笔下，哪个女的有好结果？另外，很多学者认为，《水浒传》后面三四十回是罗贯中写的，因此你读起来会觉得像《三国演义》。

2. 路遥《平凡的世界》A 类

中国当代作家的书，最终能成为经典的可能不多，但《平凡的世界》会是一本。路遥在这部获得茅盾文学奖的小说中，通过讲述从 20 世纪 70 年代中期到 80 年代中期中国北方农村一个普通家庭的生活变化，反映了改革开放初期中国社会的全貌。

小说描绘的地点是黄土高原上的一个普通村庄和县城，人物也是普通农民和他们的孩子们，一切都再普通不过了，但是在这个平凡的世界里透着不平凡。通常写宏大的历史，描写戏剧化的人物容易，而把平凡的人和事写好非常难。这也是这部小说的看点。

读起来唯一的困难可能是，生活在今天的人们对书中所描写的时代背景有些陌生。

3. 梁实秋《雅舍菁华》A 类

虽然鲁迅骂过梁实秋，大陆的其他作家也曾经批判过梁秋实，但是后来我读了梁实秋的散文便喜欢上了他的作品。《雅舍菁华》是梁实秋的杂文和散文的精选合集，他平和的心态、隽秀的文笔写出了自己对生活的感悟。我将《硅谷来信》专栏写成杂谈的形式，多少受他的影响。书中的内容是作者对人生、对社会思考后的智慧浓缩。

4. 霍达《穆斯林的葬礼》B 类

这也是一本时间跨度很大的史诗般的小说，作者是回族女作家霍达。讲述的是北京一个回族玉匠家庭两代人跨越半个多世纪的故事，描写了中国从民国到新中国成立后社会的变迁，以及两代人不同的感情纠葛。小说中有很多中国文化元素，还穿插地为读者介绍了回族的礼节和习俗。

由于小说里的时代距离今天不太久远，读起来反而没什么隔阂感。

5. 汤显祖《牡丹亭》B 类

这是我最喜欢的戏剧，里面一段"如花美眷，似水流年"简直绝了。

6. 张爱玲的书　B 类

张爱玲的作品很多，如果不知道该读哪本，不妨读读《红玫瑰与白玫瑰》。男人总有这样的心理，得到了红玫瑰就想要白玫瑰，反之亦然。虽然对男人来讲这样的心态要不得，但是对女人来讲了解男人的这种心态还是很有必要的。另外她的《倾城之恋》和《半生缘》也推荐大家阅读。

张爱玲在中国最红的时候并不是她所生活的年代，也不是今天，而是 20世纪 90 年代到 21 世纪最初的十年。对于这个现象，北京大学的一位教授给了一个颇为合理的解释，张爱玲是中国都市文学的代表，而中国在 90年代之后的 20 年里，是城市化开始和进展最快的时代，人们从那时才真正开始过上城市生活。因此，要了解真正的"城里人"怎么生活、怎么恋爱，就要去读张爱玲的书。

7. 三岛由纪夫《金阁寺》B 类

金阁寺是日本京都的一个寺庙，它并不大，但是因为有一个贴了金箔的阁子而出名。金阁寺的景色本身就让我震撼，但是更让我震撼的是这本书。

三岛由纪夫是一位了不起的作家，他在《金阁寺》中讲述的是一个真实的故事，但是进行了艺术的处理。一个奇丑无比又崇尚极致的美而导致内心扭曲的和尚，最后无法承受金阁的美，居然决定纵火将它烧掉。

金阁寺

8. 杨绛《洗澡》B 类

杨绛是钱钟书的夫人，她的代表作《洗澡》堪称钱先生《围城》的姊妹篇，知识分子们尤其喜欢读这两本书，因为它们反映了 20 世纪 30 年代和 50 年代中国知识分子的处境。经历了解放后各种政治运动的大学老师们会发现里面的描写非常逼真，而今天的人读这本书可以了解中国知识分子固有的思维方式。

第三类：西方文学

1. 莎士比亚悲剧四种　A 类

　　莎士比亚是我最喜爱的作家，我在《硅谷来信》专栏第 82 封信中专门介绍过他。他一生写了 37 部戏剧，以及大量的诗歌，确立了英语在英国的地位，在此之前英国上流社会都说法语。

　　莎士比亚的戏剧可以分为悲剧、喜剧和历史剧三种，其中悲剧成就最高。除了我推荐给中学生阅读的《哈姆雷特》之外，下面这三部也非常重要，它们和《哈姆雷特》一起被称为"莎士比亚四大悲剧"：

　　《李尔王》——听信谗言的糊涂老爸的悲剧。
　　《奥赛罗》——嫉妒心强的丈夫导致的夫妻悲剧。
　　《麦克白》——贪图权力的邪恶女人的犯罪，直到让自己疯狂。

　　以后有机会我会逐一介绍它们，这些戏剧都深刻地描写了人性的丑恶一面。

2. 艾米丽·勃朗特《呼啸山庄》A 类

　　这是写《简·爱》的女作家勃朗特的妹妹艾米丽·勃朗特的代表作，讲述了一个"屌丝"逆袭，获得财富，报复前主人，最后坏事做得太多毁灭了自己的故事，它用对比的手法揭示了美与丑、善与恶、爱情与复仇、生命与死亡的对立。

全书从写作手法上有两大看点，一个是上文所说的对比，另一个是采用了很奇特的时间顺序"今天—昨天—明天"来表达叙事，这在文学作品中不多见。作为女作家，艾米丽·勃朗特的笔法非常细腻。我个人认为这本书的文学成就高于《简·爱》。

这本书既可以阅读英文原文（非常建议大学生们这样做），也可以直接阅读中译本。我读的是方平先生的译本，方平是研究莎士比亚的专家，完成了大翻译家朱生豪先生的未竟事业——翻译《莎士比亚全集》。方平先生自学成才，没有读过大学，靠自己的努力成为北京大学的教授。

3. 狄更斯《远大前程》A 类

狄更斯是批判现实主义作家，他的笔下没有简·奥斯汀那样默默的温情，只有严酷的现实。他的很多小说都值得阅读，包括《大卫·科波菲尔》《双城记》《雾都孤儿》等。《远大前程》比较容易阅读，它讲述了一个报恩与阴谋的故事。

4. 罗曼·罗兰《约翰·克利斯朵夫》A 类

我身上理想主义的元素来自于这本书，它也是促成我写《文明之光》的原因之一。我在《文明之光》的前言里详细讲述了它对我思想形成的影响——人还是要有点理想的。

罗曼·罗兰的这本巨著前一部分其实是小说版的《贝多芬传》，后来讲述了一个对旧时代充满不满的年轻人（有点愤青味道）、一个理想主义者、一个战士，如何变成了一个心态平和，和社会与自然和谐融合的老人。

故事主人公的一生代表了很多理想主义者（包括罗曼·罗兰本人）的人生轨迹。作者选择了让一个德国人作为主人公，而大部分故事又发生在法国，是希望这两个世仇民族能够团结成兄弟。今天，他的这个理想已经实现了。

5. 托尔斯泰《战争与和平》A 类

这是俄罗斯民族的史诗。故事的背景是拿破仑战争，特别是 1812 年法国的入侵。这也是打开俄罗斯上层社会的钥匙，里面的人物有真实的，比如库图佐夫，也有虚构的，比如男主角鲍尔康斯基，其中让人永远难忘的是娜塔莎·罗斯托娃和安德烈·鲍尔康斯基之间伟大的爱情故事。

6. 帕斯捷尔纳克《日瓦戈医生》A 类

这本书在苏联曾经是禁书。它描写了沙皇时代一个进步的医生从同情和支持革命，到成为革命的受害者，并且最后在即将和恋人团聚时，倒在了黎明之前的故事。它让我真正认识到什么是革命，也让我从一个支持革命者变成了一个支持改良者。根据小说拍摄的同名电影也非常经典，里面的主题音乐《拉娜之歌》非常动听。

7. 海明威《永别了，武器》《丧钟为谁而鸣》《老人与海》A 类

硬汉海明威的这三本书都应该读。前两本书讲的是战争对人类的危害，为

我们阐释了和平的可贵，其中《丧钟为谁而鸣》后来被改编为电影，就是在电影史上占有一席之位的《战地钟声》，由著名影星英格丽·褒曼（Ingrid Bergman）主演。《老人与海》讲述了一个硬汉的晚年和大自然抗争的故事。

作为一个理想主义的左翼作家，海明威用一生告诉人们如何成为一个真正的左派。

8. 歌德《浮士德》B 类

这是德意志民族的史诗。浮士德为了寻找至美和魔鬼做了笔交易，将自己死后的灵魂交给魔鬼，以换取获得穿越的能力，他得以到各个文明时代寻求至美。后来他娶了古希腊美女海伦，但依然没觉得她算得上至美。

浮士德活得很长，以至于魔鬼等不及了，开始为他挖坟墓，年老的浮士德听到叮当的锄头声，以为农民在劳动，最后他发出感叹，"你真美啊，请你停留"（这句话的德文原文是"Verweile doch, du bist so schön"，翻译成英文是，"Stay a while, you are so beautiful"）。这是诗人歌德一生对真与美求索的结论——劳动最美。

9. 萨克雷《名利场》B 类

这是一个大部头的著作，小说讲述了原本出生经历相同的两个女子所选择的不同道路、不同的人生和最终获得的不同结果。用今天的话讲，这本书三观很正。

萨克雷是《简·爱》作者勃朗特小姐所喜爱的作家，因此《简·爱》的题献就是写给"威廉·梅克比斯·萨克雷"的，他甚至被认为是《简·爱》里男主角的原型。

10. 柯南道尔《福尔摩斯探案集》B 类

这本书不用多说，太经典了，故事情节非常动人，尽管书中的案件在今天看来并不曲折复杂。这本书除了精彩的故事之外，还讲述了作者对善恶的看法，以及给读者提供了一些独特的思维方式。我曾经在谷歌的老板、人工智能专家诺威格博士甚至讲，福尔摩斯是个数据专家。

11. 雨果《巴黎圣母院》B 类

雨果的书总是很经典、很深刻。《巴黎圣母院》用对比的手法描写了四种人，善而美（吉普赛女郎爱丝梅拉达）、善而丑（敲钟人卡西莫多）、恶而美（卫队长弗比斯）、恶而丑（副主教弗罗洛），以及他们之间的情与欲。当然，这并不是一本爱情小说，雨果通过描写巴黎圣母院的建筑和周围发生的事情，分析了法国的社会阶层以及他们之间的冲突。

12. 雨果《九三年》（法文原名《1793 年》）B 类

全世界为这样几个问题争论至今：人性是否能超越阶级，坏人有没有人性，善恶和是非是否是绝对的，等等。雨果试图通过发生在法国大革命后期1793 年的故事，回答这些问题。

13. 肖洛霍夫《静静的顿河》B 类

这也是一部从另一个侧面讲述革命的故事。肖洛霍夫在 30 岁时就写出了这部史诗般的巨作，以至于很多人在他生前都怀疑书是否真的是他写的。今天还鼓吹革命的人，应该好好读读这本书和《日瓦戈医生》。

14. 陀思妥耶夫斯基《白夜》B 类

这位作家的书思想太深刻，很多人未必喜欢读。不过《白夜》是他的著作中最轻松的一本。简单地说，它讲了男女恋爱中一个"备胎"的故事，故事写得特别美。大学生在恋爱中难免会遇到这种事，阅读这本书颇有益处。

15. 德莱塞《嘉莉妹妹》B 类

美国著名作家德莱塞的代表作。它描写了美国快速发展时期的社会矛盾，那个时期很像今天的中国。故事写得非常好。

16. 马尔克斯《百年孤独》B 类

马尔克斯凭借这部巨著获得了诺贝尔文学奖，《百年孤独》通过讲述一个小镇的兴衰，描绘了南美洲七代人长达百年的沧桑。马尔克斯的写作手法被称为"魔幻现实主义"，通过一种不合常理的因果关系反映现实。《百年孤独》从表面上看充满了宿命论的观点，里面的历史不断地重复，这反映的就是南美洲不断重复的历史，难以有变革让它走出宿命。

很多诺贝尔文学奖的获奖作品都很难读，但是《百年孤独》一书写得很精彩，容易读。我是在国内的文学杂志上读完的对《百年孤独》的连载（当时没有版权一说）。直到 2011 年中国才谈下了该书的版权，它的中译本在中国瞬间成了畅销书。

17. 《格林童话》（英语）B 类

这本书在大学读中文版没有太大意思，读读英文版练习一下英语，同时可以让你在跟男女朋友讲故事的时候，有点素材。

18. 丹·布朗《达·芬奇密码》B 类

丹·布朗的书很好看，但是真正优秀的只有这一本，他开创了一种新的悬念小说的写法。这本小说中，主人公兰登教授为了寻找圣杯的秘密，追踪罪犯故意留下的线索，破解一个又一个谜团。书中对基督教的多个教派和相关历史有比较真实的介绍，当然里面的阴谋论不足取，当故事看看就好。这本书英文原著写得也很简单，可以对照着一起读。

令人遗憾的是，丹·布朗后续的作品都不如《达·芬奇密码》。

1. 尼克松《领袖们》A 类

   作者尼克松根据自己的亲身经历，介绍了那些影响世界的领袖们，从丘吉尔开始，一直到李光耀、毛泽东等人。

   作为一名政治家，他看问题的敏锐程度远不是那些传记作家们能及的。比如他在评价丘吉尔和阿登纳时讲，阿登纳不可能像丘吉尔那样在生死存亡的关头拯救英国，同样，丘吉尔也不可能像阿登纳那样在一个废墟上建立起强大的战后德国。

2. 斯诺《西行漫记》A 类

   美国记者斯诺将长征之后到达陕北的那群革命者介绍给了西方世界。他客观地描写了后来成为中国领袖的那些人，与国内作者所写的伟人传记不同，斯诺写得更真实可信。

3. 罗曼·罗兰《巨人三传》B 类

   在给中学生推荐的书单中，我列出了罗曼·罗兰的《贝多芬传》，罗曼·罗兰还写了《米开朗基罗传》和《托尔斯泰传》，合称《巨人三传》。这三个人都是罗曼·罗兰心中的英雄。

4. 茨威格《昨日的世界》B 类

茨威格以人物心理分析见长，并且写了很多名人传记。《昨日的世界》实际上是他的回忆录，他在这本书中讲述了自己在 20 世纪直到第二次世界大战之前所经历的欧洲重大历史事件，并刻画了时代的氛围和大众的心态。

茨威格在第二次世界大战前回忆了没有纳粹的美好世界，对于纳粹的崛起他无能为力，最后选择了自杀。从书中，你可以读出他理想中的"上帝创造这个世界是让我们和平友爱"。

5. 欧文·斯通《梵高传》B 类

这是欧文·斯通的成名作。他无意中在欧洲参观了已经去世的、当时还没有名气的梵高的画展，被那充满生命力的绘画所吸引。然后斯通开始了解梵高的生平，将他介绍给了全世界，梵高在公众中的知名度和这本书很有关系。70 多年来，梵高命运悲惨而成就辉煌的一生震撼了无数读者。

第五类：经济

1. 马尔基尔《漫步华尔街》A 类

这本书我在《硅谷来信》中介绍过，它应该作为投资的科普读物，而且任何人进入股市之前都应该读。作者马尔基尔退休前是普林斯顿大学经济学教授，也曾经在很多基金和上市公司里担任过顾问。作者总的观点是，股市的总体走势是向上的，而短期的走势却是难以预测的。因此，最好的投资方式就是选定好的指数基金定投。

这本书成书于 1973 年，书刚出版的时候，很多人就质疑他的看法，认为股市预测得不准是我们做得不好，在过去的四十多年里，不断有人前赴后继地努力去推翻这本书中的理论，不过这些人自己的基金大多不存在了。四十多年过去了，所有的市场表现都成了证实这本书中理论的新的案例，以至于这本书到 2015 年已经再版了 11 次。

如果将来不想在股市上亏损，一定要读这本书。

2. 亚当·斯密《国富论》B 类

经济学鼻祖亚当·斯密在这本书里告诉我们什么是资本主义，什么是市场经济。亚当·斯密在经济学中的地位堪比牛顿之于物理学，拉瓦锡之于化学。虽然他的理论已经存在了两个世纪，今天很多经济学家都表示已经超越了他，但是亚当·斯密绝大部分的理论依然被奉为金科玉律，超越他的人都是在他的理论上进行叠加的。

在亚当·斯密的理论中，大家最熟悉的可能要数"看不见的手"的理论了。至于这个理论为什么合理，不妨读读《国富论》。

《国富论》虽然成书久远，但并不难读，里面的案例也很多。

3. 哈耶克《通往奴役之路》B 类

这是经济学家哈耶克的代表作，可能你不知道哈耶克是谁，但应该听说过经济学上的奥地利经济学派和芝加哥经济学派，哈耶克是奥地利经济学派的代表人物。

作为自由派的经济学家，哈耶克认为计划经济，其无意识的后果必然是极权主义，必将带领人类通往奴役。哈耶克从理论上再次论证了尊重市场规律的必要性，而所谓的福利社会不过是一个伟大的乌托邦而已，他那句"通向地狱之路通常是由善意铺成的"成了经济学上的经典。

第六类：科普读物

1. 道金斯《自私的基因》A 类

这是一本可以刷新认知的读物，是新达尔文主义学者道金斯的代表作。作者认为，进化的本质是基因的进化，而物种的进化只是表象而已。生物的本能是维护基因的繁衍，因此我们其实都是基因的奴隶。基因的这种自私反而能够解释物种的很多利他性特征，比如人和动物可以牺牲自己的生命来保护后代。

这本书的前半部分主要讲述一些科普知识，后半部分则用博弈论的观点分析正是自然界和我们身体里的基因无时不在的博弈造就了我们，我们所理解的进化、社会结构、文化都是微小博弈后的选择。

2. 埃尔温·薛定谔《生命是什么》A 类

这是物理学大师埃尔温·薛定谔所著的 20 世纪最伟大的科学经典之一。它是为门外汉写的通俗科学作品，既介绍了生命的物理学基础，也介绍了生物系统对世界其他系统的贡献。

在第二次世界大战后，这本书激励了无数物理学家改行搞生物研究，同时让很多年轻人选择了生物学专业，包括发现 DNA 双螺旋结构的诸多科学家，比如沃森、威尔金斯等人。因此，很多人讲，这本书促成了分子生物学的诞生和 DNA 的发现。

这本书后来又和薛定谔的另一本书《意识和物质》合为一卷出版，后者是关于作者的哲学思考。虽然书中的内容今天来看有点过时，但是薛定谔通过这本书所反映出来的思维方式依然值得今天的人好好学习和思考。

3. 史蒂夫·奥尔森《人类基因的历史地图》B 类

我们从哪里来？这是人类的一个终极问题。关于人类的起源，过去有"同源说"（人类有共同的始祖）和"多源说"之分。在我小的时候，常识课的课本里说中国人的祖先是周口店的北京猿人，直到今天很多中国人依然这样认为。

类似地，印第安人认为自己是从美洲的泥土里长出来的，欧洲人认为他们的祖先是尼安德特人……但是多源说有一个致命的逻辑问题，为什么在几万年里各大洲的猿人恰巧都在以几乎同步的速度进化，体型和脑容量都差不多，难道真有上帝点拨？

其实对这个问题的回答很简单，我们都是同一祖先，他们来自非洲。那么为什么世界上的人又不一样，他们是怎样从东非走到世界各地的呢？本书的作者，曾经担任过白宫科技办公室工作人员的史蒂夫·奥尔森，会为你破解这个奥秘。

4. 《数学之美》B 类

这是我出版的第二本书，是将同名的博客内容改编补充而成。最初的想法是介绍 Google 产品背后的数学原理，后来它变成了用通俗的语言解释数学的读物。

1. 格拉德威尔《异类》A 类

这本书最初是我孩子的中小学校长尼古拉斯博士向家长们推荐的读物。尼古拉斯博士想告诉家长们，成功靠的不只是智商，还有 10000 小时的努力，他还想向大家传递一个信息，即见识对孩子成长的重要性。

当然，作者格拉德威尔讲述的内容其实更多，他还告诉大家运气和时机的重要性，以及自信心是如何帮助人成功的。对于这本书的观点，在社会上有一些争议，但是我认为作者的推理有理有据，是值得信赖的。

2. 戴尔·卡耐基《人性的弱点》和《人性的优点》A 类

这是戴尔·卡耐基的两本代表作。卡耐基是美国著名演讲家和作家，也算是美国心理学领域的重要人物。他从事过很多职业，后来讲授公共课程，教成年人演讲和职业发展。

他将自己一生对人性的理解写成了《如何赢得友谊及影响他人》（*How To Win Friends And Influence People*）一书，中译本名为《人性的弱点》。这本书通过很多实例教授人与人之间相处的基本技巧。在《人性的弱点》一书成为畅销书后，他又写了《如何克服忧虑开启新的人生》（*How to Stop Worrying and Start Living*），中译本名为《人性的优点》，教人如何走出迷茫和困境，重新找到自己的人生。

卡耐基的著作之所以如此受欢迎，在于他运用社会学和心理学知识，对人性进行了深刻的探讨和分析，同时讲述了很多真实的故事。他的书激励了全世界很多国家的好几代人。在美国，包括几位总统在内的很多政要名流都受到过他的著作的影响。卡耐基有两句非常有名的格言，"相信你成功，你就能成功""学会喜爱、尊敬与欣赏他人"。

3. 《宽容》A 类

在"给高中毕业生的书单"部分我就曾讲过，房龙的任何一本书都值得读。大学生可以读内容更深刻一些的书，譬如，房龙的《宽容》。这本书其实讲的反而是不宽容的故事，它通过介绍基督教的历史讲述了欧洲的历史。

实际上，欧洲过去两千年的历史就是一部宗教史，而且大部分时间是宗教迫害的历史。在欧洲的历史上，总是不断地重复上演着一个教派兴起，迫害其他教派，或者被其他教派迫害的故事。但是，宗教迫害从肉体上消灭异教徒并不能解决问题。因此，房龙讲，宽容是唯一的出路。

现在人类又处在了十字路口上，当我们面对一些不宽容时，应该采用什么方式回应呢？相信房龙的这本书会对你有所启发。

第四章

音乐的故事

当语言不足以表达感情时，音乐便产生了。人类的文明和进步不仅体现在科技和经济上，也体现在音乐和其他艺术上。当人们不再为温饱而发愁时，就有可能静下心来聆听古典音乐，听听那些大师们的天籁之音。

萨尔茨堡音乐节[15]

莫扎特的故乡萨尔茨堡（Salzburg）每年都会举办长达一个夏季的
音乐节，它最大的特点可以用"一流"两个字来概括，因为这是全世
界顶级音乐家聚会的地方。2016 年和 2017 年我参加了那里的音乐节，
每次各听了五场高水平的音乐会。2017 年的音乐会，有歌王多明戈
（Placido Domingo）演唱的歌剧，指挥大师穆蒂（Riccardo Muti）
指挥维也纳爱乐乐团（Philharmonic）的表演，钢琴大师内田光子
（Mitsuko Uchida）和波里尼（Maurizio Pollini）的两场钢琴独奏表
演。通过他们的表演，我对"一流"两个字有了进一步的认识。

[15] 萨尔茨堡音乐节：创立于 1920 年，是全世界水准最高、最负盛名的音乐节庆，欧洲三大古典音乐节之一。

先谈谈内田光子的表演。内田光子在中国知名度并不高，但在欧美的名气非常大，她是英籍日裔的钢琴表演大师。

内田光子生于1948年，在2017年表演的时候，已经68岁了。她从小学习钢琴，后来因为父亲在奥地利担任外交官，全家移居维也纳，她考入了维也纳音乐学院，师从理查·豪瑟（Richard Hauser）、威廉·肯普夫（Wilhelm Kempff）和弗拉基米尔·阿什肯纳齐（Vladimir Ashkenazy）等人。她14岁时首次在维也纳金色大厅登台表演，20岁时获得贝多芬钢琴比赛冠军，第二年获得肖邦国际钢琴比赛亚军，随后成为世界上为数不多的钢琴独奏家。内田光子把一生所有的时间都花在了练习音乐和在世界各地巡回表演上，以至于一辈子未婚，她自己讲，她的工作性质也不适合组建家庭，于是便把自己献给了音乐。

除了年轻时有较长一段时间生活在美国（当时是克利夫兰交响乐团的驻场独奏家），内田光子大部分时间旅居欧洲，后来加入了英国籍。2009年英国女王授予她女爵士的封号，在此之前获得爵士封号的音乐人士只有英国著名指挥家柯林斯（伦敦交响乐团前首席指挥）。

在演奏内容方面，内田光子精于演奏莫扎特、贝多芬、舒伯特和舒曼等大师在古典主义和浪漫主义时期的作品。她在2017年萨尔茨堡音乐节的独奏会上，就是以莫扎特非常简单的《第16号钢琴奏鸣曲》（K.545）（这首曲子有个副标题"Sonata facile"，意思是"单纯的奏鸣曲"）开场的。这首奏鸣曲有多简单呢？大约钢琴考过七级的孩子都能弹。但就是这样一首简单的曲子，内田光子却演奏得出奇精彩。在讲内田光子那次演奏的精彩之处之前，先说说对音乐演奏家的划分方法。

一般人演奏钢琴，第一步要先做到演奏准确，这是对初学者的要求，做到这一点就达到了计算机工程师中"码农"的水平（我还是以五级工程师的划分标准来作类比，具体每个级别是如何划分的，我在《见识》一书中有详细的介绍，这里就不赘述了）。

第二步则是做到演奏效果优美，让听众愉悦，这就要求有娴熟的手法和简单的专业技巧了，特别是对某些音符的特殊处理。达到这个水平，大约相当于钢琴考过十级，和第五级工程师相当。如果在班级联欢会上表演应该会很受欢迎。在这个时候，很多人会选择弹一些很难的曲子，以显示技巧，外行听起来，会觉得他们水平比较高，但是内行会觉得他们太急功近利，因为很多细节的处理显得粗糙。

再往上一级，就要求演奏者弹奏得行云流水、流畅动听，这就达到了专业入门的水平。在美国，钢琴十级之上还有专业级的考试，要想通过专业级的考试就需要达到这样的水准。我把它对比成四级工程师。这个级别的人可以在大学里搞一个售票的音乐会，但也仅限于大学校园。

要想向大众做独奏表演，可以在弹奏中设计一些夸张的动作，穿上白西装弹一架白色的钢琴，并找一些大家熟悉的曲目，比如 20 世纪八九十年代在中国比较有人气的理查德·克莱德曼（Richard Clayderman）。他们相当于做工程师后改行做了产品经理。这些人演奏的音乐匠气比较重，缺乏艺术的灵气和深度。

如果想在艺术上更上一层楼，就需要把音乐弹出层次感，这时一架钢琴演奏出的音乐，就像是几层不同的旋律叠加在一起，听众听得如痴如醉，这相当于三级工程师的水平。将音乐做到这个地步，基本上可以自己养活自己了。李云迪在从事大量商业活动之前，已经达到了这个水平。

当然，艺术没有止境，再往上就超出了技巧的范畴，需要对音乐和人生有深刻的理解，才能很好地诠释音乐，达到这个水平的演奏家可以被称为当代一流的演奏家，内田光子大约在这个水平，或者略高一点。

今天那些能够和大唱片公司签约，并且唱片能热销的演奏家，大约都能达到这个水平。在这个水平上，听众和评论家很难从技巧上区分他们，但是由于他们的演奏都非常个性化，因此可以从风格特点上对他们进行区分。

再往上，则是几十年才可能诞生一位的奇才，将他们放到历史长河中也堪称一流，比如 19 世纪的演奏家肖邦、李斯特（Franz Liszt）和克拉拉（Clara，舒曼的妻子），20 世纪的鲁宾斯坦（Arthur Rubinstein）或者弗拉基米尔·霍洛维茨（Vladimir Horowitz）。这些人的存在是在书写音乐历史。今天我们未必有幸遇见这样的大师，但是像内田光子这样当代一流的音乐演奏家还是有一些的。

内田光子演奏的《第 16 号钢琴奏鸣曲》第一个精彩之处，在于丰富的层次感。这首曲子如果让钢琴十级的少年来表演，就会是一首简单而轻松的曲子，而专业选手表演则能通过左右手的搭配表现出两个不同的层次。而内田光子的表演则有很多层次，她是凭借时间和空间（键盘上的位置）做到这一点的。

她的表演第二个特点在于，通过细节处理把听众带入情境中，这种对听众的引领是真正一流大师的水准。独奏会结束之后，我的大女儿讲，内田光子第一首曲子其实就是要展示一个"炒土豆丝"的技巧——虽然土豆丝谁都会炒，但名厨出马，从刀功到火候，再到味道都和常人做的有很大区别。很多时候，利用很贵的食材，做出一道美味并不难，难的是将土豆丝这样简单的家常菜炒出好味道，让大家回味无穷。内田光子通过一首简单的曲子做到了这一点。

我时常在想，真正一流的大师是在任何小事上都能体现出一流水准的人。很多人会觉得，某件事情太简单，它体现不出我的水平。但我觉得，其实反倒是小事情能够见真功夫。

我们很多人讲 iPhone 设计得好，在它简单的设计背后，体现出的却是设计者的匠心独运，以及产品经理和工程师们的精益求精，这才是一流的本质。

在那场独奏会上，内田光子还表演了两首难度较高的曲子，舒曼的两首奏鸣曲——作品第 16 号和作品第 17 号，其中后一首被称为《幻想奏鸣曲》（*Fantasie C-Dur op. 17*），是舒曼专门献给肖邦的，遗憾的是肖邦在去世前并没有听到它，否则演奏大师遇到作曲大师不知道会发生什么美妙的碰撞。

作为浪漫音乐的代表人物，舒曼的钢琴曲起伏跌宕，非常具有戏剧性，这和相对平缓的古典时期的音乐非常不同。通过这两首曲子，内田光子不仅将她的技巧表现得淋漓尽致，而且让听众们感受到她演奏时的激情。我当时坐在前排，内田光子演奏时的表情我看得一清二楚，她自己完全沉浸在了音乐之中。

在古典音乐的世界里，通常是男性占据主导地位，女性要想出人头地，常常需要付出更大的努力，而且她们的表演也常常更充满激情，内田光子便是如此，这也成了她的风格特点。此外，被誉为"钢琴界女大祭司"的阿格丽姬（Martha Argerich）更具这一特点。

当然，要做到一流并不容易。接下来，我们再通过另外三位音乐大师多明戈、穆蒂和波里尼的音乐人生，看一流大师是怎样炼成的。

多明戈是中国听众非常熟悉的歌剧艺术家，他和帕瓦罗蒂（Luciano Pavarotti）、何塞·卡雷拉斯（José Carreras）并称为"世界三大男高音"。在这三人中，多明戈最为多才多艺。他会多国语言，因此可塑性最强。他一生扮演过近百个歌剧中的角色，既有德语的歌剧，比如莫扎特和瓦格纳的作品；也有拉丁语系的作品，比如法国作曲家乔治·比才（Georges Bizet）的《卡门》和意大利歌剧作曲家威尔第

（Giuseppe Verdi）和普契尼（Giacomo Puccini）的作品。

多明戈出名也很早，18 岁就开始登台表演歌剧。但是他一辈子都在不断地学习，挑战新的歌剧。多明戈后来还成了美国华盛顿国家歌剧院和洛杉矶歌剧院的艺术总监，相当于从一个工程师变成了一个高管。

多明戈一生绝大部分精力都花在了音乐上，在近 60 年的演艺生涯中，他表演了近千场，这个纪录可能无人能及。很多二三流的歌手，年纪轻轻水平就开始下降，一辈子都在吃老本，偶尔回到舞台唱歌还跑调。而多明戈在 75 岁高龄时还能维持极高的表演水平，这便是一流和二流、三流的区别。

虽然近年来多明戈演出的频率有所降低，而且通常是担任歌剧中的男二号，但是他依然坚持练习，还在尝试新的角色和曲目。2006 年年底，谭盾的歌剧《秦始皇》在纽约大都会歌剧院全球首演，当时已经 65 岁高龄的多明戈担任主唱，饰演秦始皇。65 岁是很多人退休的年龄，而多明戈却开始了新的尝试。

多明戈在 2017 的萨尔茨堡音乐节上出演了威尔第早期歌剧《两个福斯卡罗》中的父亲（男二号），虽然他的音量已经不如新锐歌唱家卡列加（Joseph Calleja，在剧中出演男主角），但是他技巧的娴熟是后者无法比拟的。从他身上我又体会到了一流人才的一个特点，他们的职业生命往往非常持久。

在计算机科学领域，一个普通程序员的职业寿命常常是很短的，因为他们的技术知识很快就过时了，但是作为架构师和算法设计师，职业生命就要长很多。当然，能否从一个普通程序员进阶成架构师和算法设计师，就看他是否能长期有目标地努力了。

第二个要讲的人是穆蒂。作为今天全世界最为著名的指挥大师，穆蒂对中国观众来讲应该不陌生，他也曾经率团来中国演出。穆蒂师出名门，曾经受到过 20 世纪指挥大师托斯卡尼尼（Arturo Toscanini）的指导。早在 1971 年，年仅 30 岁的穆蒂就应指挥大师卡拉扬（Karajan）的邀请，第一次在萨尔茨堡音乐节上登台指挥，那时距今已经过去快半个世纪了。在这近半个世纪里，穆蒂也是该音乐节的常客。

在卡拉扬和伯恩斯坦去世后，穆蒂和阿巴多（Claudio Abbado）、马泽尔（Lorin Maazel，有"金童"之誉）、巴伦博伊姆（Daniel Barenboim）及梅塔（Zubin Mehta）等人撑起了世界交响乐的舞台。

阿巴多、马泽尔已经去世，只有穆蒂与巴伦博伊姆和梅塔还活跃在乐坛上。跟卡拉扬和阿巴多等充满激情的指挥家有所不同，穆蒂以注重细节见长。

作为当今维也纳爱乐交响乐团的首席指挥，穆蒂是 2017 年萨尔茨堡音乐节的主角之一。他在那里指挥了两台节目——威尔第的名剧《阿依达》和维也纳爱乐乐团的交响音乐会，作为一位 76 岁的老人，一人指挥两台戏，工作量之大，已经超出了凡人能接受的强度，但是穆蒂居然做到了。

《阿依达》的票一经发售就被抢光，可能大家觉得以后再也听不到穆蒂指挥这部名剧了，因此我只好选择了他指挥的交响音乐会。在音乐会上，他指挥了柴可夫斯基的《第四交响曲》和勃拉姆斯的钢琴协奏曲。

柴可夫斯基的《第四交响曲》是献给他的赞助人梅克夫人的，节奏相对比较平淡，远没有《第六交响曲》（又称《悲怆交响曲》）那么戏剧化，但是穆蒂通过这首曲子将维也纳爱乐乐团的水平表现得淋漓尽致。可以讲，穆蒂也是通过"炒一盘土豆丝"显示出了大师的技艺。

一些人苦恼自己学习了很多，但水平仍不见提高。终身学习固然重要，将所学的道理有意识地付诸实践，主动用它们来做事情更为重要。穆蒂等人不仅学了一辈子，而且做事做了一辈子。

最后要提的是钢琴大师波里尼，他可能是今天还健在的钢琴大师中最有名的一位了，2017 年在萨尔茨堡表演的时候，他已经是 75 岁高龄。波里尼 18 岁时获得肖邦国际钢琴比赛第一名，并成为第一位获此殊荣的意大利人。

波里尼擅长音乐史上几乎各个时代的钢琴曲，从巴赫到近代的勋伯格。1985 年，在巴赫 300 年生辰之际，波里尼表演了巴赫的《平均律键盘曲集》第一册全套。此后，他和指挥大师阿巴多指挥的维也纳爱乐乐团合作，在纽约演出了贝多芬全套钢琴协奏曲。同时，他还在世界很多大都会城市巡回演奏了贝多芬的奏鸣曲全集。

1995年，萨尔茨堡音乐节专门为波里尼设计了"波里尼计划"（Progetto Pollini）音乐会。和今天一些希望通过夸张的表演标新立异，以及通过情绪的宣泄来成名的演奏家不同，波里尼的表演风格相对保守，他更多是在客观地诠释大师们的作品。

在那次的独奏音乐会上，波里尼的演出策略和内田光子相似，他先表演了肖邦的三首钢琴曲，由简到难，最后表演了德彪西（Achille-Claude Debussy）完全炫耀技巧的作品。可以讲，大师先通过给大家上一道"炒土豆丝"开胃，然后带大家渐入佳境。

作为当今最有名的钢琴演奏家，波里尼又一次向大家展示了一流大师的过人之处——既能举重若轻地表演难度最大的作品，也能将简单的作品演出精彩。顺便讲一个波里尼的习惯，他总是带着他那台特制的将近九英尺长的斯坦威钢琴到世界各地演出。为什么要这么麻烦呢？因为每一台斯坦威的钢琴都略有不同，波里尼已经习惯了他自己的，换一台新的他觉得难以将演奏水平发挥到极致。

在萨尔茨堡，几乎所有的大师们都在告诉大家一件事，要有本事把小事情做好，并且一辈子都要不断努力。

我第一次听说波里尼是20世纪80年代中期，那时我还是一个学生，他正值盛年，刚达到事业的高峰，而我的奢侈享受就是听他的磁带。等我听到他的现场表演，已经是 30 年后的事情，他已步入老年，我也已不再年轻。

最后，总结一下一流和二流、三流的区别。

1．区分一流和二流、三流并不需要通过什么复杂难做的大事，一流的人可以从平凡中显示出伟大。通俗地讲，就是能炒好"土豆丝"。

2．俄罗斯有句谚语，"虽然雄鹰有时飞得比麻雀还低，但是麻雀永远飞不到雄鹰能达到的高度。"

3．即便是天赋很好、有贵人相助的人，最终成为大家公认的一流人物，也需要花很长时间，并且需要不断努力。有些人少年一朝成名，便忘乎所以，其实他们距离一流的水准还差得远。很多省市的高考前几名，不过是现代版的方仲永罢了。

4．由于一流人才站的高度比常人高，因此他们的职业生涯可以特别长。

5．最后，也是最关键的一点。正如罗曼·罗兰所说，"人要成为伟大，而不是显得伟大。"对大家来讲，要成为一流，而不是显得像一流。

卡雷拉斯的谢幕演出

2017 年，我专程到澳大利亚的悉尼，听了卡雷拉斯全球谢幕巡回演出。

何塞·卡雷拉斯是著名歌剧演唱家，与多明戈及已故的帕瓦罗蒂并称为"世界三大男高音"。我最初了解他是在 1990 年 7 月 8 日意大利世界杯足球赛决赛之夜，这三位歌唱家在意大利古罗马的卡瑞卡拉浴场（Caracalla Them）遗址第一次联手登台，当时著名指挥家祖宾·梅塔担任了指挥。

不过当时中国更熟悉的是来过中国的帕瓦罗蒂，对当时白血病刚刚治愈后复出的卡雷拉斯并不熟悉。卡雷拉斯给中国人留下深刻印象，是在 1992 年奥运会闭幕式上，出生在巴塞罗那的他和著名女高音歌唱家莎拉·布莱曼一同演唱了《永远的朋友》那首至今让体育迷难忘的闭幕曲。

后来，三大男高音又一起在美国、法国和中国等地举行了几场音乐会。这些音乐会向普通大众推广了经典歌剧，也让中国听众对普契尼创作的歌剧《图兰朵》里的乐曲《今夜无人入睡》和意大利名曲《啊，我的太阳》熟悉起来。

在三大男高音中，帕瓦罗蒂有着得天独厚的天赋，多明戈的天赋也很出色，但更多是靠超强的可塑性和对艺术的全面理解（他所出演过的歌剧角色最多），而卡雷拉斯身材相对矮小，因此，他就要靠嗓音和声色取胜了。

时光流逝，很快三大男高音都开始步入老年。2007 年，72 岁的"高音 C 之王"帕瓦罗蒂离世。在此之前，他已经感到时间不多，在欧美准备了几场谢幕演出。我本来已经准备好去温哥华听他的告别演出，但非常遗憾的是，当帕瓦罗蒂刚刚登上北美大陆，他就癌症复发，不得不返回意大利，不久便与世长辞。从这件事上，我更加体会了人生的无常。

2017 年，三大男高音中年纪最小的卡雷拉斯也已经 70 岁。他决定

2017 年在全球举行几场谢幕演出，从此完全退出歌坛。悉尼是他系列演出中的一站，也是我能够乘坐飞机直达的城市，因此我决定放下手头的事情，专门到悉尼听他最后的演出。

为了确保即使飞机晚点也不会错过演出，我特地留出了一天时间，当然早到一天总得有点事情做，于是订了一场在悉尼歌剧院上演的《托斯卡》。这其实是当年让卡雷拉斯成名的歌剧之一，先听听我熟悉的歌剧，也算是为第二天去听卡雷拉斯的表演预热。

第二天卡雷拉斯谢幕音乐会并没有在著名的悉尼歌剧院举行，而是在新修建的能容纳更多观众的会展中心剧院举行。现代化的剧场能容纳 8000 名观众，当晚不仅座无虚席，而且还在前面加设了 100 多个临时座椅给音乐界人士。整个入场时间就花费了将近一个小时，而后来的散场也长达 20 分钟，其盛况可见一斑。

演出在当晚 8 点钟开始，乐队先演奏了一首进行曲暖场，然后歌剧大师就在暴风雨般的掌声中出场了。卡雷拉斯以《托斯卡》中的咏叹调《今夜星光灿烂》开场，他将这首旋律缓和、略带悲剧意味的咏叹调唱得优美流畅，让大家感觉在这样一个宏大的剧场中每一个人都能和音乐融合在一起，一曲结束，大家高呼"Viva"（欢呼万岁的意思）。在随后的演出中，观众的情绪一直非常热烈。

整个晚上，卡雷拉斯给大家献上了十多首歌剧的咏叹调和艺术歌曲，中间为了让他能够休息，一位女歌唱家演唱了七八首歌曲，乐队也演奏了肖斯塔科维奇的《第二圆舞曲》。最后，两小时的演出在《茶花女》中的著名唱段《饮酒歌》中结束。谢幕时，大家对卡雷拉斯精彩的表演报以最热烈的掌声和欢呼。

在接受了献花和三次谢幕之后，音乐会进入了通常的 Encore 阶段。Encore 的意思就是"再来一个"，通常大家用掌声把表演者请回来，表演者这时会加一到两个节目。卡雷拉斯也没有让大家失望，果然加了两个节目。

这之后，大家热情不减，于是他又加了两个节目，最后一个正是他在巴塞罗那奥运会闭幕式上所唱的《永远的朋友》。这首歌大家再熟悉不过了，于是当音乐一响起，全场都沸腾了。卡雷拉斯和他的女高音搭档一同唱完这首歌后，音乐会才算结束。

这时我不禁想到，这不仅仅是今天音乐会的结束，也标志着卡雷拉斯整个演艺生涯即将结束，想到这里我怅然不已。1990 年我第一次在电视里听到他演唱时，他才 44 岁，尚属青年，与他合作的帕瓦罗蒂正值壮年，后来与他合作过的郎朗还只是幼童。转眼间，他已经迈入"随心所欲不逾矩"的年龄，而且要彻底退出歌坛，以后我们只能在唱片中听到他的歌声了。

在卡雷拉斯的众多合作者中，有比他长一辈的超级大师卡拉扬和伯恩斯坦，卡雷拉斯在他们面前表现得像小学生一样虔诚。当然，也有和他同辈的大师，诸如阿巴多、穆蒂、梅塔等人，卡雷拉斯在他们面前就显得轻松得多，而和帕瓦罗蒂与多明戈在一起时，他就显得特别随意。像郎朗这样的晚辈们在卡雷拉斯面前则显得特别恭敬。

如今卡拉扬和伯恩斯坦已经过世多年，和卡雷拉斯同辈的只有穆蒂和巴伦博依姆还在指挥，多明戈已经很少演出，而阿什肯纳齐和小提琴家帕尔曼等人，也已经无力完成整场独奏演出，只是以客串指挥的角色表演一些管弦乐。新一代的古典音乐表演艺术家们，似乎都没有达到他们的高度，这不能不让我有一种莫名的伤感。

在很多时候，我们总觉得永远有明天，因而对今天的人、今天的机会并不珍惜，只有在失去后才体会到它们的可贵，而有些则会成为终身的遗憾。为了不留太多的遗憾，我总是告诉自己要只争朝夕。

也正是因为这个原因，我才会远渡重洋去听卡雷拉斯的演出，去听当今还在表演的几乎所有大师的演唱会，这样我将了无遗憾。当然，更重要的是，我们每个人都应该让自己的人生不留遗憾。

柏辽兹与《幻想交响曲》

2017 年我在得到 APP 上开设《硅谷来信》专栏，通常在周一到周五讨论相对严肃的话题，周末谈论一点轻松的事情，比如谈谈对艺术的感受。柏辽兹和他的《幻想交响曲》是我在某个周末重点谈论过的话题。

今天经常被演奏的交响曲大部分是德国、奥地利的作曲家所创作，除此之外还包括个别俄罗斯（和苏联）作曲家，比如柴可夫斯基和肖斯塔科维奇，个别犹太作曲家，比如马勒（Gustav Mahler）和伯恩斯坦，这或许是因为交响曲属于非常严谨的音乐作品，德国、奥地利都以严谨著称，因此诞生了更多的知名作曲家。

在历史上，很少有法国人创作的交响曲流传于世，这或许是因为他们太过浪漫。但凡事总有例外，这个例外就是法国著名作曲家柏辽兹所创作的《幻想交响曲》。

《幻想交响曲》虽然在名称上有"交响曲"三个字，但是无论从它的形式还是题材来看，都是一个标准的标题音乐 [16]，更像交响诗。《幻想交响曲》之所以有名，一来是的确做得好，二来是它的创作过程非常具有戏剧色彩。通过它，我们可以了解音乐家和一般人迥然不同的生活方式和思维方式。相比艺术家们，我们这些人常常可以被看成是谨小慎微的人，而他们则被我们看成是怪人。在这些怪人中，柏辽兹又特别有代表性。

柏辽兹生于 1803 年，他和我们熟悉的贝多芬、莫扎特完全不同，他并非来自一个音乐家庭，甚至在 17 岁之前都没有接受过正规的音乐训练。不过柏辽兹对音乐非常着迷，喜欢吹长笛、弹吉他。17 岁时，作为医

---

[16] 标题音乐（program music），是用文字、标题来展示情节性乐思（表现文学性内容）或通过模仿、象征、暗示等手段模拟自然音响（表现绘画性内容）的乐曲，产生于 18 世纪早期的浪漫主义音乐。

生的父亲将他送到巴黎学医，希望子承父业，但是柏辽兹在解剖室一看到尸体就恶心，虽然他获得了医学学位，但是注定当不了医生。

在巴黎期间，柏辽兹爱上了音乐，立志要当音乐家，这就和父母发生了冲突。为此，他父亲断了他的财源，于是柏辽兹不得不靠到合唱队唱歌和教学生吉他为生。当时巴黎歌剧院的经理看出来他对音乐的确痴迷，就允许他免费在歌剧院的乐池里看演出。柏辽兹对乐器的音响效果很敏感，后来他成了配器大师。

1827 年，英国一个话剧团到法国表演莎士比亚剧，柏辽兹爱上了剧团的女演员史密森小姐，并被这位莎剧名角搞得神魂颠倒，剧团走到哪里，柏辽兹就跟到哪里。在他看来，史密森就是他心目中的朱丽叶和奥菲莉亚（《哈姆雷特》里的女主角）。柏辽兹求爱的方式和今天在爱情面前不知所措的年轻人没有什么不同，就是写情书，当众跪下来表白，跑到后台求爱，等等。不过史密森小姐对这样一位堂吉诃德式的骑士并没有什么感觉。

随着史密森的剧团离开法国，柏辽兹开始精神恍惚，巨大的激情和伤痛激发了他的创作欲望和灵感，他一口气写下了他的第一部音乐作品《幻想交响曲》。他自己是这样解释音乐的内容的：一个过分敏感而充满想象力的音乐家，因为失恋，在绝望中服鸦片自杀，但是因为剂量不足没能致死，于是他开始产生幻觉，看到了各种光怪陆离的情景，而他所爱的人则变成了曲调，萦绕在自己身边。柏辽兹后来为这个作品起了一个正式名称——《一位艺术家一生的插曲》。

通常人们走出失恋的办法是开始另一段恋情，感情丰富的柏辽兹也不例外，他很快就看中了女钢琴家摩克小姐。柏辽兹是一个为爱情不顾一切的人，在他强大的爱情攻势下，摩克小姐居然动心了。

不过，摩克小姐的母亲却没有像女儿那么冲动，她一方面答应女儿的婚事，另一方面向柏辽兹提出一个要求，拿到罗马大奖——这是意大利政府资助艺术领域的学生在罗马免费学习的奖学金。罗马大奖竞争非常激烈，柏辽兹申请了三次都没有成功。到了1830年柏辽兹第四次申请时，巴黎爆发了革命，柏辽兹拿起枪冲向街头战斗去了。在1830年的革命中，他将《马赛曲》改成了大型管弦乐，而这部作品，居然让他获得了罗马大奖。

接下来，柏辽兹就要到罗马读书去了，与摩克小姐自然是难分难舍，这有点像《西厢记》里的张生和崔莺莺长亭送别的情景。摩克夫人为了让柏辽兹安心到罗马读书，倒也爽快，让女儿与柏辽兹订了婚。不过柏辽兹前脚走后，摩克夫人后脚就把女儿嫁人了，远在罗马的柏辽兹听到这个消息，就准备了手枪、匕首、毒药和一套女装前往巴黎去报仇，他要杀死摩克夫人、摩克小姐和她新婚的丈夫。

在那个年代，在意大利争取独立的烧炭党 [17] 人非常活跃（要了解那段历史，可以阅读著名小说《牛虻》），柏辽兹带着这套"装备"在住

[17] 烧炭党，是19世纪后期活跃在意大利各国的秘密民族主义政党，追求成立一个统一、自由的意大利，在意大利统一的过程中发挥了至关重要的作用。

旅店时，被密探发现，他被当作烧炭党人给抓了起来。虽然后来才发现是个误会把他放了出来，但是"装备"却被没收了。柏辽兹没有心灰意冷，又准备了同样的装备再次上路前往法国，不过这一次他遇到了小偷，东西又被偷走了。于是，柏辽兹回到罗马，第三次备齐东西，又上路了。

这一次皇天不负有心人，他顺利到了法国南部的尼斯，当他面对浩瀚的大海时，心情格外舒畅，把复仇的事情抛到了九霄云外。在那里，他花了半个月时间创作了后来流芳百世的佳作《李尔王》。

等他 1832 年回到巴黎时，缘分使然，史密森小姐此时也来到了巴黎。昔日的激情又在柏辽兹心里重新点燃，他下决心这次要得到史密森小姐的爱。于是，柏辽兹组织了《幻想交响曲》的公演，并邀请他的心上人到场。当史密森小姐听说自己是交响曲的女主角时，欣然前往。非常巧的是，德国大诗人海涅当时听了这场音乐会，并且记录了当时的情景，海涅写道：

我隔壁包厢的一个年轻人把作曲家指给我看，原来就是那个乐队里打定音鼓的人……然后指着前排一个微胖的女人说："那就是史密森小姐，柏辽兹追求她已经有三年了，多亏他有这样的激情，我们才得以听到这样奇妙的音乐"……柏辽兹目不转睛地看着她，当他们目光相遇时，柏辽兹就狠狠地敲打定音鼓。

从此，这位法国的音乐家就和来自英国的表演艺术家相爱了。第二年秋天，海涅又听到了柏辽兹的交响曲，他依然在敲定音鼓，史密森小姐一人坐在前排，不过当两人的目光再次相遇时，他不再狠狠地敲打定音鼓。看来爱情让柏辽兹收敛了狂放的性格，他从恋爱开始时，便每天都注意自己的外在形象。

接下来的故事，可以用中国人说的"有情人终成眷属"来概括。柏辽兹在付出了远远高于常人的代价后，终于通过《幻想交响曲》把爱情变成了现实。1833 年 10 月，他和史密森小姐结婚了，盛大的婚礼在英国驻法国大使馆隆重举行。

如果故事到此结束，那真是像格林童话所说的——"王子和公主从此过着幸福的生活"。然而，柏辽兹和史密森婚后生活并不幸福，他们习惯不同，性格不合，还有贫困的袭扰，生活充满了意想不到的矛盾。他们在彼此克制中生活了 9 年，最终以离婚结束了这场来之不易的传奇式婚姻。

爱情和婚姻是两回事。在恋爱中，很多时候人是被激素而非头脑控制。有些女生常讲，似乎男人非常善变。这种看法套在柏辽兹身上似乎没有错，但这常常不是有意为之，只是因为在恋爱中会完全丧失理智和判断力。而很多伟大的作品就源于此，这就如同王羲之在半酣时能写下千古名帖《兰亭集序》，可到了酒醒之后，却再也写不出来了一样。

对于年轻人，或许痴狂一两回并非坏事，等将来回首往事时，至少不会后悔。我在分析林黛玉时就讲，她是一个以生命作诗的人。类似地，柏辽兹其实是一个以生命谱曲的人。不过，对于婚姻，恐怕就不能够靠痴狂来维系了。

另外，分享一下我欣赏古典音乐的方法，即从音乐作品的来龙去脉入手。中国人欣赏西洋古典音乐有一个先天的不足，就是我们从小不是在那种音乐环境中长大。应该对音乐创作的背景有充分的了解，它会帮助我们听懂音乐。

当然，从这个故事中，我们还会发现，世界上很多人做事情的方式和我们完全不一样，像柏辽兹这样一个伟大的音乐家，行为居然会乖张到如此程度。若我们身边出现了这样的人，其实需要对他们多一份宽容，因为伟大的艺术家和发明家或许就在这些人中间。

斯卡布罗集市

在英国的民歌中，《斯卡布罗集市》（*Scarborough Fair*）的名气可能仅次于《绿袖子》。我最早听到这首歌是在电影《毕业生》中，英国天后莎拉·布莱曼（Sarah Brightman）演唱的版本堪称经典。另外，由几位美少女组成的凯尔特女人乐队（Celtic Woman）演唱的版本也非常好。

斯卡布罗是英国的一个港口，因贸易繁荣，一直到 18 世纪末，那里从 8 月 15 日开始会连续举行 45 天的集市，除了交易商品，还有各种表演。此后这个小镇的商业逐渐开始没落。今天的斯卡布罗，是一个非常安静的小镇。

《斯卡布罗集市》这首歌的歌词可以追溯到 13 世纪，曲子则是一首苏格兰民歌，从风格上讲具有当地凯尔特人音乐的特点，即充满了神秘感和幽怨的情绪。唱歌的应该是一位被情人抛弃的男人，他表达了一段无望的爱情。当然，也有人将里面的主人变成失恋的女性。

歌词的中文翻译是这样的：

对应的英语原文如下：

你正要去斯卡布罗集市吗
香芹，鼠尾草，迷迭香和百里香
请代我向那里的一个人问候
她曾是我的真爱

请她为我做一件棉衬衫
香芹，鼠尾草，迷迭香和百里香
不能有接缝，也不能用针线
这样她就可以成为我的真爱

请她为我找一亩地
香芹，鼠尾草，迷迭香和百里香
地必须位于海水和海岸之间
这样她就可以成为我的真爱

请她用皮制的镰刀收割
香芹，鼠尾草，迷迭香和百里香
用石楠草捆扎成束
这样她就可以成为我的真爱

你正要去斯卡布罗集市吗
香芹，鼠尾草，迷迭香和百里香
请代我向那里的一个人问候
她曾是我的真爱

Are you going to Scarborough Fair
Parsley, sage, rosemary and thyme
Remember me to one who lives there
She once was a true love of mine

Tell her to make me a cambric shirt
(deep forest green)
Parsley, sage, rosemary and thyme
Without no seams nor needle work
(blankets and bedclothes the child of the mountain)
Then she'll be a true love of mine
(sleeps unaware of the clarion call)

Tell her to find me an acre of land
(a sprinkling of leaves)
Parsley, sage, rosemary and thyme
(washes the grave with silvery tears)
Between the salt water and the sea strand
(A soldier cleans and polishes a gun)

She'll be a true love of mine
Tell her to reap it with a sickle of leather
(War bellows blazing in scarlet battalions)
Parsley, sage, rosemary and thyme
(General order their soldiers to kill)
And gather it all in a bunch of heather
(And to fight for a cause they've long ago forgotten)
Then she'll be a true love of mine

Are you going to Scarborough Fair
Parsley, sage, rosemary and thyme
Remember me to one who lives there
She once was a true love of mine

斯卡布罗小镇

这首歌的歌词源于中世纪，那时贵族和骑士们只能遥望一个女子，暗自爱慕，而那样的感情很难得到回应。后来出现了一位游吟诗人，替他们到女子的窗前吟诗歌唱，表达爱情。

如果考虑到当时的情景，就不难理解为什么从歌词到曲调都充满了诗意和微妙的情感，但又显得如此无助。歌词中还有一个古英语的语法，"Remember me to somebody"，这不是记住我的意思，而是"请向某人带去我的问候"。

每个段落的第二句歌词都提到了四种带有香气的花草，香芹很像中国的芹菜，它代表精神；鼠尾草代表力量；迷迭香代表忠贞的爱情，男子送新娘迷迭香的传统源于古希腊，而百里香代表勇气。歌曲中的主人通过这四种花表达自己对爱的忠贞，以及要追求那种几乎无望的爱情的勇气。

鼠尾草　　　　　　　　　　　　　迷迭香　　　　　　　　　　　　　百里香

最后三段歌词，讲了三种不可能完成的任务——不用针线缝一件没有缝的衣衫，在海岸和海水之间找一块地，用皮质的镰刀去收割。这就有点像中国人说的"除非太阳从西边出来"。但是即便如此，歌曲中的主人公依然忘不了她。

有一次我和英国人聊起这首歌，他更喜欢将它讲成一个《夜半歌声》似的故事：一个灵魂在小镇上游荡，他见到人就提到这四种香草，让他们给自己心爱的人带个信。有时我在想，将来是否会有编剧和导演以这首民歌为背景，拍一个讲述人鬼爱情故事的电影，应该很好看。

台湾还有人将这首歌词按照诗经的风格翻译出来，读起来更有韵味。

> 问尔所之，是否如适。蕙兰芫荽，郁郁香芷。
> 彼方淑女，凭君寄辞。伊人曾在，与我相知。

> 嘱彼佳人，备我衣缁。蕙兰芫荽，郁郁香芷。
> 勿用针砭，无隙无疵。伊人何在，慰我相思。
> 嘱彼佳人，营我家室。蕙兰芫荽，郁郁香芷。
> 良田所修，大海之坻。伊人应在，任我相视。

> 嘱彼佳人，收我秋实。蕙兰芫荽，郁郁香芷。
> 敛之集之，勿弃勿失。伊人犹在，唯我相誓。

> （伴唱）彼山之阴，深林荒址。冬寻毡毯，老雀燕子。
> 雪覆四野，高山迟滞。眠而不觉，寒笳清嘶。

很多时候我都在讲，不管现在科技多么发达，800 年前人们对美好生活的渴望和今天没有什么差别，我们不会因为有了各种电子产品和互联网带来的便捷，就可以省去基本的物质和感情需求。面对一份得不到的感情，内心也和歌中的那位少年是一样的。因此，生活的平衡最重要。

此外，如果大家去英国旅游，不妨到这个小镇转转。英国除了有伦敦，还有斯卡布罗小镇，还有《绿袖子》和《斯卡布罗集市》这样的歌。

伊迪丝·琵雅芙和
她的《玫瑰人生》

《玫瑰人生》（法语翻译 *La Vie en Rose*）这首歌，或许你已经很熟悉，或许是第一次听到，这都没有关系，因为几乎每一个听到的人都会喜欢上这首歌。

1946 年，一位 31 岁的法国女歌手首次演唱了这首由她自己填词的歌曲。虽然在音乐会之前，大家对这首歌是否会成功都没有把握，但是这位女歌手精彩的表演不仅震撼了全场，还轰动了整个法国，也将她推向法国香颂天后的地位，并且让她的表演风靡世界。

这位女歌手就是伊迪丝·琵雅芙（Édith Piaf），出生于巴黎一个贫困的家庭，父母都有意大利血统，这或许是她具有演唱天赋的原因。因为从小父母离异，作为街头歌手的母亲又无力抚养她，琵雅芙是跟着经营妓院的外婆长大的，也正是因为这段经历，她身上沾染了一堆坏习气。

琵雅芙的父亲在第一次世界大战后从军队退役，成了街头杂耍演员，琵雅芙 14 岁时便和父亲在街头卖艺，围观的人鼓励她表演一下，她以一首《马赛曲》一炮而红，从此也就和母亲一样成了街头歌手。17 岁的时候，琵雅芙生下了一个女孩，但是她无力抚养，孩子在两岁时便夭折了。

琵雅芙的人生转折点是从遇到一个叫路易·雷佩（Louis Leplée）的人开始的。雷佩在巴黎香榭丽舍大街上开了一家歌舞厅，进出的都是法国的上流社会人士。雷佩在巴黎街头发现了极具演唱天赋的琵雅芙后，决定好好包装她。

琵雅芙虽然嗓子好，但是出身低微，没有表演技巧，也没有进出过什么高档场所，雷佩花了很大的精力帮助她克服心理障碍，学习舞台表演技巧。此外，琵雅芙非常矮，身高只有 142 厘米，雷佩在她的着装打扮上花了很多心思，最后决定把她打扮成小女孩，后来琵雅芙获得了"小麻雀"的昵称。

为了让琵雅芙一举成名，雷佩为她的首次音乐会做了精心的准备，邀请了许多演艺界名流出席，包括作曲家玛格丽特·蒙诺（Marguerite Monnot），她后来和琵雅芙合作了一辈子，为琵雅芙创作了许多歌曲。

不幸的是，一年后雷佩被谋杀，琵雅芙被当作嫌疑人之一，虽然后来被警方无罪释放，但是她在大众心目中的形象变得非常负面。在第二次世界大战期间，伊迪丝 · 琵雅芙经常给德国军人演唱，因此被许多人视为叛国贼。

虽然琵雅芙宣称她在暗中支持法国抵抗运动，但这只是她的一面之词，没有证据。不过，也就是在这段时间里，琵雅芙的演艺事业获得了极大的成功，她成了法国家喻户晓的歌手。

第二次世界大战后，琵雅芙靠《玫瑰人生》等歌在全世界范围内受到演艺界和歌迷的热捧。1947 年她首次在美国演唱，纽约各大知名报纸都给了她极高的赞誉，让她在美国家喻户晓。她多次在电视节目中出镜，并两次在卡耐基音乐厅表演。

至于《玫瑰人生》这首歌，在美国更是受到大家的喜爱，很快美国人给它填上了英文版的歌词，而著名爵士乐大师路易斯 · 阿姆斯特朗还把它演绎成了爵士乐。在第二次世界大战后的几年里，琵雅芙在事业上获得了巨大的成功。

然而，琵雅芙从小养成的很多坏习惯导致了她一生的悲剧。琵雅芙一生没有像样地谈过恋爱，虽然有过几次恋爱经历和时间不长的婚姻，但是个人生活并不幸福。琵雅芙曾经爱上了已婚的拳击冠军塞尔当，这可能是她最幸福的一段时光，但这很快就随着塞尔当在空难中去世而消逝，此后她备受打击，相当消沉。不久她又因为一次车祸受伤，从此染上了毒瘾和酒瘾，身体完全垮了，在 47 岁时，便因为癌症而去世。

琵雅芙在去世前感叹，"你要为这一生做的所有事付出代价"，这竟成了她的遗言。琵雅芙最终与夭折的女儿一起葬于巴黎著名的拉雪兹神父公墓中，但是非常保守的天主教巴黎总教区因她的生平拒绝为她举行安魂弥撒。好在她的歌迷没有忘记她，有 10 万多人参加了她的葬礼。

2007 年琵雅芙的故事被搬上了银幕，电影《玫瑰人生》（*La Vie en Rose*）获得了多项奥斯卡奖提名，并且斩获最佳女主角奖。过去大部分人都是通过她的歌声对她多少有些了解，这部电影则将她悲剧而传奇的一生介绍给了大众，人们不禁为这位给我们带来美妙歌声的歌唱家坎坷的一生嗟叹不已。

有些时候，命运的力量是如此强大，以至于即便像琵雅芙这样成功的人，也没能摆脱幼时苦难给她带来的悲惨命运。我第一次听到这首歌是 20 年前，当时为它优美的旋律所吸引，但是想不到背后还有这么心酸的故事。

"La Vie en Rose"的原意是"粉色的人生"或者"透过粉色玻璃看到的人生"，但翻译成"玫瑰人生"四个字却非常有意境，反映出琵雅芙对充满梦幻色彩的美好生活的一种渴望。

这首歌后来被很多著名的歌唱家演唱，包括席琳·迪翁（Celine Dion）、麦当娜、Lady Gaga、凯瑟琳·詹金斯（Katherine Jenkins）、安德烈·波切利（Andrea Bocelli）等。

此外，在法国著名影星苏菲·玛索访问中国时，刘欢也和她一起演唱过这首歌。香港歌手陈百强曾经对它进行改编并演唱，陈百强将它改名为《粉红色的一生》，含义其实更准确。《玫瑰人生》的歌词中文大意如下，希望你也能喜欢。

他的轻吻仍留在我的眼梢　　只有我知道那暖流的源泉

一抹笑意掠过他的嘴角　　他为了我

这就是他最真切的形象　　我为了你

这个男人，我属于他　　在一生中

当他轻拥我入怀　　他对我这样说，这样以生命起誓

我眼前有玫瑰般浪漫人生　　当我一想到这些

他对我说的情话　　我的心儿就乱跳

天天说不完　　爱的夜永无终点

他的蜜语甜言对我如此重要　　幸福的光阴驱走了长夜

仿佛一股幸福的暖流流进我心中　　忧伤与泪水全无踪影

　　这幸福的感觉伴我至死

凯尔特女人乐队
和《奇异恩典》

2017 年 5 月底，我去听了一场凯尔特女人乐队的音乐会，其中她们演唱的《奇异恩典》（*Amazing Grace*）我非常喜欢。

《奇异恩典》这首歌的旋律我很早就听过，只觉得它有一种空灵的美感，是典型的英国音乐，特别有苏格兰民歌的特点，但是和那种讲述委婉爱情和真挚友情的苏格兰民歌风格又不同，但又说不出来具体是什么不同。当时，我并不知道它是一首赞美上帝的歌曲，后来听了人声演唱的歌曲并且读了歌词之后，才知道它的含义，也就理解了歌中为什么包含着庄严神圣又悲天悯人的韵律。

歌曲所表达的是对上帝的感激，开头四句翻译过来是这样的：

奇异恩典，乐声何等甜美

拯救了像我这般无助的人

我曾迷失，如今已被找回

曾经盲目，如今又能看见

和很多传统歌曲先有民间流传已久的曲调，后来有人填词，并且随着时间的推移不断修改歌词所不同的是，《奇异恩典》是先有歌词（源于一首赞美诗），然后大家不断给它配曲，最后定格为今天的曲调。

这首歌的词作者是 18 世纪的英国人约翰·牛顿（1725 ~ 1807），他和大科学家艾萨克·牛顿没有半点关系。约翰·牛顿并不是在宗教环境下长大的，但他所经历的一件事让他皈依了基督教，并且在后来创作了这首诗。

1743 年，约翰·牛顿被英国海军强征入伍，他因此产生了很强烈的抵触情绪，在离开军队之后他参与了黑奴贸易。1748 年，约翰·牛顿的船队遭受了猛烈的暴风雨袭击，眼看就要船翻人亡。在绝望之际，他只好祈祷，向神求救。

也是约翰·牛顿运气好，他的船只最终停进了一个港湾，他也因此得救。在等待修船的这段时间，他写下了这首后来闻名于世的诗歌的第一段。但是，约翰·牛顿真正改邪归正是几年后的事情，大约在 1754 年 或 1755 年，他放弃了贩奴贸易，从此皈依基督教，学习神学并且成了牧师。

《奇异恩典》这首诗是为 1773 年的新年布道会所创作，最初可能没有配乐，只是让大家吟诵。因此在大约半个世纪的时间里，它在英国并没有什么名气。这首诗后来出名，并成为欧美国家家喻户晓的歌曲，反而是源于大洋彼岸的美国。

19 世纪初，美国的清教徒们开展了被称为"第二次大觉醒运动"的宗教改良，其核心是反对奴隶制、悔改认罪、信仰上帝并且积极生活。这首诗被配上英国古曲《新不列颠》（*New Britain*）变成了一首歌，用来宣传上帝对人的救赎，让人的灵魂可以得到拯救，并且让人具有宽恕原谅之心。

由于这首歌同时包含了宗教和非宗教的元素，因此在美国广为流传，并且传回英国。《奇异恩典》的配乐前前后后出现过 20 多种，但是最终在古曲《新不列颠》基础上的配乐流传得最广，并且被全世界所接受。

从 20 世纪开始有了录音直到今天，这首歌已经被录制了几千次，而且还会不时地出现在流行歌曲的榜单上，它也因此对民俗音乐产生了重要的影响。据估计，《奇异恩典》现在每年大约会在公共场合被播放一千万次。

《奇异恩典》有各种版本，我最喜欢的就是凯尔特女人乐队演唱的版本。接下来就和大家聊聊这个乐队。

凯尔特女人乐队是一个相对小众的乐队，但是极具有实力，很多人评价她们是流行音乐史上实力最强的组合之一。这支乐队成立于 2004 年，最初由四位爱尔兰歌手克萝伊、莉莎、梅芙、欧拉及一位小提琴手玛莉组成，她们结合了古典、传统的凯尔特风格与爱尔兰的音乐剧式的演出风格，在流行乐坛独树一帜。

当然她们最鲜明的特点还是凯尔特风格。凯尔特人曾经活跃于整个欧洲大陆，今天主要生活在苏格兰和爱尔兰这两个地区，他们和日耳曼人并非同一族群。凯尔特人的性格特点简单地讲就是直率豪放。他们过去大多从事畜牧业和手工业，商业并不发达。今天我们理解的凯尔特文化的标志则是风笛、格子呢短裙和爱尔兰竖琴。在体育领域，他们发明了高尔夫球。

凯尔特人的音乐和苏格兰及爱尔兰的民歌总是连在一起的，我们今天比较熟悉的《绿袖子》《夏日的最后一朵玫瑰》《友谊地久天长》，以及我在前文介绍的《斯卡布罗集市》都是它的代表作品。这些歌曲曲调悠长，略带一丝甜甜的清香，但又总有一点挥之不去的忧伤。不过如果你到了纬度极高的苏格兰高地，了解它平日里多雨低云的气候特点，就不难理解他们音乐里忧伤的味道从何而来了。

凯尔特女人乐队这些年来不断有新人加入，比如新西兰籍巨星海莉·韦斯特恩拉（Hayley Westenra），也不断有人离开，因此阵容并不固定，但是风格却没有太大的变化。所有演员的表演风格都可以用声乐基础扎实、歌声甜美来形容。如果要用一个大家熟悉的歌星来形容她们的特点的话，那就是莎拉·布莱曼。

今天凯尔特女人乐队活跃的成员有四位，卡尔琳（Máiréad Carlin）、麦克芳登（Susan McFadden）、麦克玛虹（Éabha McMahon）、麦克妮尔（Tara McNeill），这也是这次到美国来表演的阵容。顺便说一句，英语姓氏中有"麦克"的，大多是苏格兰和爱尔兰人。凯尔特女人乐队成员的长相和她们的歌声一样，也可以用甜美来形容，而她们的表演观赏性也很强。不过由于她们的表演比较偏向苏格兰和爱尔兰的传统，因此在中国算是冷门。

瓦格纳《尼伯龙根的指环》四部曲

瓦格纳的《尼伯龙根的指环》（*Der Ring des Nibelungen*）四部曲是一个和国民性有关的艺术话题。要真正了解德国人，特别是他们在第二次世界大战时的一些行为，需要从瓦格纳等人入手。

美国著名历史作家威廉·夏伊勒（William L. Shirer）在《第三帝国的兴亡》一书中花了一大章的篇幅介绍第三帝国的根源，其中菲希特（《告日耳曼民族书》的作者，德国的民族主义者）、黑格尔、克莱斯特（Bernd Heinrich Wilhelm von Kleist，剧作家，以反对侵略而出名）、尼采和瓦格纳等人对造就德意志民族的自我认知并且在后来民族优越感的形成中起到了很大的作用。

在很多人看来，当今的德国是一个世界强国，但是在普鲁士统一德国之前，它有点像后期的大清帝国，一直处于被欧洲列强宰割的状态。宗教改革是德国人对世界的一大贡献，但是德意志地区却因此分裂。德意志人在 18、19 世纪的心态，和中国人在 19、20 世纪有非常大的相似性。他们都渴望国家统一强大，呼唤英雄，并且愿意跟随英雄。对比一下德国和中国的处境，就能理解这个民族和他们此后的行为。我们不妨看看当时的德意志地区。

在 30 年战争（1618 — 1648）期间，哈布斯堡家族（奥地利的王室）在教皇的支持下希望通过战争实现德意志地区的统一，但结果是，在瑞典和法国，特别是在黎塞留（法国著名的红衣主教）领导的法国的干涉下，整个德国惨败，签订了《威斯特伐利亚和约》，割让给法国和瑞典大片土地。

这使得德国温柔的改革被中断，代之以武力的崛起。我们在中学课本中学到的法国爱国主义作家都德的《最后一课》，里面讲德国人割走了法国的阿尔萨斯和洛林两个省，但其实这两块土地是在 30 年战争中，被法国人割走的。

到了 19 世纪拿破仑战争之后，德意志民族开始崛起，那是一个呼唤英雄出现的时代。在这样的背景之下，涌现出了从黑格尔到瓦格纳那些在思想和文艺上塑造德意志民族的精英。

相比之下，他们的前辈们，比如莱布尼茨、康德、莱辛、歌德、席勒、巴赫、海顿和贝多芬等都是国际主义者。但是到了黑格尔、尼采和瓦格纳的时代，德国的知识阶层更多的是民族主义者，而民众也成为民族崛起而自发奋强的一代。瓦格纳史诗般的歌剧《尼伯龙根的指环》（下文简称《指环》），便是在这个背景下创作而成的。

《指环》讲述的是一个英雄的故事，他们为了理想和信念，放弃了个人的欲望成就伟业。《指环》可以说是德意志民族的史诗，它之于德国，相当于《荷马史诗》之于希腊。了解了瓦格纳和他的作品，就更容易理解德国人。

中国人知道瓦格纳，主要是因为今天的婚礼进行曲来自他的歌剧《罗恩格林》，除此之外大家对他的音乐所知甚少。这主要的原因是他的音乐过于宏大，以至于一般的交响乐队没有能力演奏。

若论作品的宏大，很多人会想到贝多芬，因为他的《第九交响曲》（又名《合唱交响曲》）和《第三交响曲》（又名《英雄交响曲》）会在鼎沸的高潮中结束。也可能还会有人想到柏辽兹，因为他的音乐配器很丰富。但是真正创作出气势宏大的音乐的是瓦格纳。

此外，历史上专门写歌剧并以此出名的只有三个人，意大利的威尔第和普契尼，以及德国的瓦格纳，而就歌剧的场面来讲，瓦格纳的歌剧最为宏大。

衡量一个交响乐宏大与否，通常会看演奏它们所需要的乐队规模，而乐队中主要乐器的演奏者的数量和管乐器的数量成正比。如果一个乐队有两支长笛、两支双簧管、两支单簧管和两支低音管，组成的是二管编制的乐队，如果有三支则是三管编制。当然，后者的弦乐器，比如小提琴、中提琴和大提琴等，数量也要成比例增加。

大部分交响乐团是两管编制，因为演奏贝多芬等人的音乐，包括著名的《第九交响曲》，用两管乐队就能演奏。像柏林爱乐乐团、维也纳爱乐乐团和纽约爱乐乐团，都是三管编制的乐队，表演音色自然会更丰富。演奏瓦格纳的音乐，尤其是他诸多歌剧的序曲，常常需要四管编制的乐队才能把效果完全表现出来。

我真正有机会体验瓦格纳音乐的壮美是在 2016 年萨尔茨堡音乐节上，当时指挥大师巴伦博伊姆指挥了规模庞大的新锐交响乐团西东合集管弦乐团（West-Eastern Divan Orchestra），并演奏了瓦格纳的主要序曲，这比我之前听的各种"缩小版"的瓦格纳音乐要好得多，也让我体会到了什么是宏大而细节完美的音乐。

当然，要排一部瓦格纳歌剧，难度要比演奏他的歌剧序曲大得多，而要演出《指环》四部曲，则更是难上加难。整个《指环》四部曲演出时间超过 14 个小时，加上休息的时间通常在 17 个小时左右，要分四天观看，即便如此，每天几乎都要看到半夜。

几年前纽约大都会歌剧院推出了一季《指环》，之后的几年里在美国就再也没有排演过新的篇目。旧金山为了在 2018 年夏天推出三场《指环》表演，从 2016 年就开始准备，并在全球海选演员，最后选定了以德国专门表演瓦格纳歌剧的演员为主的强大阵容。

当然，听《指环》最好的地方是德国的拜罗伊特音乐节。当地的拜罗伊特大剧院是当年瓦格纳为表演《指环》，在巴伐利亚大公路德维希二世的资助下专门建造的，后来成为专门表演瓦格纳歌剧的地方，由瓦格纳的后人管理，直到第二次世界大战后维持不下去，才由一个基金会接管。每年夏天，拜罗伊特大剧院会依次上演 10 部瓦格纳的歌剧。

瓦格纳为了创作《指环》，可谓投入了大半生的精力，他从 1848 年开始构思并创作第一部《莱茵的黄金》（*Das Rheingold*），直到 1874 年才完成最后一部《诸神的黄昏》（*Götterdämmerung*），历时 26 年。中间的两部是《女武神》（*Die Walküre*）和《齐格弗里德》（*Siegfried*）。

每次演出通常要连续四天时间，它们被瓦格纳称为"舞台节庆典三日剧及前夕"，演出的次序是：

前　夕：《莱茵的黄金》

第一日：《女武神》

第二日：《齐格弗里德》

第三日：《诸神的黄昏》

《指环》的剧情很复杂。第一部是《莱茵的黄金》，贯穿这部名剧主线的是每一个人（神）做事情的动机。

故事一开头，尼伯龙根族的侏儒阿尔贝里希从阴暗的地下岩洞中爬出来，看到三个美丽的仙女，怀着难以抑制的情欲向仙女们示好。但是当他从仙女那里得知她们所守护的"莱茵的黄金"一旦被打造成指环，拥有者便拥有统治世界的权力时，他的贪欲让他决定禁欲（这是获得指环的要求），并且偷走黄金，打造了指环。

瓦格纳在这部剧中一直强调人做事情的动机，侏儒阿尔贝里希最初只具有人本能的欲望（被称为"少女的动机"），但是一旦看到黄金的光芒，听到指环的传说，动机就转变了，转变成夺取黄金的动机、拥有指环的动机和禁欲的动机。

瓦格纳所描写的这种人性在哪个国家都差不多。金庸先生在《笑傲江湖》里写了一群为绝世武功和权力而自残的人，这和阿尔贝里希没有什么差别。到了第二次世界大战前，纳粹号召大家放弃个人的欲望控制世界，也是出于这种类似于指环的诱惑。

《莱茵的黄金》的第二幕，讲了天上众神的故事。万神之王沃坦（相当于希腊神话中的宙斯）与妻子婚姻女神弗里卡眺望刚刚建成的伟大的瓦尔哈拉城时，心中无比喜悦。沃坦建造这座城的目的是为了荣耀，而弗里卡的目的是为了能守在丈夫身边。两人有着不同的动机，我们今天的家庭生活也常常如此。

不过，沃坦当年为了建城请了巨人们来帮忙，并且承诺城建好了就将主司青春与美的女神福瑞雅赐给他们作为回报。当然，巨人们愿意卖命的动机也是为了美神福瑞雅，现在沃坦需要兑现诺言，这就惹出了麻烦，于是他找来擅长阴谋之术的火神洛戈出主意。

洛戈知道，要让人放弃一个诱惑就必须给他一个新的诱惑，他听说了指环的传说，就将指环吹得天花乱坠，于是巨人就想用美神福瑞雅去换指环，不过他们先劫持了美神福瑞雅作为人质。

第三幕讲的是在地下的尼伯龙根族的故事。阿尔贝里希偷得了黄金后打造了指环，而他弟弟米梅则用黄金打造了隐形头盔。兄弟二人为了宝物先争夺了起来，最终哥哥打败了弟弟抢到了头盔。

这时万神之王沃坦和火神洛戈为了换回美神福瑞雅只好来到尼伯龙根，被哥哥欺负的米梅便引领二位天神来到尼伯龙根。沃坦让阿尔贝里希变成了蛤蟆，然后抢走了指环和隐形头盔。在第三幕、第四幕中依然穿插着各种动机，我这里只是将它们省略了。

第四幕讲的是沃坦用指环换回了美神福瑞雅，而巨人们则为了指环起内讧而兄弟残杀，沃坦意识到指环的背后是魔咒。最后，众神走过彩虹天桥来到雄伟的瓦尔哈拉城，而这时仙女们则呼唤沃坦交还黄金。《指环》的第一部到此结束。

从《莱茵的黄金》的情节来看，你能体会到《指环》是一部情节复杂、规模宏大的歌剧，而中间通过神、仙、凡人和侏儒的各种动机描写了真实的人性，特别是德意志民族的人性。

《指环》的第二部是《女武神》，电影《星球大战》的主题曲就是由《女武神》中的音乐改编而成的。

《女武神》在故事开头并没有直接延续前一部《莱茵的黄金》的情节，而是引出了一条新的主线，即英雄齐格蒙德的故事。齐格蒙德在战场上受伤后，跌跌撞撞地来到了位于森林深处的强盗洪丁家，因为太过疲惫，进到房间就倒下了。洪丁的妻子齐格琳德是被抢来的"压寨夫人"，其实她是齐格蒙德失散的孪生妹妹。

齐格琳德听到响动以为丈夫回来了，结果看到一个陌生人在房间里躲避风雨，便出于同情去照看他。两人都不知道对方就是失散多年的亲人，但彼此有一种亲近感，于是就产生了爱情。

不久齐格琳德的丈夫洪丁回来，见到齐格蒙德和妻子齐格琳德的面貌异常相似，便起了疑心，并认出齐格蒙德正是他在追杀的人，虽然允许他当晚暂保性命，但隔天要继续决斗。

在第二幕中，女武神们出场。她们是智慧女神埃尔达为众神之王沃坦所生的九个女儿，她们骑着长有翅膀的骏马在天空中飞驰，将在战场上死去的英雄抬到盾牌上用飞马带回瓦尔哈拉天宫，那里是战士们的天堂。

女武神中为首的女神叫布伦希尔德，她得到父亲的命令帮助齐格蒙德获胜，因为齐格蒙德和齐格琳德是沃坦在人间生下的孪生兄妹，他希望这对人间的孩子将来能够解救神界。

然而洪丁祈求沃坦的妻子婚姻女神弗里卡帮助他，弗里卡要求丈夫交出私通的齐格蒙德兄妹俩。害怕妻子的沃坦无可奈何，放弃了对齐格蒙德的帮助。但是，女武神布伦希尔德出于对人间真情的崇敬，决定违背父母的命令，帮助齐格蒙德兄妹。没有沃坦保护的齐格蒙德最终还是战死了，而女武神则保护着齐格琳德逃走了。

在第三幕中，齐格琳德怀了孕，生下了与哥哥齐格蒙德的孩子。在失去齐格蒙德之后她本想一死了之，但是女武神布伦希尔德让齐格琳德为了孩子活下来，并且将她藏了起来。女武神将齐格蒙德的断剑交给齐格琳德，要她锻造成新剑传给孩子。

齐格琳德走后，婚姻女神弗里卡发怒了，要迁罪于布伦希尔德，于是女武神们将她们的首领布伦希尔德藏了起来。但是作为父亲的沃坦却不顾众姐妹的请求，取消了布伦希尔德女武神的资格，将她放逐到人间，并且让她昏睡在岩石山顶，任由第一个发现她的男子摆布。布伦希尔德请求沃坦在她睡去的地方四周燃起只有勇士才能够跨过的烈火，让一位英雄来唤醒她。沃坦答应了女儿的要求。

剧中安排齐格琳德爱上哥哥并且怀孕，和日耳曼人对血统纯洁的迷恋有关。在剧中，无论人间的悲剧英雄齐格蒙德，还是神界的女武神布伦希尔德，都表现出不畏强暴的英雄气概，这是在苦难中的德意志民族的精神支柱。

歌剧的第三部《齐格弗里德》，描写了另外一个英雄齐格弗里德的故事。

这要从复仇的尼伯龙根族的侏儒米梅（在第一部《莱茵的黄金》中出现过）铸剑开始讲起。米梅每铸好一把剑就被他的养子弄断，而他的养子正是齐格蒙德兄妹的儿子齐格弗里德，米梅希望它能够杀死变成大蛇的巨人法弗纳，为他取得指环。

这时的齐格弗里德已经长大，成为一个勇敢的英俊少年，但是他不知道自己的身世。后来米梅告诉他，多年前自己救了一个在森林中昏倒的女人，就是他的母亲齐格琳德，齐格琳德在山洞中生下齐格弗里德后不久便死了。

齐格弗里德看到他母亲留下的父亲的断剑，请求米梅铸造成新剑，但是米梅始终铸不好。最后沃坦来到人间，帮助齐格弗里德铸成宝剑。

第二幕讲述英雄齐格弗里德杀死大蛇，夺取指环的故事。

被沃坦夺走指环的尼伯龙根族的侏儒阿尔贝里希（《莱茵的黄金》中一开场出现的侏儒）也一心想夺回指环，他从沃坦那里知道了弟弟米梅的阴谋，便一直跟踪齐格弗里德与米梅。

米梅怂恿齐格弗里德去杀死大蛇，他的计谋是希望齐格弗里德与法弗纳同归于尽，自己坐收渔翁之利。不过最后齐格弗里德在决斗中杀死了大蛇，拿到了指环与隐形头盔，安全回来了。

看到齐格弗里德拿到了指环和头盔后，米梅又生一计，想用毒汤杀死齐格弗里德，但是从鸟儿那里得知米梅阴谋的齐格弗里德杀死了米梅。这时，孤独的齐格弗里德坐在树下，询问小鸟哪里能有朋友。小鸟告诉他沉睡在被烈火包围的岩石山上的布伦希尔德的故事，于是齐格弗里德请求小鸟带他去寻找布伦希尔德。

第三幕描写的是英雄齐格弗里德和女武神布伦希尔德相爱的故事。

这一幕的前奏曲解释了布伦希尔德沉睡的惩罚，背后伴着女武神在空中骑马的声音。音乐预示着一种新的力量，英雄的力量即将取代正在衰败的神。

小鸟引着齐格弗里德来到岩石山上，沃坦执枪横加阻拦，但是齐格弗里德一剑砍断了象征着众神之王沃坦权力与力量的长枪，来到女武神布伦希尔德沉睡的山上。山顶上有一圈熊熊燃烧的火焰，齐格弗里德勇敢地踏进烈火中，火焰在他面前消退，天空变得一片晴朗。齐格弗里德发现了在盾牌下沉睡的美丽的布伦希尔德，情不自禁地俯身亲吻布伦希尔德。布伦希尔德醒来，两个人相互凝视，然后立下了永远相爱的誓言。

在这一幕中，布伦希尔德放弃女武神的身份和法力，为了爱情变成凡人。

歌剧的第四部是《诸神的黄昏》。在西方的神话中，即使像宙斯这样的众神之神，最后也逃不出命运女神安排的宿命。《指环》中的沃坦也是如此。

命运女神开始出现并作出 3 个预言，沃坦将刺死火神洛戈，瓦尔哈拉城将被焚毁，最后神界的末日将来临。当然，全剧最大的宿命是凡接触过指环的人，最后都难逃厄运。

在人间，齐格弗里德和布伦希尔德正在热恋，并订下了婚约，齐格弗里德把从巨人那里得到的指环戴在布伦希尔德的手上，布伦希尔德则将自己过去所骑的飞马送给齐格弗里德。齐格弗里德向爱人告别，向莱茵出发，开始新的冒险。接下来的故事则是一场爱情的阴谋。

在第一幕中，齐格弗里德来到莱茵河畔的一个城堡。城堡的主人龚特尔听说布伦希尔德的美貌后想娶她为妻，他的异父兄弟哈根是尼伯龙根族的侏儒阿尔贝里希（打造指环之人）的孩子，他知道指环的故事后想得到指环，便骗哥哥龚特尔说，布伦希尔德还没有结婚，而齐格弗里德则可以从火堆里带出布伦希尔德。

当然，这要事先哄骗齐格弗里德喝下忘情水，忘掉布伦希尔德。哈根又给哥哥出主意，这件事就交给他们美丽的妹妹古特鲁妮去做。同时，哈根诱骗古特鲁妮去爱齐格弗里德，这样齐格弗里德就会忘掉妻子布伦希尔德。

在另一头，布伦希尔德的姐妹告诉了她指环的魔咒，建议她将指环还给仙女们以破除魔咒，但是布伦希尔德因为这是丈夫给她的东西而舍不得丢弃。

不久之后，齐格弗里德和龚特尔成了好兄弟，并且在古特鲁妮的哄骗之下，喝下了忘情水，于是忘掉了妻子布伦希尔德。出于对兄弟的友情，他装成龚特尔的模样将布伦希尔德带出了火圈，来到城堡。

在第二幕中，失去记忆的齐格弗里德要娶古特鲁妮为妻，同时龚特尔宣布要娶布伦希尔德。在婚礼前，布伦希尔德看到了齐格弗里德，指责他违背婚约，失忆的齐格弗里德已经记不清自己的誓言了，发誓自己如果有悖誓言就死于枪下。布伦希尔德发誓要刺死负心汉。哈根的阴谋眼见就要实现了。

在最后的第三幕中，想获得指环的哈根如愿杀死了齐格弗里德。而齐格弗里德在死前喝了恢复记忆的药，记起了布伦希尔德是他妻子，他高呼着布伦希尔德的名字倒地。而布伦希尔德从仙女口中得知哈根的毒计，才明白自己和齐格弗里德都成了牺牲者。

她把那指环戴在丈夫齐格弗里德的手指上，然后转身走向搁置着齐格弗里德的遗体的柴堆，和丈夫一同置身火海。仙女从齐格弗里德手上取走指环，哈根眼见计划要全盘落空，就立刻跳进水里去追仙女，最终被淹死了。

这时，天上出现了一片浓重的红光，诸神的黄昏到了。神权时代已经到了末日，瓦尔哈拉天宫在烈火中燃烧，而一个新的时代，人类的爱高于一切的时代则现出了曙光。

《指环》四部曲的主题是讴歌那些牺牲自我、解救世界的英雄，他们甚至比神更伟大。从 19 世纪末开始，德国人的这种英雄情结就特别强烈，他们会为了一个心目中的新世界团结在一起共同奋斗，这使得德国作为一个国家终于站立起来，也导致了后来纳粹的崛起。

那一代德国人符合剧中齐格弗里德与布伦希尔德相爱时所唱的"热爱绚烂的生命，嘲笑死亡"，这和日本武士追求樱花短暂而绚烂的美丽有相似之处。当然，在今天，德国人的心态已经平和许多。

如果将来有机会，建议你一定要去听一次《指环》。

贝多芬比莫扎特牛在哪儿

2016 年我在奥地利待了一段时间，深感这是一个音乐的国度，它在世界上做得最成功的营销，就是让世人以为希特勒是德国人，而贝多芬是奥地利人。

贝多芬是古典音乐的泰斗，提起古典音乐中有代表性的作品，人们印象最深的基本上就是贝多芬的《第三（英雄）交响曲》和《第九（合唱）交响曲》。当然，喜欢轻音乐的朋友可能会熟悉他的《致爱丽斯》，喜欢钢琴的朋友会对他的《第五（皇帝）钢琴协奏曲》比较熟悉。另外他的 32 首钢琴奏鸣曲被称为钢琴曲中的《新约全书》（与之对应的是巴赫所谱写的《平均律钢琴曲集》，被称为钢琴的《旧约全书》）。其实，在古典时期，泰斗级的音乐家不止贝多芬一个，莫扎特也是一位，他比贝多芬成名更早，作品的数量更多，质量也不相伯仲，再往前还有海顿。

但是莫扎特生前并不受奥地利人待见，无论是在维也纳，还是在他的故乡萨尔茨堡，他的葬礼居然都没有人参加，莫扎特的名声依靠的是后世的评价。而贝多芬则不同，他生前就受到万民敬仰。1827 年贝多芬去世时，只有 30 万人的维也纳有 2 万人参加了他的葬礼，学校全部

《贝多芬的葬礼》

都停课以示哀悼。著名音乐家舒伯特不吝病弱的身体，颤悠悠地为贝多芬抬棺，和舒伯特一起抬棺的是贝多芬的学生、著名钢琴教育家车尔尼（今天所有学钢琴的人依然在用车尔尼的书）和另外几位音乐家。舒伯特从未与贝多芬谋面，但是对贝多芬执弟子之礼，为贝多芬抬棺和死后葬在贝多芬旁边是他的心愿，一年后年轻的音乐天才舒伯特也去世了，维也纳人也满足了这位年轻音乐家的心愿。从音乐家到民众所给予的贝多芬的荣耀，在音乐史上没有第二个人能再获得。

为什么贝多芬在生前就得以享受伟大的殊荣？或者说他超越海顿、莫扎特等前辈的地方在哪里呢？当然，首先还是来自他本身的音乐成就，贝多芬的音乐水平达到了古典时期的高峰。但是，贝多芬之所以受欢迎最重要的原因是他将音乐带给了大众。

在文艺复兴之后，欧洲的艺术和音乐有了长足的发展。起初它们为宗教服务，后来为贵族服务，和平民的生活并不息息相关。今天我们说莫扎特伟大，是从他音乐作品的水平上得出的结论，但是那些作品和当时一般的老百姓却毫不相干。古典时期很多有影响力的艺术家，他们误把自己当成是贵族阶层或既得利益阶层。但是，对于倾听莫扎特表演的贵族来讲，他和很多宫廷艺术家一样，不过是宫廷里的另一种装饰而已。因此对莫扎特的死，他们毫不关心。

莫扎特至死都没有明白音乐要为大众服务的道理。所幸的是，历史上有贝多芬。和莫扎特不同的是，贝多芬把音乐推向了大众，并且伴随着法国大革命的波澜，唤醒了欧洲人的自由意识。然而这件事做起来并不容易，贝多芬的一生都在为此奋斗，不仅是为了音乐，更是为了自由的理想，他常常痛苦、无助，但最终他战胜了命运（耳聋对一个音乐家意味着什么，任何人都能想象）。

其实理解贝多芬的人生追求对了解他的音乐非常有帮助。同样，透过他的音乐，也可以了解他的理想，这一点很好地体现在了他的收官之作《第九（合唱）交响曲》中。贝多芬在他生命将尽之时，和友人回忆起当年读席勒《自由颂》的情景，他说他要写一首交响曲，用人声唱出自由的声音，宣扬在神面前人人平等的思想。

《第九交响曲》的首演获得了空前的成功，整个维也纳为之沸腾。用《约翰·克里斯朵夫》和《贝多芬传》的作者罗曼·罗兰的话讲，"（拿破仑）波拿巴的哪一场战争，奥斯特里茨哪一天的阳光，曾经达到这种超人的努力的光荣？曾经获得这种心灵从未获得的凯旋？"

在音乐史上，贝多芬被认为是古典主义和浪漫主义的分界线。在贝多芬之前，古典音乐是为权贵服务，从贝多芬开始，音乐才属于人民，艺术才属于人民，人权思想真正崛起正始于那个时期。奥地利诗人和剧作家格里尔帕策在贝多芬的墓前这样说："当你站在他的灵柩前，笼罩着你的并不是气馁和忧伤，而是一种崇高的感情，我们只有对他这样的人才能说，他完成了伟大的事业。"

最后，如果你想欣赏贝多芬的《第九（合唱）交响曲》[18]，我推荐富尔特文格勒的版本，他是公认的诠释贝多芬音乐的第一指挥家。伯恩斯坦在东、西德统一时指挥四国乐团表演的版本，场面宏大，加上它特殊的历史意义，非常特别，也值得一听。

[18] 《第九交响曲》的《欢乐颂》现在已经是欧盟的盟歌。

第五章 _ # 徕卡摄影的魅力

这一章我集中介绍摄影的技巧，当然，我其实只是转述徕卡摄
影课的讲师们所教授的内容。你可能会好奇徕卡公司为什么要
对有着良好摄影基础的人进行进一步培训，并且组织大家去各
地摄影，这要从徕卡公司近年来的转型战略说起。

从徕卡公司谈起

第一章介绍过，我在德国南部的旅行，是我参加徕卡学院培训的一部分行程。很多朋友希望我把那次培训的内容分享出来，我事后便把徕卡摄影课的讲师们所教授的内容，总结为下面九个专题。

在讲述摄影的内容之前，先讲讲徕卡公司为什么要对有着良好摄影基础的人进行进一步培训，并且组织大家去各地摄影，这和徕卡公司近年来的转型战略有关。

徕卡是德国著名的照相机公司。徕卡的名称 Leica，是它的创始人莱茨（Leitz）和照相机（Camera）两个词的前音节合成词。徕卡公司成立于 1913 年，从一开始就致力于制造质量最高的照相机，并且做到了这一点。徕卡非常自豪的是，每一台徕卡相机，不论新旧，都能拍出清晰的照片，因此它一直受到新闻记者、专业摄影师和摄影发烧友的喜爱。历史上很多著名的照片都是用徕卡相机拍摄的，比如下面这两张《切·格瓦拉》《时代广场的胜利日》。

《切·格瓦拉》

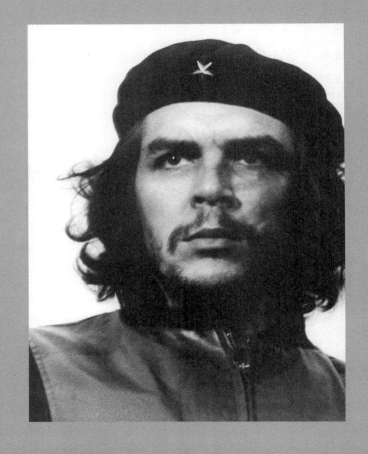

这两张照片很著名，是因为它们能折射出一个人物、一个历史性事件，甚至是一个时代。

在 20 世纪 60 年代之前，徕卡相机拍出的照片在质量上确实比其他相机好很多，但是进入单反相机时代 [19] 后，徕卡公司便渐渐开始落后。日本的尼康和佳能相机不仅能拍出好照片，提供更多镜头选择，并且还有巨大的价格优势，于是徕卡的市场份额不断缩小。到了早期数字化时代，徕卡完全落伍了，这个家族公司几乎破产。

然而，从十年前开始，徕卡在资本的帮助下又起死回生，这倒不是因为它在性能和价格上比日本公司有优势，而在于它做了一次成功的转型。徕卡不再和日本公司在技术指标和价格上竞争，而是注重提高它的使用者的水平，并且只做那些热衷拍出好照片而不太在意价格的顾客的生意。同时，它也注重社区建设，在一些摄影者集中的地区组织交流活动。因此，当智能手机开始冲击照相机市场时，尼康和佳能等公司的出货量大跌，徕卡的销量反而上升，因为它的消费者即便使用智能手机拍照，也不会把照相机扔到家里。相比之下，原先很多使用其他品牌相机的用户，在使用智能手机后就不再碰那些笨重的单反相机了。

徕卡的摄影爱好者在使用了智能手机后，依然离不开照相机，可见使用这两种设备拍照一定有根本的不同，而这不同之处，正是徕卡培养摄影者的切入点，也是徕卡在培训中传递给我们的第一个信息。

[19] 以 1959 年尼康推出 F 相机为标志。

《时代广场的胜利日》
Alfred Eisenstaedt/AP/ 东方 IC

摄影和记录的区别

今天，大家使用智能手机拍照已经非常普遍，可以随时拍摄，而且成像质量也越来越高，拍照后还可以第一时间在社交网络上分享。在这种情况下，手机拍摄和相机拍摄的区别是什么？相机的优势又在哪里呢？这便是徕卡讲解摄影的切入点。

对于照相机拍照和手机拍照的不同之处，有人说相机的分辨率更高，色彩更好，质量更高。但这些并不是问题的关键。今天高端智能手机和低端单反相机（比如大部分 ASP-C 画幅相机）在成像质量上的差距并不是很大（当然它们的价格也差不多），考虑到智能手机加入了很多图像处理的功能，在一些场景下手机拍的照片有时更好，比如在逆光条件下，手机拍人脸会更清楚。也有人讲，照相机有变焦镜头，ISO可以设置得比较高，让夜晚的摄影比较容易。这是事实，但这些功能大部分人用得并不多。摄影的一个误区就是过分看重设备的指标，而忽视了使用设备的技能，进入这个误区的人也被称为器材党。对大部分人来讲，即使给他们一个高性能的相机，他们也拍不出多好的照片。相反，对一些专业摄影师来讲，即使使用手机，也能拍出不错的照片。

相机拍照和手机拍照，或者说专业摄影师摄影和一般人照相，最大的不同在于，前者是摄影，后者是记录。要理解什么是记录，不妨看看大部分人拍照的目的：

1. 到此一游。在世界上任何景点，都不缺乏这样的人，尤其是初级的旅行者爱用手机和自拍杆拍下自己与著名景点（Landmark）的合影，还有很多人会急不可待地分享到朋友圈。这就是最典型的记录。

2. 众人聚会合影，或者和名人合影。

3. 拍景点的全景。比如到故宫，试图把巨大的太和殿"装进"一张照片里面。

4. 抓拍集体活动中有趣的画面。

5. 看到一些在明信片里见到的拍摄对象，比如日出日落、亭台楼阁、山泉瀑布、花鸟鱼虫，等等，自己也想拍一张做成明信片。

如果是为了达到刚才说的这些目的，不论是用相机还是手机拍照，都是记录。记录得好当然也是一件很了不起的事情，但是它不在徕卡培训的内容之内。通常一张记录得再好的照片分享到朋友圈中，大家的反馈也不会很热烈，因为那些照片你可能早已见过，而且你也能拍出来。对于这样的拍照，使用的是照相机还是手机并不重要，记录下来就好。

今天，不仅徕卡放弃了以记录为目的拍照的这批人，尼康和佳能的高端产品线近年来也将他们排除于受众定位群体之外，哪怕这些人再有钱。很多"器材党"花了很多钱，买了很多高端设备，但是拍照的目的还停留在简单的记录上，拍出来的照片哪怕分辨率再高，色彩再逼真，也不比手机拍出来的更惊艳。事实上，在美国最大的图片分享网站 Pinterest 上，智能手机拍的照片已经占了六成，而且这个比例还在增加。很多手机拍的照片单纯从画面的美感来讲可以说已经非常好，这也是今天照相机厂家在和手机竞争时非常艰难的原因。不过，Pinterest 上大部分高质量的照片依然停留在记录层面，或者是重复专业摄影杂志上的拍摄。

摄影不同于记录，它从本质上讲是我们与这个世界相处和交流的方式，并且要向外传递一种信息，比如下面两张照片就通过这种交流和信息的传递，在某种程度上影响了历史。

第一张是著名记者罗伯特·卡帕（Robert Capa）在 1936 年西班牙内战中拍摄到的《倒下的士兵》。卡帕在中弹士兵倒下的一瞬间拍下了这张照片，它让全世界开始关注西班牙内战。

《倒下的士兵》　　Robert Capa © International Center of Photography/Magnum Photos/ 东方 IC

另一张是记者黄功吾拍下的越战中躲避轰炸的越南南部儿童，它让更多的美国人加入反战的行列。这就是和世界的交流。令徕卡公司自豪的是，这些意义重大的照片都是使用徕卡相机拍摄的。

《战火中的女孩》   Nick Ut/AP/ 东方 IC

这些照片是否能用手机拍摄呢？并非不可以，关键要看摄影者是否能摆脱简单记录的心态，将摄影变成一种交流。

从艺术的角度讲，摄影是一种观察的艺术，观察的重点不是所见之物，而是观察的视角和关注的重点，然后从那些日常的观察中找出趣味。当然，由于照相机可能捕捉到人眼难以看到的景象（这一点我后面会仔细讲），因此使用照相机摄影才更有意义。

对于徕卡这样的企业来讲，提供相应的设备、教会一部分人使用这些设备、用静止的画面描绘甚至改变我们的生活，是它的企业愿景。今天包括尼康、佳能在内的相机企业，其专业产品线都把产品定位在满足这方面需求的摄影人士身上，这就需要厂家或者产品线建立一道相机与智能手机之间的屏障。实际上，不仅徕卡和哈苏[20]近几年的销量在上升，尼康、佳能和富士的专业相机销量也在上升，虽然后面这几家日本公司微单的销量下滑了七成，总销量也面临下降的趋势。

为了让大家对记录和摄影的区别有一个感性认识，不妨看下面三张照片。第一张照片拍摄于一个小型日本公园，公园是典型的日式风格，有石灯，有流水。这张照片由一个普通的旅行者所拍，你在朋友圈中经常可以看到类似的照片，使用手机和照相机都可以拍出来。而事实上，这张照片是用昂贵的哈苏相机拍摄的。

日本公园的一角

[20] 世界上最高档的相机之一，以拍摄阿波罗登月和《花花公子》杂志封面而出名。

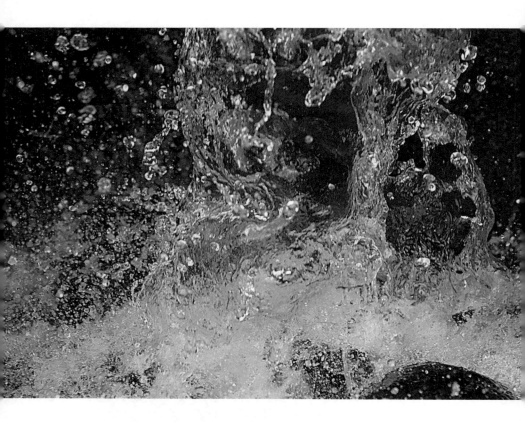

小瀑布落地的一瞬间

前两张图出自同一台设备，可以看到上图中瀑布落地瞬间溅出的水花，这种动感很有意思。

右图还是同一个小瀑布，它只有两米多高，但是如果将曝光时间尽可能地拉长，小小的瀑布会显得高大很多，而且在水落下的地方有一种如梦如幻的感觉。

日本公园的小瀑布

同样的地点、设备，依靠不同拍摄方法拍摄的照片感觉完全不同。这就是一般人的记录和职业摄影师摄影之间的区别。

根据徕卡的观点，大部分人只要掌握摄影的技巧，再经由刻意练习，就能从一个简单的记录者变成真正的摄影者，像职业摄影师那样拍出精彩的照片。

好照片的基本要求

什么是好照片？这类判断会非常主观。徕卡学院（美国）的负责人汤姆·布里施塔（Thom Brichta）讲，很多照片之所以获奖，很大程度上取决于评委的个人喜好。而在很多摄影大师的成功中，运气占了很大的成分，这和各行各业的成功是一样的。不过，对于一张好照片，仍有一些客观的判断标准和要求。达不到这些基本要求，运气再好也拍不出好照片。对于好照片的基本要求，汤姆讲了下面几点：

1. 把相机端平。

第一个要求非常简单，但是大部分业余摄影者都做不到，那就是把相机端平。为什么要把相机端平呢？因为斜着的照片不好看，就这么简单。当然，你也可以用 Photoshop 把歪了的照片校正，不过这样会损失画面的大小，而且损失的比例远比想象的高。

一般人觉得偏斜两三度不是大问题，但是每旋转 1 度，就要损失 4% ～ 5% 的面积。偏斜 3 度，就可能损失了 15% 的面积，照片就从 2400 万像素降低到 2000 万像素了。很多人单纯追求设备的指标，而忽略拍摄技术，反而没有达到应有的效果。

把照片拍斜的第二个问题是，由于图像扭曲，单纯旋转是无法校正的，要用很复杂的变形处理才能弥补。

下图是一张很好的照片，但是倾斜了 3.5 度。虽然可以用 Photoshop 把它校准，但这样不仅照片面积明显缩小，而且塔尖不得不被裁掉。

用 Photoshop 校准照片

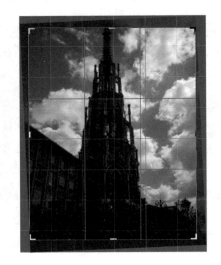

端平相机这个细节，也说明了专业摄影和业余摄影的一个区别，就是在态度上，做到专业，凡事要一丝不苟，但是发烧友们常常会忽视一些重要的细节。因此，要成为专业摄影者，就要抓住细节，养成良好的习惯。

2. 把照片拍清楚。

要达到这个要求有四个基本点，因为参加训练营的大多是职业摄影家，汤姆只讲了第四点，我把前三点补充给大家。

a. 快门速度不能太慢，曝光时间不应该超过镜头焦距的倒数。

光圈、快门速度，以及感光度之间的合适的比例，能保证曝光量适中。天色太暗的情况下，很多人常常为了保证曝光量，不得不将快门速度设置得很慢，大部分业余爱好者这时会端不稳相机，以至于拍摄的照片模糊不清。

一般来讲，在没有三脚架的情况下，曝光时间不要超过镜头焦距的倒数。比如使用 50mm 的镜头（或将变焦镜头调到 50mm），曝光时间不能超过 1/50s；使用 200mm 的长焦镜头，曝光时间不能超过 1/200s。

此外不论用什么镜头，曝光时间都不能超过 1/50s，比如使用一个 28mm 的广角镜头，最长的曝光时间不应该是 1/28s，而同样应该是 1/50s。对于初学者，甚至可以更保守一点，曝光时间不超过焦距倒数的一半，比如使用 50mm 的镜头，曝光时间不要超过 1/100s。有经验的摄影者，可以把相机端得比较稳，曝光时间就可以比较长，但这需要长时间的练习。我大致能做到 35mm 的镜头端 1/4s，50mm 的镜头端 1/8s，专业人士能端的时间更长。

b．如果天色太暗，又不适合使用闪光灯，即使把光圈放到了最大，曝光时间还是很长，这时必须要使用三脚架了。如果不方便携带三脚架，可以使用一个独脚架，这小小的一根棍子，可以帮助延长 2 ~ 5 倍曝光时间。因此，它是发烧友必带的装备。

c．照片没有拍清楚通常有两个原因：一是上面提到的相机没有端稳；二是没有准确对焦。如果用自动对焦对不好，一般有两个原因：一个是光线比较暗的时候，手机和单反对焦不太灵敏，这时不如手动对焦；另一个是因为现在的相机大多采用多点对焦，操作者没有将相机对焦的区域对准该聚焦的目标。比如说拍摄的对象在花丛的后面，自动对焦常常聚焦到花丛上。这种时候也需要手动修正。

d．照片常常需要通过虚化前景和背景突出主题。当然如果只有主题清晰，前后都模糊，通常也不好看。那么如何设置相机的景深呢？汤姆建议通过调节光圈大小，让主题前 1/3 到主题后 2/3 距离内的景物清楚，更近和更远的景物则被虚化。

比如一个人站在 5 米远的位置，他往前 1/3 的位置是离相机 3.4 米远的地方，而往后 2/3 位置是离相机 8.4 米远的地方，在这个范围内的目标应该清晰。拍摄风景照，通常要将光圈设置在 8 左右。下图就很好地将背景虚化了，这样原本一个普通的花瓶在绿色背景下就显得很生动。

完美对焦的照片

3．曝光不要过度。

大部分业余摄影者拍照时都怕人脸照不清楚，或者景色太暗，又或者
觉得照片不够鲜亮，因此常常曝光过度。一旦曝光过度，细节就没有
了。好的照片需要有层次感，而它来源于适度的曝光。下面这两张照片，
第一张曝光适度，层次感很强；第二张则曝光略微过度，失去了层次感。
另外，拍照时要避免非常强的正面光。很多人晚上拍照会开闪光灯，
结果被拍人物的脸显得很白。同理，大晴天、正午时分，通常不是拍
照的好时候。

奥地利田野。第一张图曝光适中，第二张图曝光过度

很多业余爱好者把握不准曝光量，是因为他以自己眼睛看到的亮度对
标照相机的曝光量。从光学角度讲，我们的眼睛只能看到很小的范围，

大约只有一度角，也就是满月在我们眼中的宽度，或者你把手臂伸直，
大拇指在你眼中的宽度。

我们所看到的全景，是眼睛无数次扫描，然后在大脑里构造出来的。
我们的大脑经常欺骗我们，比如在逆光的情况下我们看到被拍摄对象
的脸是比较亮的，此时背景在对比之下似乎也没有那么亮。但使用照
相机拍照，要么人物的面光太暗，要么背景过于亮，两者总是难以平衡。

这不是相机质量问题或者调试曝光的水平不够，而是因为人眼看到的
其实是"幻境"，而相机反映的则是真实的图像。今天虽然一些数码
相机和手机可以调高逆光照中人脸的亮度，但信息还是有损失，而且
常常缺乏真实感。

专业摄影人士处理这类问题的出发点和业余人士完全不同，他们承认客观现实，在现有条件下进行创作，而不是试图记录每一个信息的细节。

具体到逆光照，他们并不刻意要将人脸曝光量给足、照清楚，而会重视平衡整张照片的效果。事实上在这种情况下，他们更喜欢照剪影。如果一定要把人脸的曝光补足，他们会用反光板补光（当然如果没有反光板，使用调节得非常柔和的闪光灯也可以达到同样的效果）。

4．避免只拍外形，对人和物都是如此，这点在后面介绍构图时会详细讲。

5．避免画面繁杂，没有主题。这是下一节的内容。

6．拍人物要让对方"自然"。无论是拍他们放松时的影像，还是抓拍他们受到惊吓的样子，都是自然的结果，不应该是做出来的。一些专业摄影师会定期花钱请模特（在美国每小时是 50 ～ 100 美元）来拍人物摄影。专业的模特表情丰富而自然，即使要他们做一些特殊的表情，他们也能自然地做出来。

为他人拍肖像时，要尽量让对方放松，而做到这一点要有耐心。另外，对于被拍摄人来讲，不要做出夸张的动作，因为那样的照片没有美感。很多人认为自己长得不漂亮就拍不出好照片，其实专业的肖像摄影师反而喜欢有个性的拍摄对象。

7．避免整个画面都是一种颜色，缺乏变化。

确定摄影主题

为了说明主题的重要性，大家可以先看看下面这组照片，它们都是从山上往下拍河景。

河景

接下来我们的问题来了。左边这张照片的问题在哪里？

从水平、曝光、清晰以及色彩等方面看，它都不错，从记录的角度它也是合格的。但是这张照片不会给你留下任何印象，因为你不知道摄影者想表达什么——一堆房子、一条河、远处的一座桥，还是更远处山上的一座雕塑呢？

相比之下，第二张照片就要好一些了，至少它突出了河流和上面的桥。但是，画面依然显得有点繁杂。徕卡学院的讲师将第二张照片做了一次切割（Crop），只保留了画面中间桥的部分，然后稍微修正了颜色，让河两岸的颜色对比更强烈一些。

照片经过裁剪、修改之后

这样照片的主题就有了——一座桥横跨城市两岸，一边象征着传统，另一边代表发展，桥连接的是两个时代。这样这张照片就从记录旅程，变成了摄影。

任何创作都需要主题，这也是摄影者首先要考虑的问题——这张图片想表现什么？用什么来表现？怎样表现才能让大家记住？汤姆讲，仅用于记录的照片，通常没有人会回过头来看第二遍，甚至连摄影者自己都不会再看。但是，有主题的摄影作品则不同，有很多人愿意反复欣赏，这就有点像报纸和图书。对于前者，很少有人会去看去年的报纸，哪怕是昨天的报纸，但是一本 30 年前出版的图书，今天可能依然有人会去阅读，因为它有一个主题，表达了一种思想。从记录到摄影，就是给照片增加思想的过程，而主题是第一位的。

接下来，汤姆点评了我在乌尔茨堡（Würzburg）拍摄的两张照片。你可以看出它们是在同一个景点拍摄的吗？

第一张照片从记录的角度讲是非常好的。它的构图平衡，色彩非常棒，而且有很多细节，即便放大成 18 寸（18cm×12cm）的照片，也很清晰。但是它的问题在于主题不明确，它是想突出左边的纪念碑，还是右边的宫殿，抑或是背后的云彩？

这种情况下，前景的人群显得有点多余（这其实是在城市摄影中，特别是在景点很难避免的情况），而且前景的雕塑并不能给画面加分。因此，这张图如果是想向大家展示我去了这座城市，那里很漂亮，目的是达到了。但难以让人留下太深的印象，朋友们也未必愿意分享这张照片。

第二张照片从摄影的角度来讲就好得多。由于光线较暗，它没有太多

乌尔茨堡的中心广场

宫殿和纪念碑在天空下的剪影

细节，使用 Photoshop 将照片调亮，也看不清细节。但是细节在这里并不重要，因为它在乌云下的轮廓显得非常漂亮。左边的纪念碑高耸入云，很显眼。

通常如果只照一个细高的建筑会显得单调，而图中右边宫殿的轮廓让画面丰富起来了。前面的汽车落在焦距之外，虚化的处理让下半部的暗色有了些光亮，色彩也显得丰富一些。这张照片是彩色的，由于基调较暗，看上去有黑白的效果，但是彩色成像还是把云的层次表现得更丰富。

在汤姆突出主题的建议下，我走近宫殿拍了上面这张图中的雕塑背景——宫殿和天空。在照片中，绿色的铜像在黄褐色宫殿的衬托下非常突出，雕塑中女性手持的中世纪旗帜和长满铜绿的塑像一起展示出传统的风格。

很多人到欧洲喜欢参观宫殿，然后试图在远处拍下它的全景。由于要使用广角镜头，宫殿常常是变形的，而且充满整个画面。这就犯了我上文所说的照片只有轮廓的忌讳，这种照片缺乏艺术感，观众也未必会觉得宫殿多么壮美。

这种情况下，不如想办法通过一些细节把宫殿的特点表现出来。现在这种类似的全景照片网上很多，即便为亲朋好友提供旅行指南，也未必要亲自拍下全景。

拍摄这张照片时恰巧是阴天，很多人觉得阴天拍照效果不好，更喜欢
蓝天白云。其实阴天拍照如果处理得当，光线更柔和，画面更有质感。
但是，如果试图在阴天拍出晴天的亮度，其结果必然是曝光过度，背
景一片白。因此，在阴天不妨就设法表现阴天的特点。

下面几张照片，对说明突出主题的重要性或许会有帮助。

这种景色在欧洲小城市很容易看到。拍摄时切忌只拍一堆房子。这幅
图中，中间是具有德意志南部、奥地利和瑞士特色的小楼，前景围墙
和树木被虚化了，起到装饰作用，背景的阴云和亮丽的房子形成对比。

韦茨拉尔（Wetzlar）一景

这种景色在欧洲小城也很容易见到，但是旅行者一般不注意。图片突出了桥和倒影，右边的树木在颜色上作补充，桥后面的房子作点缀。类似的景色在中国江南水乡随处可见。

很多摄影者喜欢拍壮美的大桥（比如旧金山的金门大桥），其实不起眼的小桥只要拍得好一样有味道。这个景点是徕卡学院的讲师马库斯提供的，他在老城地图上圈了十个摄影的地点和一条可以串起这些地点的路线，让大家在城里沿路转一小时，并随处拍摄。作为一名专业摄影师，需要从小处发现常人在生活中忽略的美感，每到一处，心中有景，才能在照片上反映出来。

到达和视角的重要性

拍出了绝世名照《时代广场的胜利日》的阿尔弗雷德·艾森施泰特说，如果其他人在那个时间正好在那里，也带了一个徕卡相机，同样也能拍出这张照片，这就是"到达"的重要性。

卡帕讲，"你拍不出好照片，因为你不够近。"同样地，拍摄了《舌尖上的中国》的摄影师和我交流他的摄影经验时讲，你攀登到 8844 米的高度，用手机随便拍一张照片，都比在海拔 3000 米的地方用最好的相机拍出的照片更让人震撼。这些都说明对摄影来讲，"到达"的重要性。

摄影训练营中的讲师和所有参加者（大部分是专业人士）一致认为，"到达"是好摄影的第一要素。

下面两张图是我在阿尔卑斯山上拍的。第一张图是在去往少女峰的路上拍摄的，远处的雪山和近处的绿草形成对比，景色很漂亮，但是不够震撼。

第二张照片则是站到少女峰上俯视冰川时拍的。云和群峰、冰川都在你脚下，很是震撼，但不到山顶就拍不到这样的照片。你看了这张照片，是否有去登一次少女峰的冲动呢？

除了"到达"，拍照选取好的视角也非常关键。好的视角甚至比构图

远眺少女峰

从少女峰俯视

还重要，也比曝光和色彩重要得多。如今，只要曝光和色彩如果不是
太差，多少可以通过后期处理弥补一些。构图如果不好，有些情况也
是可以弥补的，比如我在前面介绍的多瑙河两岸的照片。但是，观察
的角度出了问题，根本没有弥补的可能性。

我们训练营的十几个人，每天晚上要交流拍摄到的照片。同一个地

方，大家拍得各不相同，因为每个人的视角不同。虽然视角非常主观，但是也有相对好和相对差的分别。很多看似平淡的景物，用一个特别的视角观察就非常有艺术感。反过来，再好的风景，拍摄的视角不好，所呈现出的影像也会大打折扣。

房屋楼梯

一天，我们路过一个二层公寓，我随手拍下了这张照片，这是它的楼梯，再普通不过了。但是，从一个特殊的视角拍摄，三维的房子就变成了二维的几何图形，而后面的蓝天又让单调的墙壁有了一丝色彩。如果只是单纯地把整个房子拍下来，则一点味道也没有。

次日到达一所修道院，我用前一天学到的方法，拍了下面这张有趣的照片。修道院变成了二维的几何图形。照片中的下水管、深色墙沿和屋顶构成了几条具有装饰效果的线。白色的墙壁、黄色的墙壁和绿草形成对比。当然，如果换一个角度看这个修道院则完全不同。

修道院的一角

下面这张照片从记录的角度看已经非常好了，作为明信片也完全合格。但是，如果再稍微调整一下角度，艺术感就要强得多。

修道院的正面

下面是退后几步，在城门里拍摄的照片。

采用不同视角拍摄同一个修道院

这个地方，如果再换一个视角，拍出的照片则又不相同。

除了"到达"和视角之外，构图也很重要（下面着重提到），其次是曝光和色彩，最后才是后期处理和美化。

在这一节的最后，再给大家看两个视角选得比较好的例子。

很多人会选择站直平视的视角拍摄河上的船，这样拍摄出的照片没有动感，如果将相机放在地上或以一种低角度拍摄，就会赋予照片动感的效果。

水边的船

下面这张照片虽然色彩亮丽，但相对中规中矩，属于明信片风格的摄影。

林德霍夫宫殿
（Linderhof）
的花园

但是，如果换一个角度拍照，就生动许多。有趣的是，这时花坛就成了配角，而主角则变成了前面的雕塑。

花园的一角

构图的技巧

任何艺术创作中，构图都非常重要，摄影也是如此。我在徕卡训练营十天的训练，学习构图占了很大比重。

下面竖图中花园走廊的拍摄方法是大家经常采用的，具有非常完美的透视效果。而徕卡的讲师马库斯教给我一个新的拍摄方法，将相机放在地上，则拍出了下面这张横拍照片，长廊就变得更有味道了。

花园走廊

花园走廊的另一种构图方式

用大白话说，构图就是要考虑将什么东西放到照片里去，同时哪个在前，哪个在后，哪个唱主角，哪个唱配角。

在拍摄宫殿和标志性建筑物时，我们通常想突出建筑物本身，比如下面这张图。坦白讲，这是明信片水平的照片——黄土地的前景，乌云的背景，米色的宫殿配上红瓦，色彩丰富而不杂乱，宫殿摆放的位置也符合黄金分割原则。

慕尼黑的宁芬堡宫

总的来说，构图还是不错的。但是，构图是否可以更漂亮些？

一个办法是不要追求拍下宫殿的全景，也不要从正面进行拍摄，而是可以选择左边的视角，靠近石雕像拍摄。图中的石像成了主角，宫殿似乎只成了配角，但却让近处的雕塑和远处的宫殿交相辉映，不仅照片有了灵气，而且让宫殿显得更漂亮。

让宫殿变成配角，效果更好

在这次训练营中，我学会的一个特别的技巧是在构图中主动以几何图形为指导，而最常见的几何图形是三角形和圆形。先看下面两张三角形的构图。这两张图其实是德国很常见的屋顶，但是刻意把它上面三角形的形状突出出来，还是非常具有艺术感的。

三角形构图的屋顶

三角形构图的屋顶

当然，三角形的构图未必要求拍摄的主体是严格的三角形，还可以让景物在照片中形成三角形。下图同样是在纽伦堡老城拍摄，斜坡上的房子和地面形成了三角形。

纽伦堡老城的一角

三角形的构图还能让一些建筑显得高大。下图是一个并不大的教堂，如果从远处拍摄，不让它变形，它就是一个很普通的教堂。但是，如果在近处用广角镜头拍摄，由于离相机近的部分面积较大，远处的屋顶面积较小，则形成了一个三角形，教堂就有了高耸入云的感觉。

康斯坦茨湖边的小教堂

构图常用的另一个形状是圆形，或者螺线形。如下面两张图。

圆形的螺旋

在上图中，作为背景的一列行人，他们花花绿绿的颜色为照片增色不少。

螺旋状的楼梯

当然，大部分景物不是圆形的，不过使用圆形发散的思维方式去拍照，
会有意想不到的效果。下图中以教堂为圆心，乌云从教堂往四周发散。
很多人拍摄教堂时，都把它当主角，占满整个画面，这样照片会显得
呆滞。但如果在远处用广角镜头拍摄，将教堂变小作为圆心，突出背
景，效果就会更加震撼。

德国乡村的小教堂

下图是徕卡总部的大楼，虽然建筑面积不大，但是非常适合摄影。以总部大楼为中心，云、草地和空地上的线条都在往四周发散。

当然，构图还有很多技巧，不是三言两语能够说完的。只要大家能记住构图的重要性，走出记录的定式思维，运用好三角形构图和圆形构图两种方法，拍出的照片就会精彩许多。

把握光线和色彩

在讲述光线和色彩之前，先给大家看两张照片。

第一张是我在美国火山口湖拍的照片，那里的湖水是我见过的全世界最清澈的湖水，拍出来的颜色特别漂亮。这张照片我使用了圆形构图，避免画框中只有湖面而显得单调。

第二张照片是旧金山阿拉莫广场（Alamo Square）的"彩绘女士"。"彩绘女士"（Painted ladies）是一个建筑的专业术语，是指用三种以上颜色油漆粉刷的维多利亚式或者爱德华式联排别墅。旧金山的这处"彩绘女士"色彩艳丽，同时由于背后有城市的高楼作背景，二者形成鲜明的对比，因此特别著名，经常出现在电影里。

火山口湖

旧金山市的“彩绘女士”

这两张照片属于谁去那里都有可能拍到的照片，因为火山口湖水是出了名的蓝，而旧金山的"彩绘女士"本身前景和背景的色彩对比就特别明显，只要天气好，拍摄得当，应该不难拍出同样的效果。这两张照片其实是告诉我们"到达"的重要性。

不过，这两张照片也从另一个侧面说明，照片的光线和色彩还是很吸引人的。

那么，如何能让照片具有吸引人的色彩呢？汤姆给出了下面这些建议。

1. 颜色要正

什么是颜色"正"？和它相反的自然是颜色不正，比如色温不对（背景过分偏蓝，或者偏红），曝光过度导致色泽过亮，等等。很多人拍照时不把相机调好，回去用 Photoshop 修正，将颜色调得过分绚丽，追求所谓"打翻调色板"的效果，这种照片看起来就颜色不正。

汤姆讲，徕卡镜头的成像颜色被认为最接近人眼看到的颜色，因此只要相机的白平衡（White Balance）[21] 和色温没有偏差，应该不需要后期调色。其他一些比较好的相机在这方面问题都不大，如果拍出来的颜色不正，多半是拍摄不当的缘故。

[21] 白平衡：描述显示器中红、绿、蓝三基色混合生成后白色精确度的一项指标，通过它可以解决色彩还原和色调处理等一系列问题。

2. 颜色要有搭配对比

下面这张图片是在德国纽伦堡老城拍的。图片中红绿颜色的搭配相得益彰，同时这张照片还运用了三角形构图。

纽伦堡老城一角

3. 善于利用虚化前景和背景的技巧

虚化之后，照片颜色会显得非常均匀而柔和。下图是一天傍晚我和汤姆等人一同登上一个山丘时拍的。他带着我们随意寻找一些可以拍摄的景物，比如树干、废墟，我拍下了长椅。这张照片如果没有长椅，前后模糊就显得不知所云了。长椅虽然占画面不多，但是让照片有了主题，虚化的前景和背景让日落时分的山林显得格外寂静而温馨。

德国小城菲森（Fussen）山丘上的一景

要想让色彩富有吸引力，使用光线很重要。专业摄影师喜欢漫射或者折射的自然光，不喜欢正面的强光。当然，漫射的光线比较暗，往往需要使用光圈较大的镜头，这也是专业摄影师的照相器材昂贵的原因。

接下来这幅图是我在韦茨拉尔（Wetzlar）住的酒店后面的一条小河，拍摄时间在日落前，因为日落前的光线显得非常柔和。

德国韦茨拉尔的一条小河畔

很多人觉得晚上光线不好，无法拍照，但今天照相机的 ISO 可以调得很高，夜景中独特的灯光是平时看不到的。

下图是我在小镇菲森（Fussen）吃完晚饭，大约夜里十点钟拍摄的。
由于光圈调得非常小，灯光出现了星线，非常漂亮。一般来讲，相机
镜头有几个叶片，就会有几道光。

菲森的夜景

一般认为雨中不宜照相，但是当地面有水并开始反光后，就可以拍到
平时拍不到的效果。下面三张图是雨夜景色——路灯、街景和迎面驶
来的汽车。

摄影常常被认为是光和影的艺术，在掌握视角和构图后，就要在光和
色上下功夫了。

雨中的路灯　　　　　　　　　　　　　　　　　　雨中街景

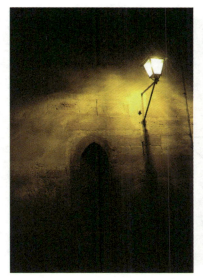

雨中迎面驶来的汽车

黑白摄影的魅力

有些朋友问我，有了彩色摄影，为什么还有人用黑白相机（只能拍黑
白照片的相机）拍照呢？我们不妨听听徕卡的人怎么讲。

首先，黑白照片的对比度可以做得非常高，比彩色照片高，因此黑白
照片可以有特殊的美感和力度。

其次，黑白照片可以过滤掉不必要的杂色，让欣赏者的关注点集中在
图形本身。

最后，由于照相机感光滤色器（Color filter）的 CMOS 或者 CCD 阵
列里没有过滤红绿蓝（RGB）三色，光线直接照到感光元件上，每一
个像素的进光量大约是彩色像素的两倍，感光更灵敏，因此黑白图片
更细腻。

徕卡公司是目前世界上唯一生产黑白数码相机的公司，训练营还特意为我们准备了一些黑白相机，我抢先借了一台。在讲黑白摄影之前，请先看下面几张照片。

这几张黑白照片，是否给你带来了彩色照片没有的美感呢？如果是这样的话，你也不妨尝试一下黑白摄影，特别是画面略显杂乱，或颜色并不好看的时候。

MINI COUNTRYMAN 汽车

在上图中，MINI COUNTRYMAN 汽车的颜色绝对不可能惊艳，背景也会在彩色照片中显得多余，贴在挡风玻璃上的产品说明更是煞风景。但是，如果采用黑白摄影，这些不利的因素都消失了，画面只突出了汽车光线的变化。

类似地，宝马博物馆和宝马展示大楼之间的马路原本并不好看，画面中靠下的两条扶手原本也显得多余。但是在黑白照片中，马路并不显得碍眼，而两个扶手则成了亮丽的线条。

从宝马公司总部展厅看对面的宝马博物馆

黑白摄影的另一个目的就是强化光线的对比度，这是黑白照片天然的优势。另外，很多颜色在彩色照片中不会形成对比，但是在黑白照片中却可以。上图本身并不是什么漂亮的风景，但是拍成黑白照片，线条和反射面的对比就成为一大亮点。

类似地，我在徕卡大楼顶部拍下的一组铁圈，明暗的对比非常抢眼。

同样，旋转楼梯如果用彩色摄影，看不出什么特别之处，但是拍成黑白照片，就有了"含苞玫瑰"的效果。

在拍摄黑白照片时，摄影者可以忘记色彩，以便更多地关注构图、轮廓和光线，从而将主题突出。

徕卡总部楼顶

徕卡总部的楼梯

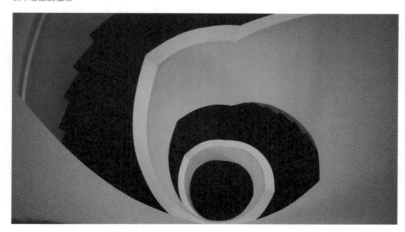

接下来这幅图是在纽伦堡拍摄的屋顶，它并不鲜亮，但在黑白照片里突出了不断重复的三角形，画面显得整齐而干净。

屋顶照

街道一景

而这张欧洲典型的街道房屋的前门，滤除了一切干扰，只剩下一个主题，一种建筑风格。

通常来讲，城市摄影采用黑白摄影效果会比较好，因为城市比较杂乱，黑白摄影的效果比较干净，也比较有韵味，比如下图就是在德国小城菲森街头随意拍摄的一张照片。它有老照片的感觉，有怀旧感。

菲森街景

几辆看似很平常、排着队的出租车，也能组合成一条通向远方的隧道。

慕尼黑街头排队的出租车

一般来讲，对于风景照，彩色摄影比较有优势，不过黑白照也有它的特色。下面两张图，一张是在本章第四节中呈现过的景点，另一张是第六节出现的徕卡总部大楼，可以对比一下，看看黑白摄影在效果和色彩上有何不同。

当然，由于黑白摄影更强调构图，因此同一个摄影对象，采用的视角和彩色摄影有可能不同。不过在构图上，三角形构图、圆形构图的技巧依然适用，而黑白摄影对光线、明暗的把握更为重要。

韦茨拉尔小镇的河景

徕卡总部

如何使照片富有感染力

有了前面的铺垫，接下来可以聊一个相对抽象的话题——怎样才能让摄影作品具有感染力。我先回到本章开头介绍过的几幅作品，它们是徕卡多年来一直用于宣传的作品，虽然其题材不同，表现手法也略有差异，但是它们有一个共同之处，就是极具感染力。

譬如前面提到的《时代广场的胜利日》，它的感染力首先来自于美感。美感是很多照片感染力的来源，当然它的构图、光线等也做到了极佳。此外，它的感染力的第二个来源在于它所传达出来的当时人们的喜悦心情。

美国是第二次世界大战时唯一一个在太平洋和大西洋都投入重兵的国家。在太平洋战场上，每攻克一个岛屿都要付出成千上万的伤亡代价，因此在 1945 年 8 月 14 日（日本时间 8 月 15 日）得到胜利消息后，整个美国都在狂喜，那种喜悦心情不是今天的人所能理解的，这张照片就记录了当时人们的那种心情。

徕卡挑选的另一张极具感染力的照片表现了拳王阿里击拳的动作。他的拳头大而富有细节，远处的面目反而模糊，让人感受到巨大的力量。不仅这张照片如此，任何优秀的体育比赛的照片都能体现出力量和速度所带来的震撼。

《拳王阿里》　Thomas Hoepker/Magnum Photos/ 东方 IC

至于《倒下的士兵》和《战火中的女孩》，它们带来的震撼力和感染力胜过大段文字。单纯写一篇文字报道介绍西班牙内战，或者越战，效果恐怕也不如这两张照片。

当然，徕卡举的这些例子都是黑白照片，但这并不是说彩色照片就没有感染力。下图是阿波罗 8 号的机长博尔曼（Frank Borman）在环月球飞行时拍摄的《地球升起》（*Earthrise*）。前景是荒凉的月亮，后面是我们所居住的蓝色的地球，如此美丽，又如此孤独。它唤起了一代人的环保意识，感染力可见一斑。

《地球升起》

怎样才能拍出具有感染力的照片呢？徕卡的讲师认为，首先要真实。虽然今天用 Photoshop 可以编辑出非常漂亮、吸引眼球的作品，但是大部分人看了之后会觉得，这不过是修图的结果，真实的场景可能并非如此。

比如上面这张《地球升起》，如果是 PS 出来的，则完全丧失了感染力。

徕卡坚持制造在光学上能够最好地记录现实的相机和镜头，希望每一张照片不需要做色彩等方面的处理就能够具有充足的感染力。

除了真实之外，主题一定要突出。主题的重要性我在第四节中已经介绍过。要想让人留下深刻的印象，一张照片只能突出一个主题，绝对不要试图把很多东西体现在一张照片中。

下面这张照片是华盛顿的朝鲜战争纪念碑广场，当地立着的一个牌子写着："自由不是无代价的"。鲜花、绿柏和死灰色毫无表情的战士

华盛顿朝鲜战争纪念碑广场

形成对比，让人联想到战争的可怕。拍摄时延长了曝光时间，让背后的行人虚化，以突出主题。

下图是我获得老师和同行们一致好评的照片——过桥的小狗。这张照片由于虚化了前景和背景，又是把照相机放在地面上照的，因此难以准确对焦，小狗拍得不算太清楚。但是它要表达的意思很清楚。主题就是这个占画面不大的小狗，而且周围的颜色搭配非常丰富，景物又都被虚化，不会抢走观看者对小狗的注意力。

过桥的小狗

我拍的另一张被大家认为颇具感染力的照片是下面这张拉小提琴的老人。他的动作、神态、白发都非常吸引人。这是在韦茨拉尔大教堂里拍摄的，教堂很大，可拍摄的地方很多，但是真正具有感染力的莫过于这位老者。

对于风光摄影，怎样才算是达到有感染力的水平呢？汤姆讲，如果大家看了照片以后就想亲自去当地看看，就达到效果了。

最后，徕卡的两位老师强调，具有感染力的照片同时需要具有亲和力，不能哗众取宠。一些人拍一些稀奇古怪的照片，并将其称作艺术，但大家看了不知所云，自然产生不了共鸣。其实不仅摄影如此，任何艺术创作都是如此。

任何一种技艺，技术层面的事情容易学会做好，而艺术层面就难得多。感染力就属于纯粹的艺术范畴，需要在掌握基本技术之后，慢慢领悟。

韦茨拉尔大教堂里拉琴的老者

其他技巧和后期处理

摄影的技巧讲起来可以没完没了，而作为一个摄影者也需要不断学习。我把前面没有讲到的技巧，挑选一些放在本节中。我们先来看两张照片。

第一张是在新天鹅堡拍摄的远方湖景，最吸引人的还不是湖景，而是上方两张对视的"人脸"。其实它们并不是人脸，而是阳台的石柱。借助特殊的阻碍物构图，是摄影的一个技巧。

类似地，在本章第五节中展示的一张照片是利用拱形门洞进行构图的，这就比单纯拍摄建筑有趣得多。

第二张图是让大家感受一下虚焦。这是我在一家酒庄里随手拍下的。如果你仔细看，会发现酒瓶上的小字是清楚的，但是后面的火被虚化了，而且前面的椅子和平放在桌子上的牌子也都是模糊的，做到这一点其实很简单，只要把光圈调到最大即可。其实这张照片的构图并不好，我之所以把它放出来，主要是为了说明后期处理的意义。

在室外摄影会有一个问题，就是即使快门速度调到最快，ISO 调到最小，也会曝光过度。所以专业摄影师口袋里常常会放一个 ND 过滤器（中灰密度镜），故意把光线调暗 2 ～ 1000 倍，曝光过度的问题就解决了。

虚焦的效果

我要讲的第三个技巧，就是利用那些平时你很不希望出现在画面中的陌生人，从而拍出意想不到的效果，他们甚至可以从要被你在后期处

理中删掉的对象变成主角。下面这张照片是在林肯纪念堂前拍的，一群参观的学生在拍日落，把他们加入到画面中，冰冷的建筑就生动起来。其实不需要建筑，只拍摄这些学生，画面更漂亮。

林肯纪念堂

看日落的学生们

除了上述技巧外，专业摄影人士在以下三个方面和业余爱好者有很大的不同。

首先，是对自己器材的了解。不少人花钱买很贵的相机，但是很多功能并不会用，白白浪费钱。与其这样，不如在器材上省点钱，把已有的器材用好。今天大部分相机都足以满足相应摄影者的需求。

第二，业余爱好者是删照片，看到自己没有拍好的照片就删。而专业人士则是挑照片，一百张也未必能挑出几张。这两种不同的心态，其实也是记录和摄影心态的区别。

过去照相使用胶卷，比较昂贵，很多业余爱好者舍不得用胶卷。但是专业摄影者告诉我，摄影最便宜的就是胶卷了。要多拍，直到拍出自己满意的照片为止。你也可以认为这是摄影这一行的工匠精神。

第三，要尽可能保留原图（Raw Files），而不仅仅是有损压缩过的JPEG 格式的图片。这两者的差别在于，原图是一个像素一个像素存储的，而 JPEG 图片是一片一片存储的。在颜色和明暗对比比较细微时，原图保留了全部信息，而 JPEG 图片则丢失了许多信息。

比如在晴空下有一片淡淡的白云，用原图可以恢复出层次，而 JPEG文件不论怎么调对比度，总是白亮的一片。

最后介绍一下后期处理。虽然今天后期处理被等价成用 Photoshop 修图，但是在数字摄影之前其实已经有后期处理，只是不常用罢了。

后期处理的第一点是通过裁剪重新构图。之前这张图片画面显得杂乱，经过裁剪后得到下面这张图，画面就干净了很多。

裁剪后的酒瓶和酒杯

又比如，有一张在冰岛拍摄的黑沙滩，由于黑色的沙滩看上去像阴影，看不出是特殊的火山岩沙滩。虽然风景不错，但并不令人兴奋。

接下来，经过裁剪，只保留了黑沙滩少量的大海，与沙滩形成对比，远处的背景是白雪覆盖的海岸峭壁，右上方的月亮正在升起，作为画面的点缀。这样处理后，画面就干净了许多，让人想到达利名画《记忆的永恒》中的背景海滩。

黑沙滩的月出

后期处理的第二点是去除一些无法避免的障碍物，如果想让图片变得完美，可以考虑将它修掉。此外，任何一个可以换镜头的照相机，都不免有灰尘落在感光的传感器上，一粒小小的灰尘，在照片中就是一个大黑疤，它们也需要通过修图去除。当然，相机也必须做相应的清理。

后期处理的第三点是调整色温和灰度。太阳的色温是 5500 开尔文（5200 摄氏度左右），早晚色温偏低，照片会偏红，这也是我们能够拍出红色背景的日落的原因之一；正午色温略高，照片偏蓝。类似地，如果以白雪作背景，照片会发暗，这是相机在灰度理解上的偏差。虽然照相机都有自动调整色温和灰度的功能，但并非所有的相机都能做得很好。解决这个问题的一个简单办法是使用编辑软件，比如 Photoshop，一键修复即可。

对于后期处理，汤姆认为掌握这三点基本上就可以了。当然，如果你要将照片变成印象派油画而作较多的处理也未尝不可。但下面几件事，汤姆讲，"你最好不要做。"

第一，把颜色处理得过于绚丽。

第二，制作合成照。

第三，不恰当地删除画面中的杂物。画面上有些杂物虽然碍眼，但是并没有破坏整个画面的平衡。很多人有洁癖，一定要将它们删除，但是在相应位置涂抹得又不逼真，整张照片都给人很假的感觉。对于小瑕疵，汤姆不建议修图。

训练营的结业典礼上，徕卡的几位老师讲，要拍出好照片，首先要有职业摄影师的心态，改掉简单记录的习惯，专注于摄影本身。这关键在于多加练习。

第六章 _

香醇美酒

住在北加州的一个便利之处就是守着全世界著名的葡萄酒产地纳帕谷（Napa Valley），不仅可以喝到上好的葡萄酒，而且价格还不贵。另外，各个酒庄还时不时地邀请葡萄酒爱好者参加他们的活动，很多公司也会组织到酒庄品酒，并且开展品酒的培训。渐渐地我就养成了喝各种葡萄酒，特别是喝红葡萄酒的习惯，外出旅行吃饭时，也会让餐厅拿一瓶佳酿来品尝。葡萄酒喝多了，慢慢就能体会出其中的文化了。

从酒瓶了解葡萄酒

葡萄酒种类很多，除了大家熟知的红葡萄酒（红酒）和白葡萄酒，其实香槟酒、波特酒（Port）、冰酒等甜酒都是葡萄酒，甚至浓度很高的烈酒白兰地（包括干邑）也是用葡萄作原料，只是大家不把它们当成葡萄酒。

上述每一种葡萄酒，又可以进一步细分，最简单的分类法是根据葡萄的种类区分，但是对于不常喝酒的人来讲，未必能喝得出两种不同的红葡萄酿出的红酒的区别，更不要说同一种葡萄不同产地的酒细微的区别了。为了识别和记忆，我想还是从酒瓶的形状讲起比较方便，因为虽然全世界不同地方出产的葡萄酒各种各样，但是同一类酒（主要是欧洲产区的，欧洲以外瓶型比较随意）一般用同样形状的瓶子，见到瓶子的形状，就大致知道里面装了什么酒。

最常见的酒瓶是波尔多（Bordeaux）型的。波
尔多是法国最好的葡萄酒产区之一，以红葡萄酒
出名，大家经常听到的拉菲、木桐等天价红酒都
出自那里。因此，喝酒的人说起波尔多三个字，
通常是指以波尔多的红酒为代表的一类红酒，它
们是以红葡萄赤霞珠（Cabernet Sauvignon）、
美乐、品丽珠等葡萄酿制的混酿酒。波尔多酒瓶
的形状是直颈直身的，有点像中国的酱油瓶，在
法国只有波尔多产区的酒可以使用这种瓶子。

世界上大部分地区也尊重波尔多的传统，比如
美国的纳帕谷和西班牙也出产类似的葡萄混酿
酒，但是酒瓶会做得略有区别，瓶颈和波尔多的
一样，但瓶身做得略微有点斜，上面略大，下面
略小。比如纳帕著名的葡萄酒"作品一号（Opus
One）"的瓶子。

在法国名气仅次于波尔多的产地是勃艮第
（Burgundy），它的瓶子是这种瓶颈上端呈现
流线型的直身瓶子。

和波尔多酒不同的是，大部分勃艮第酒由单一葡
萄酿成。红的是用黑比诺（Pinor Noir），白的
是用霞多丽（Chardonnay）。世界其他地区的

波尔多酒瓶

"作品一号"的
纳帕酒瓶

黑比诺，使用的
是勃艮第酒瓶

沙托纳迪帕普红酒，使
用的是多纳河谷的瓶子

黑比诺红酒，或者霞多丽白葡萄酒，有些也采用这种瓶子，因此，看到瓶子，即使不认识法语黑比诺，也知道里面是什么酒。

法国另一大葡萄酒产区是罗纳河谷（Rhône Valley），虽然也是瓶颈流线型，瓶身笔直，但是它比勃艮第的矮粗很多，因此是不会搞混的。

罗纳河谷北部出产西拉葡萄（Syrah），它在澳大利亚被称为 Shiraz。Syrah（西拉），这也是一种味道很浓的葡萄，既可以酿制单一品种的罗纳河谷红酒，也用于和赤霞珠一起制作混酿酒。不过在罗纳河谷的酒庄，通常不做这样的混酿酒，在澳大利亚这种混酿的情况较普遍。由于罗纳河谷土地贫瘠却日照充足，出产的葡萄糖度很高，单宁 [22] 的浓度也很高，因此可以酿制酒精度和单宁都很高的红葡萄酒。酒精度最高的可以达到 17 度（如酒精度再高，会杀死酵母）。世界上有些地区出产的西拉葡萄酒也采用罗纳河谷的瓶子，因此这种瓶子就成了这类红酒的标志。

[22] 单宁：一种水溶性的酚类化合物，也是葡萄酒中所含的两种酚类化合物最多的一种。葡萄酒中的单宁一般由葡萄籽、皮及梗浸泡发酵而来，单宁含量取决于葡萄酒的风味、结构和质地。

罗纳河谷南部出产教皇新堡（Châteauneuf-du-Pape）红酒，是一种混合型红酒。教皇新堡的酒瓶上面都有突出的徽章，非常好识别。

既然说到了酒的甜度，需要补充两句。首先，除非是甜酒，葡萄酒的甜度不能很高，很多人喝葡萄酒往里面加可乐和雪碧，实在是暴殄天物。另外，很多葡萄产地，比如中国新疆，由于气候太焱热，出产的葡萄糖分太多，要想酿出上好的葡萄酒非常困难。世界上好葡萄酒大部分产自地中海气候区，因为那里的气候适合生长酿酒的葡萄。

接下来说说其他葡萄酒的酒瓶，从外观上讲，最特殊的是香槟酒的酒瓶。香槟酒其实是起泡的白葡萄酒和玫瑰酒（Rose），世界上能产这种酒的地区并不少，但只有法国香槟产区出产的这种起泡白葡萄酒和玫瑰酒才被允许称为香槟酒。美国和世界其他地方出产的，哪怕质量再好，也不能用这个名字，只能叫气泡酒（Sparkling Wine），意思是起泡葡萄酒，虽然用的瓶子和正宗的香槟酒没什么两样。

香槟酒酒瓶

香槟酒酒瓶造型矮胖，瓶颈和瓶身的过渡区比较圆滑。它最大的特点在于瓶塞处。由于瓶中有气压，因此瓶塞使用铁丝拧死，开瓶时，拧开铁丝，倾斜一定角度，旋转瓶身，塞子会往上移动，接下来"嘭"的一声连酒带汽就喷了出来，这个场景大家可能并不陌生。

好的葡萄酒在酒瓶形状和密封方面有一些细节做得非常考究。除了澳大利亚的一些葡萄酒（以及美国极便宜的葡萄酒），几乎所有的葡萄酒都要用橡木塞，瓶口外面包上金属皮，这是为了防止虫咬。金属皮上会留有两个小孔，为了换气。一些便宜的葡萄酒为了缩减成本，采用人工合成瓶塞或者干脆使用金属盖。在这些细节之处可以看出不同品种葡萄酒的差别（好酒无差盖，差盖无好酒，至今如此）。

葡萄酒瓶的底部通常会凹进去一块，这是为了在酒瓶直立时能沉淀酒渣。酒经过长期保存会出现酒渣，在开瓶之前，酒瓶要静置一阵，沉淀一下渣子再倒酒。葡萄酒从橡木桶装瓶后，需要陈化（Aging），才能完成所需的全部化学反应，这样酒的味道才平衡而醇厚。酒瓶底部凹陷越深，说明酒需要的陈化时间越长。一般来讲，越是浓的、越是好的酒需要陈化的时间越长，其酒瓶的凹坑就越深。对于新手来讲，如果不知道酒的好坏，最简单的办法是用手摸摸瓶底的凹坑，虽然不能说凹坑深的酒质量就好，但是太浅的或者说没有凹坑的八成好不了，因为做一个高质量的瓶子是要花成本的。不过，这种方法今天未必灵验，有些不良酒商专门用凹坑深的酒瓶装劣酒卖，以次充好。

在陈化的过程中，酒瓶要横着摆放，有的酒架是斜着的，有一个倾角，这是要让酒瓶口向下摆放，为了让酒接触到木塞，这种做法最主要的目的是让少许酒液湿润木塞使之不干缩，否则在陈化的过程中空气进入会影响品质。很多电影里将酒瓶竖立摆放，或者斜放瓶口朝上都是不对的。在葡萄酒的文化中有很多规矩，它们背后其实是有道理的。

葡萄酒杯背后的文化

讲完瓶子，我们谈谈杯子。许多人都知道喝葡萄酒一般用高脚杯，但高脚杯的种类特别多，不同的酒要用不同的杯子，这首先是由各种葡萄酒不同的风味特点决定的。虽然用错了杯子酒照样可以喝，但是效果会略差一些。很多酒品质和口味只有细微的差别，价格可能相差两三倍，随便用一个不合适的杯子，这点细微的差异就感觉不出来了。根据不同酒的性质，选用不同大小和形状的酒杯，也是酿酒师、厨师和美食家们长期琢磨出的最佳搭配，并不是矫情。当然，到后来，什么酒配什么杯子就有了约定俗成，再用错杯子，就好比上身穿了西装，下面配条运动裤，让人感觉怪怪的。酿酒师要是看到了，会觉得你糟践了他精心酿制的美酒。

先讲红酒的酒杯，一般有两种，容积都比较大。常用的一种是"肚子"比较大，上面稍微收口的酒杯，形似郁金香花苞，也称为大郁金香型。这种杯子的大小从 8 盎司（每盎司约为 29 毫升）到 24 盎司不等。我在欧洲一家米其林餐厅见过 24 盎司的超大郁金香杯，服务员告诉我它能装下一整瓶酒。

为什么喝红酒时杯子要那么大呢？因为需要等它的味道发散出来，一边闻，一边喝。容积大，是为了便于红酒味道的挥发。有时候为了帮助它挥发，手要不断地转动杯子。杯口略微收小，可以聚拢香气，以便闻香。此外，还有一种喝红酒的杯子容积也很大，但是杯口处是直的，这是为了方便酒的味道慢慢挥发。

红酒在饮用之前，需要醒一段时间。醒酒主要是让红酒达到合适的温度（一般 15 ~ 18 摄氏度），酒的醇香开始挥发，同时让它和空气接触，有一点点氧化，这时酒的层次感才能慢慢品出来。至于醒多长时间，视单宁浓度而定，最终目的是柔化单宁，散掉让人不愉快的气味。我在纳帕谷一个小型酒庄 4088 品酒时，主人请酿酒师专门陪同，由于该酒庄的赤霞珠单宁较重，酿酒师让酒醒了 30 ~ 40 分钟，这算是比较长（很多意大利酒时间更长）的时间了。

喝红酒时，一般会先给主人倒上一小口尝尝，得到主人的认可后，才会给每一个人倒上。红酒一般每次倒上 4 ~ 6 盎司，120 ~ 180 毫升，占到杯子容积的一小半到一半。品酒时要一口一口慢慢地喝，绝不能一饮而尽。品酒之前，先要摇一摇，看看红酒在杯子上留下的挂杯，

挂杯的痕迹与酒精度、含糖量有关，这样可以从侧面了解一下杯中酒。

接下来，要享受它的味道，可以将酒杯 45 度角端起，放到鼻子前轻轻闻一闻，在体会完酒香之后，轻轻嘬一口，体会一下味道，然后不大不小地喝上一口，在口中体会它复杂的味道，之后再喝下去。

喝红酒时，一般配红肉，这也比较好记。所谓红肉就是猪、牛、羊肉或者像烤鹌鹑这样的禽肉。红肉中脂肪较多，尤其是烤的肉，油脂更是渗了出来，红酒是酸性的，而且酸度还不低（一般 pH 值都在 3 ~ 4），里面含有醋酸（乙酸）。

和红葡萄酒对应的是白葡萄酒，两者的味道和特性不同，因此用的杯子自然不同。一般喝白葡萄酒要用容积较小的杯子，满杯也就装 4 ~ 6盎司。杯子的形状有两种，一种是抛物线型的，另一种是比较细小一

点的郁金香型。白葡萄酒用小杯的原因是需要低温品尝，一般温度在
7 ~ 10 摄氏度，过桶的白葡萄酒和其他酒体重的白酒不能低于 10 摄
氏度，尤其是勃艮第白酒，要 10 ~ 13 摄氏度，有时在夏天甚至可以
喝零度以下的白葡萄酒。

喝白葡萄酒如果杯子太大，每次倒得太多，还没有喝完，温度就上去了，
味道就不好了。每次倒白葡萄酒不能超过 2 盎司，喝完了再加。白葡
萄酒喝的是清冽酸爽的感觉，这种酸爽和红酒的丰富大不相同，因此
喝的时候不要乱晃杯子，轻轻端起来喝一口，再把杯子放到一旁就可
以了。

白葡萄酒在喝之前要先冷却，一般在小冰桶里先放上 20 分钟，或者在
冰箱保鲜区放上半小时。如果一瓶酒一次没有倒完，要放回小冰桶里。

白葡萄酒杯

喝白葡萄酒时，一般配以海鲜或者鸡鸭这样禽类的白肉，只需记住白酒配白肉就可以了。为什么吃海鲜和白肉时要配白葡萄酒，而不是红葡萄酒呢？因为红酒单宁重，会掩盖白肉的鲜味，而白葡萄酒清醇的味道，正好可以给白肉点缀一下。

香槟酒作为一种特殊的白葡萄酒，喝酒要用特殊的杯子。喝香槟酒一般有两种杯子，一种是非常细长、开口很小的杯子，另一种是非常扁平的大开口杯子。为什么会用这两种非常极端的杯子呢？因为香槟酒里有气泡，用细长杯子，气泡不会一下子喷出来，一边喝一边体会，坐着吃正餐时，要用这种杯子。

香槟杯

用扁平敞口的杯子目的正相反，反而要让气泡冒出来，增加轻松喜庆的气氛。因此在站立酒会上，或者正式宴会开场前的接待时间（Reception），大家有时先喝点香槟暖暖场，使用扁平的酒杯。你在有些电影中可能看到过，在招待会上，用这种扁平香槟杯层层摞起来，从上往下倒酒，也是为了烘托气氛。在站立酒会上也可以使用细长酒杯装香槟，但是在正餐上很少使用扁平香槟杯。

讲完酒杯，接下来聊聊上酒的次序，一般法国正餐有四道酒，次序是由浅到深，由淡到浓。先上的是香槟，一般度数只有 12 ~ 13 度，大家喝着聊聊天，吃点开胃菜。第二道是白葡萄酒，配凉菜，一般是海鲜、蔬菜、禽类等。等到正餐主菜上来时，一般配以红酒。

法国波尔多红酒的度数一般是 13.5 ~ 14.5 度，罗纳河谷的一般在 14.5 度以上，美国的赤霞珠或者波尔多混酿酒会在 14 ~ 15 度，很适合配牛排、羊排等烤制的肉类。吃餐后甜点时，配以甜酒，比如葡萄牙的波特酒、加拿大冰酒、法国贵腐酒、西班牙雪利酒等。个别大餐因为菜的道数非常多，会配以 5 种酒（通常有两种红酒），极个别的晚餐会配 6 种以上的酒（这种情况很少出现，因为太多酒喝下来，一般人会醉的。我在一家米其林三星餐厅吃正餐时，遇到配 8 道酒的情形）。如果配以两种红酒的话，则先上淡的，再上浓的。

品尝葡萄酒是一种享受，大家喝的时候点到为止，最后畅快淋漓就好。

品鉴轩尼诗的百年老酒

葡萄酒本身是发酵酒，度数都比较低。使用葡萄作原材料制作的另一种常见的酒是白兰地。

白兰地的产生过程很有意思，当时法国出口葡萄酒到国外去，酒在木桶里经过长途运输，到了目的地就变酸了，无法饮用。为了解决这个问题，商人们就把白葡萄酒蒸馏浓缩后再运输，这样再加工出来的烈酒就是白兰地。当然白兰地的口味和原来的白葡萄酒不一样，喝法也不相同。

有意思的是很多人喜欢上了这种新口味的烈酒，后来就有酒庄专门生产这种蒸馏过的白兰地，在法国当地销售。再后来，喜欢葡萄酒的法国人就开始寻找特殊的葡萄和研究专门的工艺，生产上好的白兰地。

最后，他们发现在法国西南部一个叫干邑的地区生产的特殊白葡萄，很适合做白兰地，今天在那个地区用它所特有的白葡萄酿制、蒸馏出来的白兰地就被称为干邑。世界上其他地区的白兰地，哪怕制作得再好，也不能称为干邑，就如同只有香槟产区出产的起泡葡萄酒才能叫香槟酒一样。

干邑的主要品牌只有四个——轩尼诗、人头马和被翻译成"拿破仑干邑"的 Courvoisier，以及马爹利。一个偶然的机会，朋友安排了一个很小的晚宴，请了轩尼诗的第八代传人莫里斯·轩尼诗（Maurice Hennessy）先生和我们共进晚餐，同时由他介绍轩尼诗的历史和不同年份酒的特色。

晚宴在旧金山湾区的小城萨拉托加一家非常精致的饭馆举办，开始之前是照例的签到寒暄时间，轩尼诗的代表带来了他们另一个品牌唐培里侬（Dom Perignon）的香槟王，为大家做餐前开胃酒。正餐开始之后，服务生给大家倒上了三小杯轩尼诗的干邑葡萄酒。然后，轩尼诗先生就开始讲述他祖先造酒的历史了。

在 250 多年前（轩尼诗 1765 年创立于法国），还是在路易十六时期，爱尔兰商人理查德·轩尼诗在干邑买下了酒庄，酿造上乘的白兰地。干邑地区的葡萄酿出来的酒太干（非常酸），并不适合直接饮用，但是却非常适合蒸馏后制作干邑白兰地。

轩尼诗最早的产品只有今天比较便宜的 V.S（很特别，Very Special 的意思），不少销往了英国。后来又为英国的王储，就是后来的乔治四世制作了更特别的 V.S.O.P（Very Superior Old Pale），这位王储和英国上流社会喜欢上了这种新的干邑，于是轩尼诗就开始制造和销售档次更高的 V.S.O.P 了。

中国人了解干邑常常要提到 X.O，它的意思其实是非常老的干邑（Extra Old），轩尼诗就是发明 X.O 的酒庄。而大家可能不知道的是，X.O 作为商品出现最早正是在中国。1870 年，轩尼诗进入中国、日本和马来半岛等亚洲国家地区，轩尼诗家的人就到中国做生意，当然他们自己也要喝酒，所不同的是，他们自己喝的是更陈年的干邑。

当时中国一些商界的朋友觉得这种特殊酿制的陈年酒更好，希望能够买到它。于是轩尼诗就决定生产 X.O 了。X.O 这个名称原本是法国人对陈年酒的泛称，但是今天特指那几种年头非常长的干邑。根据轩尼诗的规定，X.O 是要用 10 年到 30 年陈的干邑搭配而成，工艺非常考究。

讲到这里，轩尼诗先生就开始请大家品尝晚上的第一道酒 X.O 了。由于干邑的浓度较高，很多人往里面加冰，不过轩尼诗先生讲，更好的品味它的办法是不加冰，喝完一小口，喝点水漱漱口。X.O 在很多商店里是年份最老的干邑，但是那天轩尼诗先生带来的却是酒龄最轻的酒。

接下来轩尼诗介绍的是酒龄长达 100 年的轩尼诗百乐廷（ Hennessy Paradis ）。平时喝 X.O 已经觉得酒香浓郁了，但是和百年老酒轩尼诗百乐廷相比，就显得平淡无奇了——后者的口味是一层层慢慢来的，回味无穷。

再接下来，轩尼诗先生介绍了年头更远的轩尼诗百乐廷皇禧（ Hennessy Paradis Imperial ），这种酒最初是在 19 世纪末 20 世纪初给俄国沙皇供应的。为什么酒庄在成立了一个多世纪后，才推出这种精品佳酿呢？因为它需要等待干邑保存一百多年后，才能重新调制蒸酿。每一瓶轩尼诗百乐廷皇禧中不仅都调配了酒龄长达 130 年的佳酿，而且制作工艺极其考究。

因此轩尼诗先生讲，它闻起来和喝起来的味道完全相同。这一点很难做到，因为通常酒闻起来的味道和喝起来是不同的。喝完轩尼诗百乐廷，再品尝轩尼诗百乐廷皇禧，感觉差别不算太大，不过，轩尼诗百乐廷皇禧除了带来嗅觉和味觉的一致感受外，它还有一种茉莉花的香味，是其他年代的轩尼诗所没有的。我问轩尼诗先生他们是怎么做到这一点的，他用一个词介绍了其中的秘诀——精确（Precision）。在酿制这些佳酿的时候，经验固然重要，但精确是保障品质的关键。这其实是欧洲工匠精神的体现。

轩尼诗在过去的 250 多年里，经历了八代人。早在 1971 年，它就和生产顶级香槟酒的酩悦（Moët et Chandon）合并，然后在 1987 年再次和路易·威登合并，形成了今天的酩悦·轩尼诗 — 路易·威登集团，这也是今天全球最大的奢侈品上市公司。

因此，集团的商业管理其实是由一些职业经理人在负责，轩尼诗家族的后人除了担任董事会主席，研究造酒，其余时间就是到全世界各地作为大使，推销他们的品牌。他们所关心的，就是浸透到几百年老酒中的法国文化，能够被世界上更多的人所喜爱。

在下一节中，我们将讨论法国人是如何将工匠精神和饮食文化注入香槟酒中的。

香槟酒是怎样制成的

前面讲到，香槟酒是法国香槟产区出产的起泡葡萄酒。香槟出产地在
巴黎的东边，那里的气候寒冷但阳光充足，土地则干硬，并不肥沃。
世界上好的白葡萄酒产区，气温都不能太高，在加州的情况也是如此，
白葡萄通常种在靠海寒冷的一面，而在山谷温暖的地方大多种植的是
红葡萄。

香槟酒自诞生至今的三个多世纪里，已经成了法国生活艺术的一部分。它清明透亮、新鲜淡雅并微微颤动，这既是香槟酒的特点，也是法国人生活的特点。三个世纪以来，法国人在香槟酒的制作中融入自己的智慧，并不断完善这些特点，这正是其成功所在，也是其他地区类似产品所不能比拟的。我和酩悦香槟（它也拥有唐·培里侬的品牌）的代表聊到香槟酒所代表的法兰西民族智慧时，他是这样告诉我的：

首先，在很早之前，香槟出产地区的酿酒师们发明了用红葡萄通过缓慢压榨的技术生产出葡萄酒的技术（红葡萄皮没有被压碎进入到葡萄汁中），这才让后来的香槟获得黄金般的光泽。其次，法国酿酒师们又发现将香槟产区不同产地的葡萄酒进行勾兑，可以实现完美的平衡。最后，他们发明了起泡的技术，然后把它打磨得炉火纯青。这一切都体现在一瓶酒中，难道不是智慧吗？

说起让香槟酒发泡的技术，可以说是一个意外。在香槟出产地一所修道院里，修士唐·培里侬（Dom Pérignon）在品尝尚未酿好的葡萄酒时，导致了酒的二次发酵，让里面产生了气泡。虽然他和当时法国的酿酒师们试图防止所酿的酒中混有气泡，但是后来英国人喜欢上了这种冒泡的香槟酒，这种风气又传回了法国。而确立这种发泡香槟酒在宫廷中地位的是路易十五时期的摄政王奥尔良公爵。

从唐·培里侬发明起泡葡萄酒算起，香槟酒已经有 350 年的历史。如果从奥尔良公爵确立香槟酒的地位算起，也将近三个世纪。它一直是法国乃至全世界的国王、贵族及名流显贵们餐桌上的佳酿。此外它也受到文人墨客的赞美和喜爱，还是体育运动颁奖和各种庆典时的必备上品。

香槟酒按照糖度分为五个等级

　　— 天然（Brut），含糖最少，口感有点酸

　　— 特干（Extra Sec），含糖次少，偏酸

　　— 干（Sec），含糖又有增加，微酸

　　— 半干（Demi Sec），半甜半酸

　　— 甜（Doux），甜

我个人比较偏爱天然的。

那么怎么识别香槟酒的好坏呢？最简单的方法是看气泡。气泡多而且细，持续时间还特别长的，品质就好；只有几个大气泡并很快就冒光了的，质量较差。上好的香槟，商标下面会有酿酒师的签名，因此那些瓶子都值得收集，因为这些签名可以还原出一段历史，一段传奇。

接下来让我们来看看香槟酒的制作过程。

第一步，采葡萄，获取葡萄汁

每年法国香槟出产地区酒业联合会都会公布合适的采摘时间，采摘必须手工进行。然后就进入榨汁过程，榨汁必须是垂直缓慢地压榨，为了保证品质，当地严格限制每公斤葡萄榨出的葡萄汁分量。顺便说一句，葡萄在即将成熟时，只要浇水，产量就能够特别高，但是这样的葡萄酿不出好酒。国内几乎所有的葡萄酒为了追求产量，都在用这种方法，因此品质不高。近年来也有个别精品酒庄，遵循严格的葡萄种植方法，酿制出了一些获过国际大奖的精品葡萄酒。

第二步，两次发酵和勾兑

葡萄汁从田庄运到酒厂后，要经过过滤，然后进行第一次发酵。这次发酵是在木桶中进行的，发酵后获得的葡萄酒酒精浓度是 11% ~ 12%。然后，不同年份、不同种类的原浆葡萄酒进行勾兑，通过调节不同成分的含量，得到不同风味的（非年份）香槟酒（品质好的会用同一年份的葡萄酿制年份香槟，比较贵）。

勾兑好了之后，就要进行第二次发酵，这一次是在酒瓶中进行。发酵前要将酵母和糖配成发酵液，注入葡萄酒中，然后封好瓶口。如果不加糖得到的就是最酸的天然香槟酒。香槟酒品质的好坏，很大程度上要看第二次发酵，酒中所含的气泡，就是在这一次发酵中产生的。

第三步，摇瓶和除渣

在第二次发酵时，死去的酵母会变成沉淀物，最后沉入瓶底。在发酵的过程中，要先将酒瓶放在 A 形木架上，一开始瓶子基本上是水平的。摇瓶的工人要定期将酒瓶摇一摇，然后一点点改变木架的角度，让酒瓶慢慢地头朝下，目的是让沉淀物沉淀到瓶口处。

摇瓶的工作过去完全是手工的，现在的木架可以自动调节角度，但是摇瓶依然要靠人工。工作量可想而知。

第二次发酵完成后，就要进行除渣了。将瓶口放到非常冷的盐水里，这样瓶口处有渣子的酒会结冰。然后打开瓶盖，瓶中的气体会顶出含渣子的固体部分。最后盖上瓶盖，并且用铁丝系牢。

上好的香槟酒在出厂前还要放置三年，其他的也要放置一年以上。至此为止，香槟酒的制作才算完成。很多人会好奇为什么香槟酒卖那么贵，了解了它的制作过程，就知道它的确物有所值了。

我一直认为，凡事从 0 分做到 50 分，靠的是直觉和经验；从 50 分做到 90 分，就要靠技艺；在 90 分之上再要提高，就是靠艺术了。美国人常常能把事情做到 90 分，而法国会有一些人总是追求最后的那 10 分。

葡萄酒的产区、种类和特点

世界上好的葡萄酒很多产自地中海气候区。什么是地中海气候呢？顾名思义，它应该来源于地中海地区。其实，全世界纬度在30°～40°之间，大陆西岸的那些地区，大多是地中海式气候。它们包括地中海沿岸，即法国和西班牙的南部、意大利和希腊、北非和西亚部分地区，以及南非西南部、美国的加州、南美的智利和阿根廷部分地区，澳大利亚南部。这些地区大约占地球陆地面积的 2%。

受西风带和副热带高压带交替控制，地中海气候区冬季会受到从大洋吹来的海风的影响，常年温差不大，甚至可以说是四季如春，并不像中国大部分地区那样，一年有四季之分。它们一年只有两季之分，每年从三四月份到九十月份的旱季（北半球），以及九十月份开始到第二年三四月份的雨季（北半球）。

在旱季，会连着半年滴雨不下，到了雨季会时晴时雨持续半年。地中海气候的另外两个特点是气候比较干爽但并不炎热，而且全年日照时间比较长，因此那些地区也是最适宜人类居住的地方。

以地中海气候的纳帕为例，它夏天七八月份的平均气温只有 27、28 摄

纳帕谷的年气温变化

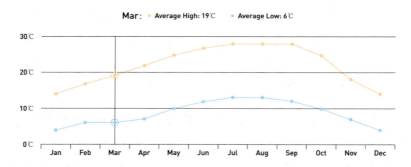

纳帕谷的年降雨量变化

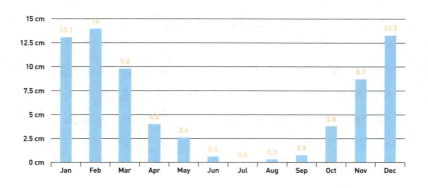

氏度，冬天时，最冷的 12 月和 1 月，最高气温能有 13 摄氏度，而最低气温也有 5 摄氏度之高，住在那里非常舒服。有趣的是，酿酒用的红葡萄，也喜欢这种天气。上面两张图是纳帕地区各月的气温和降雨情况。可以看出它气温稳定，降雨集中在冬季。

为什么只有在地中海气候区才能出产适合酿酒的红葡萄呢？因为葡萄在长叶子期间，雨水要充分，气候又不能太潮湿，温度不能太低（否则发芽太晚）。等到结葡萄时，日照要充足，而法国南部、意大利和西班牙，以及美国加州，都是以阳光明媚著称，那里的日照量保证了葡萄的品质。等到了葡萄快收获时，千万不能下雨，否则葡萄会大量吸收水分，个头倒是长得特别大，但是葡萄汁就不够浓了。

如果在夏天经常有雷阵雨的地方种葡萄，那些葡萄卖相倒是不错，但是味道不佳。如果大家有机会去酿酒的葡萄园参观，就会发现那里的葡萄普遍个头较小，不论是酸的还是甜的，吃起来味道都特别香浓。这样的葡萄只有在地中海气候下才能生长出来。

当然，并非所有的地中海气候区都适合种葡萄，即便适合种葡萄的地区，在不同的朝向，不同的坡度，以及不同的土壤条件下，种出来的葡萄质量也会有很大差别。当然，经过上千年的经验积累，酒庄主们已经掌握了什么地区种什么葡萄最合适，会根据地区特点种不同的葡萄。比如在纳帕谷的西面是海拔 1000 米的玛雅卡玛斯山脉（Mayacamas Mountains），山脊的另一边气温就要低一些，适合种植白葡萄，而纳帕谷的红葡萄则更有名。

世界各地葡萄的种类、产地与特点

产地	主要葡萄种类	对应的英文	特点
波尔多	赤霞珠	Cabernet Sauvignon	浓红 单宁浓度高 波尔多混酒的主要成分
勃艮第	黑皮诺	Pinot Noir	单宁浓度低，单纯
罗纳河谷	西拉 / 设拉子	Syrah（也叫作 Shiraz）	最浓厚，酸度较高
纳帕谷	赤霞珠 金粉黛 梅洛	Zinfandel，Merlot	金粉黛和梅洛都比较淡，有点像 白葡萄酒，它们也常常作为配料 酿制波尔多风味的混酒
西班牙	赤霞珠 丹魄（也称为添帕 尼优，田普兰尼洛）	Tempranillo	皮厚 但不浓烈 酿的酒味道丰富
意大利 （托斯卡纳）	桑娇维塞	Sangiovese	意大利特有，葡萄皮薄，加工酿 制需要非常高的技巧，是意大利 驰安酬酒（Chianti）的主要成分
南非	赤霞珠		
澳大利亚	西拉 / 设拉子		
智利	赤霞珠 梅洛 马尔贝克	Malbec	马尔贝克原本作为波尔多酒中的配 料，但是在南美特殊的地理气候条 件下，种植的马尔贝克常常被单独 用来造酒，它的口感甘美甜润，浓 度介于梅洛和黑皮诺之间
阿根廷	马尔贝克		

全世界的红酒产地及它们所出产的葡萄酒，根据其地理特点大约可以这样分类。

为了方便大家记忆，我把这些葡萄酒（或者以这些葡萄为主的混酒）按照浓度从浅到深与所需要陈化的时间从短到长进行了排序，以方便记忆，大致如下：

黑皮诺＜梅洛＜金粉黛＜丹魄＜桑娇维塞＜赤霞珠＜西拉

黑皮诺的酒放上三五年就可以喝了，而好的赤霞珠要放上 10～15 年。当然，世界上凡事都没有绝对的，很多上好的黑皮诺陈年 10 年以上才好喝，而有些赤霞珠要趁新鲜喝，因此这个排序更多地反映了红葡萄品种的酒体轻重。勃艮第的黑皮诺过去价格并不高，但是在最近十几年里上好的黑皮诺被炒得很贵，其中一个很重要的原因是中国买家非常喜欢它，陈化不需要太长的时间。除了英国人，世界上很少有人有耐心等到酒瓶上面落满了灰才喝。

打开一瓶葡萄酒后，最好一次喝完。喝不完就要用特殊的塞子封住，然后用小的抽气泵将里面的空气抽掉，以免它变酸，这样大约可以保存一周。这种小工具价格并不贵，在美国大约几美元，在国内应该也买得到。

至于前面讲到的各种红葡萄和相应葡萄酒的特点，我们在接下来介绍法国葡萄酒和加州葡萄酒时会详细介绍。

法国的名酒

红酒有所谓的旧世界和新世界之分。所谓旧世界的酒，是指法国、意大利和西班牙的，当然葡萄牙和德国也出产很有特色的葡萄酒，比如波特酒和雷司令，但那些不是我们传统意义上的红酒。和旧世界对应的就是那些在地理大发现后欧洲人移居的地区，对于红酒而言，特指美国加州、南美洲的智利、阿根廷、澳大利亚、新西兰和南非等。

过去欧洲人一直认为他们（旧大陆）的酒是最好的，在旧大陆中，法国人又认为他们自己的红酒首屈一指，在法国，波尔多地区的红酒名气最大，知名的酒庄最多，酿造工艺也最有名。有时你会在中国的影视剧中看到这样的场景：男主角很豪气地对酒保讲，"拿一瓶20年的波尔多酒来"。

这个场景至少犯了两个错误。首先，波尔多是一个很大的地区，酒庄的水平相差非常大，从几千美元一瓶，到几美元一瓶的酒都有。"拿一瓶波尔多红酒来"这种说法，就如同在中国说拿一瓶四川的白酒来一样外行。

其次，虽然红酒需要陈化很多年，但是并非年头越长品质越好，大部分波尔多酒放上 15 年之后，品质就开始下降了，因为酒精（乙醇）变成了醋（乙酸）。因此，20 年的葡萄酒并不见得就比 10 年的好。

更重要的是，正如我们前面讲过的，葡萄酒的品质在很大程度上取决于年份——葡萄生长时期的天气（包括气温和日照等）、降雨情况、当时的土壤情况等多重因素。关于气候是如何影响葡萄酒质量的，我专门请教了一些酿酒师，比如专门给 4088 酒庄酿酒的肯特·贾曼（Kent Jarman）先生，他告诉我，降雨、气温、日照等因素对葡萄质量的影响很大。如果葡萄成长期气温过高或者上升过快，葡萄会早熟，这样葡萄中单宁的含量就不足，甜味是有了，但是葡萄的香味缺乏，酿出的酒味道就单调。天气太冷，葡萄到了秋季依然没有完全长熟，不仅干涩，而且产量不足。据贾曼先生讲，4088 酒庄在过去的几年里，每年的产量从 3000 瓶到 5000 瓶不等，受气候影响产量浮动范围非常大。

在每一个产区，葡萄酒品质比较高的年份被称为"大年"，品质差一些的年份则被称为"小年"。在最近的 30 年中，波尔多地区十个最好的年份依次是：2009 年、2005 年、2010 年、2000 年、1996 年、

1990 年、1982 年、1989 年、2003 年和 2015 年。考虑到酒的陈化
过程需要一些时间，如果你在 2018 年想喝好的波尔多红酒，2000 年、
2003 年、2005 年的应该是最好的选择，2009 年、2010 年和 2015 年
的酒还需要再放几年。微信上经常有人发一个卡通图片，上面写道"来
一瓶 82 年的拉菲压压惊"。1982 年的拉菲固然不错，但绝不是最好
的年份，更何况放到今天时间已经太长了，目前它们大多是为了收藏，
而不是为了喝的。

即使对于整个产区来讲同是处于大年，或者是小年，不同酒庄的酒质
量也会有较大的差异，比如某一年正好换了几个酿酒师的助手，或者
使用酿酒的橡木桶不同，品质就有可能不同。综合这些因素，好的餐
馆都会列出不同酒庄酒的名称和相应的年份，供顾客参考。懂行的老
饕会根据酒庄和年份进行挑选。当然，如果是吃正餐，餐厅可能会根
据菜谱建议配酒。这绝不是喊一句"拿一瓶 20 年的波尔多酒来"或者
"来一瓶 82 年的拉菲压压惊"那么简单。

我们在前面讲到，法国主要红酒产区包括波尔多、勃艮第和罗纳河谷，
下面就以波尔多为例，讲讲法国红酒的特点，以及红酒的好坏是如何
区分的。

波尔多地区被吉伦特河分为东西两部分，西边被称为左岸，东边则
是右岸，大部分好的酒庄在左岸，其中最有名的地区叫做梅多克
（Medoc），也是酒庄最多、产量最大的地区，只出产红酒。右岸的
圣爱美隆（St. Emilion）和波美侯（Pomerol）地区出产的红酒也不错，

此外还有格拉夫（Grares）的佩萨克 - 雷奥良地区（Graves Pessac -Leognan），酒的品质就要差一点了，那里同时出产红葡萄酒和干白葡萄酒。

从葡萄的种类看，波尔多出产的红葡萄主要有三种，赤霞珠、梅洛和品丽珠（Cabernet Franc）。波尔多的红酒都是混酿酒，大部分是以赤霞珠为主，混以梅洛，少数品种还会加入少量品丽珠、小维铎（Petit Verdot）。波尔多用不同葡萄酿造混酒的目的，主要是为了产生具有层次感的味道，那里很多好酒庄的名酒味道并不是特别重，中间的层次感要慢慢体会才能分辨出来，而法国人就喜欢这种细微的差异。

波尔多酒的品质首先取决于地点，然后是具体的酒庄。波尔多最著名的产酒地区是左岸的梅多克，里面又分了七个小区，其中以波亚克（Pauillac）和玛歌（Margaux）最著名。如果你不了解酒庄的水平，最简单的办法是看波尔多里面具体的产地。根据法国国家葡萄酒行业协会原产地命名控制（AOC）的规定，只有在具体产地出产的规定的葡萄品种酿的酒，才能使用产地的名称。因此，到法国或者美国买波尔多酒，看到产地的名称，尽可以放心买，不会有什么假酒。

在产地下面，就是不同的酒庄了。波尔多地区有 7500 个酒庄（法语称作 Château），大小不一，品质不同，但是规模都不大，并没有像中国张裕、长城那样的大型酒业公司。以最著名的拉菲酒庄为例，一年不过出产 2 万多箱（20 多万瓶）酒。

这么多酒庄，外人很难了解它们各自的酒的品质和特色。1855年，当时的法国皇帝拿破仑三世为了将波尔多的美酒介绍给全世界，钦定了61种名酒，被称为"特级（Grands Crus Classes）波尔多"。这61种名酒，又被细分为5级，其中一级酒庄只有5个（原来为4个，后来增加了一个），它们分别是拉菲·罗斯柴尔德、拉图、玛歌、奥比昂和木桐·罗斯柴尔德。

拉菲·罗斯柴尔德
（Lafite Rothschild）

拉图（Latour）

玛歌（Margaux）

奥比昂（Haut Brion）

木桐·罗斯柴尔德（Mouton Rothschild）

此外二级酒庄 14 个，三级 14 个，四级 10 个，五级 18 个。即便是第
五级的特级酒庄，出产的酒价格也不便宜。比如第五级的庞特卡奈酒
庄（Château Pontet-Canet），出产的酒一般在 100 美元一瓶左右。
至于一级酒庄的那五种名酒，现在大部分价格在 600～1000 美元左
右，视年份而定。早些年行情火爆时，波尔多 5 个顶级酒庄的酒都要
卖到 2000 美元以上，而且常常还是有价无市。几乎所有的 1855 年钦
定列级酒都会在酒瓶上用法语写明"1855 特级"（Les Grands Crus

classés en 1855）的字样，大家在购买时看到这样的字，就知道是列级酒了。

在中国，所有的法国红酒中以拉菲的名气最大。历史上拉菲酒庄曾经是法国权贵希刚公爵的资产。很多社会名流，包括著名的交际花、路易十五的情妇蓬巴杜夫人，都非常喜欢这款酒。法国大革命后，它的所有权先后换了很多人，直到 1868 年被罗斯柴尔德男爵购得，经营至今。因此今天它的名字被改为了拉菲—罗斯柴尔德酒庄（Cheatau Lafite Rothschild）。

拉菲红酒虽然名气大，但是并非所有年份的拉菲都是最好的，很多人追捧它只是奔着名字去的。酿拉菲酒的葡萄通常是 70% 左右的赤霞珠，25% 左右的梅洛，其余的是品丽珠和小维铎，当然每年各种葡萄比例也不是固定的，会有微小的调整。它的浓度并不高，单宁味道也不算浓，但果味比较明显，层次感分明。喝拉菲需要仔细品味，否则很难体会里面味道的变化。

讲到拉菲一定要提一提它的副牌酒，即所谓的小拉菲，这倒不是因为这种酒好，而是因为它常常被用来鱼目混珠。法国很多大牌酒庄都有类似的副牌酒，这又是怎么一回事呢？这就要说说葡萄藤的年龄了。酿造好酒需要好葡萄，葡萄藤一般要长到 30 年，结出来的葡萄才能酿造最好的酒，而超过 80 年，葡萄藤又变得不可用了。酒庄每过一定年头，就要拔掉部分老的葡萄藤，种上嫩葡萄藤。嫩藤结的葡萄无法酿造高品质的葡萄酒，但是那些葡萄浪费了又可惜，于是一些著名酒庄就用嫩藤结的葡萄酿造副牌酒，以补贴经营成本。在拉菲酒庄也是如此，它出产一种副牌的拉菲酒（Carruades de Lafite）。在过去这种酒很便宜，30~50 美元一瓶。但是后来因为中国买家炒作，冲着它的名字而去，现在也给炒到了 100~200 美元一瓶，而在几年前一度高达 300 美元以上。不过，这种酒的品质和正牌的相差甚远，连一些 1855 年被列为五级酒庄的酒都不如，它更多只是沾了拉菲的名气而已。

值得一提的是，在吉伦特河右岸（东岸）的圣爱美隆（Saint-émilion）地区也有很多不错的酒庄，但是产量都不算高，因此价格不菲。由于当地的酒庄在 1855 年没有列入评级，后来为了评估各酒庄酒的质量，该地区自己组织了评级，不过它的评级是每 10 年评一次，而不是像左岸酒庄一直沿用 1855 年的评级结果至今。在最近的一次评级中，圣爱美隆地区选出了 64 种好酒，其中顶级的有金钟（Château Angélus）、欧颂堡（Château Ausone）、白马（Cheval Blanc）和柏菲（Chateau Pavie）4 个酒庄。这些酒庄产的酒其实并不比 5 个 1855 年的一级酒庄差，但是由于名气较小，酒的价格会便宜很多，在美国市场上通常和 1855 年的二级酒庄差不多。

好的波尔多红酒价格不菲。对于品酒、饮酒，我倒觉得与其为了名气花很多钱去追那些大牌（尤其是大牌酒庄的副牌酒），不如讲求点实际，用合适的价格购买比较好的年份的四级或者五级酒庄的酒，它们的品质通常不差。当然 1855 年的评级到今天也已经不能完全保证品质了，每一种酒需要品鉴才能确定好坏。另外，对酒味道的感觉非常主观，并非越贵越好。

加州的红酒

在很长的时间里,无论是顾客还是品酒师,都认定法国的红酒是世界上最好的。不过这种看法在 1976 年被改变了。当时一位名叫斯普利尔的英国葡萄酒经销商搞了一次盲测品酒活动,分别将加州出产的赤霞珠红酒和霞多丽葡萄酒,与法国波尔多同类的红酒和勃艮第的白葡萄酒进行了对比,结果引发了整个葡萄酒界的一次大震动。加州出产的葡萄酒,得分超过了法国绝大多数顶级葡萄酒。这个结果甚至出乎斯普利尔本人的预料。

斯普利尔为什么要搞这次评测呢?因为他要在巴黎卖美国葡萄酒,他最初的想法只是为了证明美国加州的葡萄酒并不差,谁也没想到结果是加州葡萄酒胜出。从此,加州的葡萄酒在世界上名声大振。这个故事后来被好莱坞拍成了电影。

加州的红葡萄酒以纳帕（Napa）产区的最好，而白葡萄酒则以纳帕谷西面玛雅卡玛斯（Mayacamas）山脉另一侧的索诺马县（Sonama County）的最好。而在纳帕，又以奥克维尔（Oakville）和卢瑟福（Rutherford）等小镇的最好，在那里有很多著名的酒庄，比如罗伯特·蒙大维（Robert Mondavi）和柏里欧（Beaulieu Vineyard，简称BV）等。

纳帕每个酒庄的葡萄酒可以大致分为四个等级。

最低的第四级是使用加州出产的葡萄酿制，在酒瓶上会注上"加利福尼亚"（California）的字样。

四种不同档次的 BV 葡萄酒

往上一级是用纳帕谷的葡萄酿制，会再多标上一个"纳帕谷"（Napa Valley）的字样。这两级的葡萄未必是酒庄自己的土地种植出来的，而是酒庄租用其他人的土地种植的，比如离我家不远的一些邻居，就把院子租给酒庄使用。酒庄负责种植，收购和酿酒，酿出酒后，象征性地给房主一两箱作为地租。当然，房主所收获的主要不是这点酒，而是葡萄园带来的景色。

再往上的第二级则是使用酒庄自己在纳帕的土地种植的葡萄，这些酒会在瓶子上标上"酒庄种植"（Estate Growth）的字样。

最高一级是所谓留给自己喝的私家珍藏（Private Reserved），当然这些酒也是可以拿来卖的。上述四级葡萄酒价格相差很大。像柏里欧和罗伯特·蒙大维这样知名的酒庄，四档酒的价格大约分别在 10 美元、25 美元、40 美元和 100 美元。当然，很多名气不大的酒庄如果生产非本酒庄葡萄酿制的酒，可能卖不出去，因此它们只有最后两档酒。

很多人问我纳帕谷的酒哪个牌子最好，这就让我为难了。对葡萄酒的评估，是一件颇为主观的事情，并非价格越高越好，或者专家打分越高越好，而要看个人的喜好。当然，不好的葡萄酒一口就能喝出来，而好的则应该是各有千秋。

在 Google 员工福利最好的 2007 年，公司每个月都会请三到四家纳帕酒庄的主人到公司介绍他们的葡萄酒，并且招待参加的员工一顿三道菜的正餐，参加者只需要付 75 美元的品酒钱和饭钱，饭后还可以带三四瓶样品酒回去。

每一家酒庄的主人虽然都会说自己的酒好，但是绝不和同行作对比，也不会说自己的是最好的。他们都一致表示，各酒庄的酒都有自己的特色。当然，在纳帕谷还是有很多名气相对大一些、品质比较稳定的知名酒庄，比如在前面提到的柏里欧和罗伯特·蒙大维。

柏里欧是法国酿酒名家德·拉图家族的乔治斯·德·拉图于 1900 年在纳帕谷创立的，他把那块地起名为美丽的葡萄园，柏里欧则是它法语名字中"美丽"一词 Beaulieu 的中文谐音。一百多年来柏里欧一直致力于酿制上好的法国波尔多风味的葡萄酒。在 20 世纪 50 — 60 年代，它曾经是纳帕谷地区最大的 4 个酒庄之一。1981 年，它的私家珍藏在渥太华品酒节上获得亚军。今天，它是世界上最大的酒业集团帝亚吉欧（Diageo plc）公司的下属公司。

在纳帕谷，和柏里欧齐名的是罗伯特·蒙大维酒庄，它与创始人同名。罗伯特·蒙大维的父亲是一位酒庄主，他从小跟父亲学习酿酒，不过后来他和继承家业的哥哥闹翻了，于是从家族生意中独立出来开始经营自己的酒庄。

罗伯特·蒙大维酒庄一直被看成是新世界优质葡萄酒的代表，同时它也是纳帕谷风景最优美的酒庄之一，因此大家到纳帕谷品酒通常都会在那里逗留一下，一边品酒一边看看葡萄园的美景。罗伯特·蒙大维酒庄在 20 世纪五六十年代就非常著名，肯尼迪总统还请过罗伯特·蒙大维到白宫去做客。

1979 年，罗伯特·蒙大维和木桐酒庄的主人菲利普·德·罗斯柴尔德男爵决定用新大陆的葡萄酿一种最好的葡萄酒——由罗伯特·蒙大维将他酒庄里最好的一块地拿出来提供葡萄，由木桐酒庄派最好的酿酒师主持酿造，他们给酿出来的酒起了一个新名字——作品一号。这种酒一经推出就受到了大家的追捧，并且创下了很多拍卖纪录。

罗伯特·蒙大维酒庄也曾经走过一段弯路。20 世纪 90 年代，各种互联网公司纷纷上市，很多葡萄酒公司也加入了上市的行列。作为一家上市公司，就必须做到营收每年不断增长。但是，葡萄酒这个行业受气候的影响，不仅不能保证质量的稳定（质量决定价格），而且连产量也保证不了。

这就导致葡萄酒公司每年的收入时高时低，这样显然不能满足上市公司的要求。于是罗伯特·蒙大维酒庄为了保证收入，就大量购入其他产地的葡萄，酿造一些便宜的酒补贴利润，它甚至卖过 2 美元一瓶的酒，这样一来它的品质就没了保障，很快罗伯特·蒙大维酒庄几十年树立起来的声誉被严重损害。罗伯特·蒙大维等人最终不得不再次将酒庄私有化，以便不受营收财报的影响，专心酿酒。

在纳帕谷，走过类似弯路的还有著名的 Inglenook 酒庄。这个成立于

1842 年的酒庄曾经是当地最大的酒庄之一，后来因为追求产量毁掉了品牌，直到 1975 年《教父》的导演弗朗西斯·科波拉和他的妻子买下之后花了几十年时间悉心打理，才将它再次恢复成顶级酒庄。从这些事我们也能看到，世界上很多事情一旦被钱绑架了，就难以专心做好，很多老品牌就是这样被毁掉的。

上好的纳帕红酒和波尔多顶级红酒从品质上看是各有千秋，一些专家将罗伯特·蒙大维和柏里欧这样著名酒庄的私家珍藏酒的评级放在波尔多五大酒庄之后，二级酒庄之前，基本上算是公允的。如果一定要我对这两个地区的名酒做一个简单的比较，我会说波尔多的酒因为浓度略低的缘故味道偏淡，丰富的层次感需要慢慢体味。加州的红酒更加浓郁醇厚，但需要放置更长一点的时间，以除去里面微涩的味道。

最后，必须要提一下纳帕谷的一些高品质的小酒庄。它们并不像罗伯特·蒙大维和柏里欧那么有名，但是酒的品质却非常高。这些酒庄的主人通常不是为了单纯盈利而酿酒，而是为了尽可能地将自己园子里的葡萄变成精品的葡萄酒。在纳帕，最受推崇的酒庄当属"啸鹰（Screaming Eagle）"——那里的葡萄酒有价无市，只有会员才能买到，而成为它的会员需要排十几年的队。在黑市上，该酒庄一瓶 2015 年的 750 毫升赤霞珠酿的酒售价高达 2500 美元，而一瓶 2006 年的 1.5 升赤霞珠价格已经涨到了近 1 万美元。"啸鹰"的价格如此之高有两个原因，除了量少，物以稀为贵外，还因为它的酒长期以来品质一直能做到极致，这一点法国那几个顶级酒庄也做不到。这又验证了什么事情做到了极致就能获得高出几个数量级收益的道理。

红酒风味之谜

我们在前面讲过，红酒的味道千差万别，而且具有丰富的层次，那么这些味道是怎样产生的呢？首先可以明确的是，葡萄酒的酿制过程只有葡萄汁和酵母参与，它在装进橡木桶陈化后，只有橡木进一步参与了化学反应，除此再无其他的添加成分。因此，葡萄酒并不像很多人想象的那样，为了各种风味而添加各种成分。至于为什么红酒在酿制过程中产生了各种风味，我们还是让纳帕谷银朵（Silverado）酒庄的专家来回答吧。2017 年春天，我有幸参观了该酒庄，并且得以详细了解他们酿制葡萄酒的全过程。

银朵酒庄是米勒夫妇（Ron & Diane Miller）于 1981 年在纳帕谷的鹿跃区（Stags Leap District）建造的，这个地区也是纳帕谷葡萄质量最好的地区之一。由于该酒庄在鹿跃区的葡萄园并不大，米勒夫妇同时买下了另外几个著名的葡萄产地，包括我之前提到过的奥克维尔（Oakville）等地的几个葡萄园。银朵酒庄从来不使用外面收购的葡萄来酿酒，而是坚持完全使用自己种植的葡萄。另外，和纳帕谷的大部分酒庄一样，银朵酒庄在种植葡萄时，严格遵循有机食品的规范，不使用任何化肥农药，据他们讲，无论是鹿跃区还是奥克维尔的土地都非常金贵，一旦被化肥农药污染了，恢复成本特别高，时间特别长。当然你可能会问葡萄所需的肥料从哪里来？除了少量的有机肥外，银朵酒庄会在葡萄藤之间种上燕麦，然后将燕麦翻耕作为肥料。

银朵酒庄本身是一栋意大利托斯卡纳风情的建筑，依山而建，那里风景优美，因此也是很多新人举办婚礼的地方。酒庄平时除了接待一些客人品尝葡萄酒外，还为一些商业活动和私人聚会提供场地和餐饮。当然，来这里搞活动的，常常会顺便参观酒庄，学习调酒。那天接待我们参观的是酒厂的一位负责人汤姆，他在这里已经工作了 17 年，每天主要的工作就是介绍葡萄酒文化，教参观者调酒，并带着大家品尝各种美酒。为了让大家了解葡萄酒的特性，汤姆先从葡萄开始介绍。

汤姆讲，加州其实在一亿多年前才形成，地质年代比较新，纳帕谷的土壤主要是过去的火山灰，又混上大量的海洋原生质，既透气，又有养分，非常适合葡萄生长，而这个特点是最早到加州淘金的意大利移民发现的，于是他们便在纳帕种植葡萄。

当然，很快西欧各国的移民都来了，法国很多酿酒世家专门跑到这里来办酒厂。葡萄生长的决定因素是土壤和气候，具体到纳帕，最适合种植赤霞珠葡萄，这一点我在前面已经介绍过了。另外汤姆还提到，纳帕的水是周围的冰雪融水，非常清澈。

但即便是在纳帕，不同酒庄由于土壤不同，朝向、坡度不同，种植出的葡萄味道也会有些差别，这是导致葡萄酒味道差异的第一个因素。

影响红酒味道的第二个因素是发酵。汤姆按照葡萄酒酿制的过程，带着我们一一参观相应的作坊和车间。葡萄在采摘之后，先要榨汁并剔除葡萄籽和葡萄梗，这项工序如今已不再像过去那样用脚去踩，而是由机器完成。榨出来的原汁通过管子送到发酵罐中，加上酵母发酵，而渣滓则被制成有机肥料，送给当地的菜农使用。

接下来，汤姆带我们参观了发酵车间。葡萄汁会先在一个几十吨的大桶里过滤并加入酵母。酿酒时加入酵母是为了将糖分转化成酒精，这也是大家喝好的葡萄酒并不觉得它们甜的原因。如果不加酵母，葡萄汁本身也能发酵产生酒精，但是那种葡萄酒浓度低，糖分大，喝起来像糖水。

除糖这项技术看似简单，但法国人琢磨了上百年才掌握到炉火纯青的地步，后来世界各地的酿酒师们都学会了这门手艺。直到今天，对于酒精度和糖度把握的水平，依然是保障葡萄酒质量的关键，而不同的配比会导致最后口感的差别。

在葡萄汁和酵母配好之后，就要装入一个个容量为几吨的大桶中慢慢发酵了。红葡萄酒和白葡萄酒发酵的温度不同，红葡萄酒是 30 摄氏度，白葡萄酒是 12 摄氏度，而葡萄汁在发酵的过程中会产生大量的热量，因此温控和散热对保障品质很重要，要酿出好酒，每个步骤都要非常仔细。在大桶中的发酵过程大约要持续半年多。

发酵完成后，葡萄酒就要装入橡木桶陈化，这是形成葡萄酒风味的关键步骤。我们经常听到酒商介绍，"这款酒有李子的味道，那款酒有橙橘的味道"，有些比较奇怪的会有胡椒甚至皮革的味道。

榨汁的设备

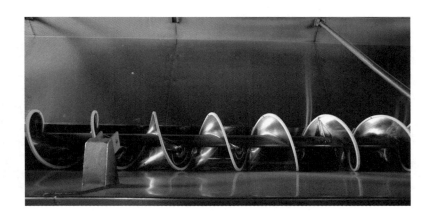

输送葡萄汁的管子（左），葡萄汁发酵桶（右）

这些味道从哪里来呢？当然不是加入了李子或者橙子、橘子，而是葡萄酒和橡木桶本身作用的结果。全世界有十多处出产橡木桶的地区，其中法国有 10 处，美国有 3 处，匈牙利等国也有少量的。不同地区出产的橡木不同，这是造成葡萄酒不同风味的一个重要原因。

而在制作橡木桶时，要把橡木桶里面的水分用明火烤干，烧烤橡木时，里面的一些油脂也会挥发出来，不同的烧烤时间，会导致橡木的味道有所不同。红酒在装瓶前，要在橡木桶中放一年到一年半的时间，最长的要放五年，让酒和橡木不断渗透，形成红酒的风味。十几种橡木，加上不同的烧烤方法，再和多种葡萄酒组合起来，就形成了上百种可能的风味，这就是红酒不同口味的由来。通常一个橡木桶只能使用两次，个别考究的酒厂甚至只用一次。每个橡木桶的价格是几百美元到上千美元，可以酿 250 ～ 300 瓶酒，算下来，每瓶酒都要摊上好几美元。由于红酒出桶时的味道可能和一开始估计的有所不同，为了保证品质可控，好的酿酒师会在酿制的过程中定期检查，保证最后装瓶的酒是自己所预期的。

我在之前介绍了波尔多红酒是以赤霞珠为主的混酒，混酒是在装瓶前调制的，不是酿制时混合的。汤姆先生为了让我们体验调制的过程，专门给我们进行了一次调配混酒的培训。他给每个受训者四种单一种类的红酒，分别是赤霞珠、梅洛、品丽珠和马贝克，然后给我们两个酒杯、一瓶水和一个化学实验室用的乳胶滴管，然后教我们如何调制自己喜欢的混酒。

陈化葡萄酒的橡木桶

通常，调酒师会先品尝一下单一种类的红酒，详细了解每一种酒的甜度、酸度、单宁含量、酒精含量和口味，然后用滴管根据自己的喜好吸入每一种酒，再注入到调酒的酒杯中，通过人工品尝来确定调配的结果，在这个过程中，调酒师要不断调整每一种酒的比例，直到自己满意为止。

至于为什么要事先准备两个杯子，是因为调到最后时，可能需要来回比较才能定夺，而纯净水是调酒师漱口所用的。每一次从单一红酒中取酒时要做记录，不能单凭记忆。最终得到满意的比例后，酒庄会按照各种酒的比例混合成最后波尔多风味的红酒。那天在银朵酒庄，主人根据我们各自调配的适合自己的口味，兑了一瓶酒装瓶送给我们。这些混酒拿回去后，至少还要放置两三年才适合饮用，当然如果有耐心放置 5 ~ 8 年效果更好。

自己调制波尔多混酒

由于不同的调酒师会有不同的喜好，有人喜欢酒精度高一点，有人希望酸度大一点，有人希望口味重一点（单宁含量高）。最后，调出来的酒一定千差万别。从种葡萄开始，各种因素不断地影响着葡萄酒的风味。如果在葡萄酒生产的整个过程中，每一个环节都把握得特别好，而正好调酒师的口味又非常适合你，那么你就会觉得这种酒很好喝。

葡萄酒在装瓶后，还有最后一个步骤，就是贴标签，这件事虽然是机器自动完成的，但是也要进行人工检验。标签贴歪了，哪怕前面的步骤完成得再好，那瓶酒也只能做次品处理，不能出厂。那些标签贴歪了的酒通常由酒庄用来招待品酒的人。葡萄酒在装瓶之后，还要再放半年多才能开始出售，这样从收割葡萄开始，大约已经过去三年时间了。

大部分时候，优雅而精致的生活背后的点点滴滴都是有故事、有文化的。了解了这些细节，会让我珍惜所得，更好地享受生活。

第七章 _ # 奢侈品的光泽

在生活中你不免要接触到奢侈品，即使今天不买，随着中国今后十年逐渐开始的消费升级，奢侈品和大家的距离也会越来越近。很多人会把奢侈品与炫富和生活腐化联系在一起。其实奢侈品本身只是物件，并无思想，它们凝聚了艺术想象力和手工制作水准。透过它们不仅可以了解时尚，享受精致生活，有心的话，还能学到其中的产品制作和营销之道。

为什么研究奢侈品

我最早接触奢侈品，也是出于打造高品质产品和服务的需要。虽然很多人未必能将香奈儿（Chanel）[23] 的香水、爱马仕（Hermès）[24] 的手袋，菲拉格慕（Salvatore Ferragamo）[25] 的鞋子、轩尼诗（Hennessy）[26] 的百年老酒和 IT 产品联系起来，但是它们成功的背后都有着相似的逻辑。在谷歌，从来没有见过哪款靠补贴买用户的产品能够成功，真正受欢迎的产品靠的是对用户心态的洞察，让他们心甘情愿追捧，并且引导他们在"科技时尚"的道路上前行。这些产品的成功之处在很大程度上受到引领时尚的奢侈品的启发。

我对奢侈品的了解，始于一位作家——《奢侈的》（*Deluxe: How luxury lost its luster*）一书的作者黛娜·托马斯（Dana Thomas）女士。她是《华盛顿邮报》《时代周刊》和《新闻周刊》奢侈品专栏的作家，她不仅引导我了解奢侈品的前世今生，把一件商品做成奢侈品的要素，而且帮助我了解这个行业从设计到销售各个环节的各种规则或者潜规则。关于奢侈品，媒体总有些不实的传闻，很多品牌出于市场目的，并不予以澄清。对于各种不同的、甚至相互矛盾的说法，我以托马斯女士的看法为准，因为她是把奢侈品作为课题研究的人。托马斯女士做事极为认真，她为了了解奢侈品产业，特别是其生产和流通过程，在中国深圳待了两年时间。

接下来，我们就从奢侈品的前世今生说起。

---

[23] 香奈儿：法国奢侈品品牌，由加布里埃·香奈儿（Gabrielle Chanel）于 1910 年在法国巴黎创立。以打造女性奢侈品为主，Chanel No.5 香水、香奈儿套装等作为其传奇产品。

[24] 爱马仕：1837 年由蒂埃里·爱马仕（Thierry Hermès）于法国巴黎创立的世界著名奢侈品品牌，早年以制造马具起家。

[25] 菲拉格慕：由萨尔瓦多·菲拉格慕（Salvatore Ferragamo）1927 年在意大利创立的奢侈品品牌，以皮质产品见长。

[26] 轩尼诗：世界三大干邑品牌之一，于 1765 年创立。著名产品包括新点、轩尼诗 V.S.O.P、X.O 等。

奢侈品的诞生

什么是奢侈品？一般来讲，奢侈品有两个特征，首先是高品质。没有品质做保障，那些不求最好，只求最贵的产品，算不上是奢侈品。有些人以为奢侈品就是品牌，这个理解并不全面，在品牌的背后，必须有品质做保障，才能让品牌长期维持下去。

有一次，我与保时捷的代理商谈到保时捷汽车的安全性问题时，问他保时捷和以安全著称的沃尔沃相比，安全性怎么样。代理商笑着告诉我，保时捷只不过没有像沃尔沃那样把安全性挂在嘴边而已，这种档次的汽车，安全性是最基本的要求，根本无需强调。然后他带我看了一辆被悬挂在半空中正在做保养的汽车，那里的场景让我看到了那些顾客通常看不到的东西——不仅要用最好的材料，有严格的安全考量，而且制造时绝不允许有任何马虎。

类似地，喜欢买时装的女生可能会发现，普拉达（Prada）[27]或者古驰（Gucci）[28]女装就比比照它们而生产的仿制品要优质得多，因此并不是一些普通产品只需要换上像普拉达这样品牌的标签就能变得更"优质"。实际上，奢侈品品牌的时装在设计和制作时都是精益求精的，而这些功夫也让它们的售价可以比仿品高出几个数量级。

奢侈品的第二个特征就是非必需品性，在英语里也被称为"凡勃伦商品"（Veblen good）[29]，它以提出"炫耀性消费"的经济学家托斯丹·邦德·凡勃伦（Thorstein Bunde Veblen）而得名。

奢侈品和高档商品是有差别的，讲一个例子大家就能体会这种差别了。无论沃尔沃、雷克萨斯，甚至奔驰、宝马这样的高级车，属于高档产品，该买还得买，购买者也通常不会为了省钱而改成丰田或者大众。再往上，保时捷的汽车其实还只是介于豪华车和奢侈品之间，比如卡宴，是给某些通勤者每天使用的，是那部分人的代步工具。而只能坐两个人的、百千米加速在三秒以内的超级跑车 911 Turbo 则是给喜欢玩车的人准备的，就不是必需品了。类似地，宾利和兰博基尼，它们其实炫耀的成分高于性能的成分，因此绝对算得上是奢侈品。当一个富豪在近期

[27] 普拉达：1913 年由马里奥·普拉达（Mario Prada）在意大利米兰创立的奢侈品品牌。

[28] 古驰：1921 年由 Guccio Gucci 在意大利佛罗伦萨创立的奢侈品品牌。目前是开运集团（Kering Group）旗下最有价值的品牌之一。

[29] 凡勃伦商品：形容需求量与价格成正比的商品被称为"凡勃伦商品"，此类商品可分为两部分，一部分是实际使用效用，另一部分是炫耀消费效用。与"吉芬商品"（Giffen good）概念相对。

收入不如以前高，或者因为金融危机现金流出问题时，购买保时捷的计划可能会推迟，因为他并不缺作为代步工具的汽车。至于布加迪那种极致的跑车，则更是可有可无。

女生们常常喜欢买手袋，在这个领域，路易·威登（Louis Vuitton）、香奈儿或者卡地亚（Cartier）算是奢侈品，而在中国颇为流行的 MK（Michael Kors）则算不上奢侈品，它是很多女士每天上班用的通勤包。

类似地，机身售价在 6000 ~ 7000 美元的徕卡相机也算不上是奢侈品，因为购买者主要是冲着它的功能（完美的成像和颜色还原）去的，并非品牌。但是徕卡和爱马仕合作制造的限量版相机就是奢侈品——同样的功能售价高达 99000 美元。因为除了炫耀，我们找不到相机需要用爱马仕皮饰包装的理由。

当然，从事奢侈品制造的时尚领袖们有时不同意奢侈品的主要功能是炫耀。路易·威登的前创意总监、著名设计师马可·雅各布斯（Marc Jacobs）就说，"奢侈品是取悦自己的，而不是向他人炫耀的。"在他看来，奢侈品的精髓不在于稀有的用料，比如鳄鱼皮或者黄金，而在于呈现的美感。但事实上，如果仅仅为了取悦自己，很多人就不会花那么多钱购买奢侈品了。

奢侈品是怎么产生的呢？一般认为，今天的奢侈品根植于欧洲的宫廷，特别是法国的宫廷，而这又要感谢一个人，她就是嫁到法国当王后的美第奇家族的玛丽·德·美第奇（Maria de' Medici），是她教会了法国宫廷享受生活（关于她的故事，我在《文明之光》精华本里有介绍）。

而将奢侈品发扬光大的，则是靠这样几个人：喜欢奢华的太阳王路易十四，漂亮而有艺术品位、领导了 18 世纪法国沙龙文化的蓬巴杜夫人（路易十五的情妇），路易十六的那位美丽而爱挥霍的王后玛丽·安托瓦内特（Marie Antoinette），以及随后凡尔赛宫的女主人、拿破仑一世（Napoléon Bonaparte）的皇后约瑟芬（Joséphine de Beauharnais）。

路易十四在位期间是专制时代法国的鼎盛时期，他为了让各地方的王公贵族们放弃自治的权力，把他们都召集到巴黎，天天在凡尔赛宫里过着纸醉金迷的生活。到了路易十五时期，国家的经济实力虽然不如从前，但是他祖爷爷攒下的家底还够他挥霍，而他的情妇蓬巴杜夫人既有品位，又喜欢奢华的生活，并且通过她的沙龙，把奢华生活推广到整个法国上层社会。在他们的影响下，法国出现了专门为他们的生活享受提供服务的行业，就是奢侈品制造业。到了路易十六时期，法国已经风雨飘摇、入不敷出，在这种情况下，王后安托瓦内特每年仍要花掉 360 万美元用于奢侈品的购买和制作，这是当时的价格，要知道若干年后，美国从法国手里买下路易斯安那殖民地（包括美国中部和南部很多州在内的 200 多万平方千米的土地）才花了 1500 万美元。

不过，根据当时出任美国驻法国公使，后来当了美国总统的约翰·亚当斯所说，安托瓦内特的每件服装首饰都物有所值，因为它们都是艺术品，精美绝伦，远不是自己笨拙的语言所能描绘的。要知道，亚当斯可是以口才见长的，如果他都描绘不出那些奢侈品的精美豪华程度，我们更是难以想象了。

到了法国大革命之后，上流社会对奢侈品的热爱并没有减退。约瑟芬皇后在当皇后的十年间，大约花掉了法国出售路易斯安那土地价钱的一半用于购买奢侈品。读到这里我们可能会想，清王朝的慈禧太后与其相比还不算太挥霍，至少慈禧把钱花在了修建颐和园上，为后世留下了历史遗产。

拿破仑三世的皇后比她的婶婶也好不到哪里去，一件衣服光刺绣就要花 300 ～ 400 小时的做工。当时经常出入巴黎名利场的钢琴大师肖邦在给友人的信中讲，巴黎当时是浮华和肮脏并存，美丽和丑陋同在。

奢侈品最初都是定制的，并没有品牌，但是上流社会对奢侈品的追求最终催生了奢侈品牌的出现，这让很多早期为上流社会服务的作坊变成了今天的奢侈品公司，最早是一些手表和瓷器，比如为路易十六、安托瓦内特和拿破仑制造手表的宝玑（Breguet）（巴尔扎克、雨果、司汤达、普希金、梅里美、鲁宾斯坦和丘吉尔等人也是它的主顾），专为法国宫廷做瓷器的塞夫勒（Sèvres）作坊等，当然它们今天都成了品牌。

对今天奢侈品市场影响最大的品牌可能要算 19 世纪诞生的路易·威登。路易·威登本人生于 1821 年，是一位农家子弟，早先是在巴黎当学徒做旅行箱（Trunk），然后开办了以自己名字命名的公司，继续制作旅行箱。那时路易·威登的旅行箱并不是今天的途明（TUMI）或者日默瓦（RIMOWA）这样高档却随处可见的产品，甚至不是今天在机场传送带上时而能见到的路易·威登箱包，而是一种非常昂贵的奢侈品，它用特殊的木材制作，上面包上一种特殊的蒙皮，打开更像是一个移动的柜子，我们今天在一些电影中还能看到当时的贵族带着这样的箱子出行。下图是一个早期路易·威登旅行箱的内部结构，今天一般的路易·威登专卖店已经不出售这种箱子，但是还有人能买得到，不过它们今天是作为家具和装饰品存在，不再用于差旅。几年前我在拉斯维加斯见过，新的每个要 5 万 ~ 10 万美元，二手的（20 世纪 40 年代制作的）也要 2 万 ~ 3 万美元。至于路易·威登如何从一个专门生产旅行箱的公司，变成了今天全球最大的奢侈品集团，这个我们后面会讲到。

路易·威登的旅行箱

和路易·威登经历类似的，还有加布里埃·香奈儿（Gabrielle Bonheur Chanel）和古驰欧·古驰（Guccio Gucci）。香奈儿从一个农家女起步，变成一个在巴黎打拼的裁缝，再化身为法国先锋的时装设计师，最后创造出了全球最有代表性的、最昂贵的时装品牌。而在意大利，古驰从酒店门童到皮匠学徒，再到开皮包店，最终创造了一个奢侈品的帝国。可以说，将一种产品做到极致，得到大众对品牌的认可之后，再进入其他产品市场，是奢侈品牌成功的必经之路，这需要经过很长的时间。

奢侈品的品牌和公司从 19 世纪末到 20 世纪初在欧洲兴起，并有一定的社会基础。这一方面是基于欧洲上流社会有追逐奢华的习惯，另一方面倚仗欧洲历史悠久的工匠精神，并且得益于 18 — 19 世纪欧洲工业化的进程。这些条件加在一起，使得欧洲的奢侈品行业在第二次世界大战之前达到了它的第一个顶峰。然而今天的奢侈品行业和第二次世界大战之前相比发生了很大的变化，以至于托马斯女士讲，今天的奢侈品其实已经光泽不再。

奢侈品的大众化

如果按照我们前面讲的制作方式来生产奢侈品，它们是很难进入一般家庭的，不仅是因为价格高昂，而且数量也不可能多到让大众都能买得到。很多人想到奢侈品时会有一种误解，只考虑了价格的因素，但是真正的奢侈品是被赋予了艺术性的产品，即使有市场，有利润，有人愿意出高价，也没有那么多的技师和工匠能够做得出大量的产品。

以瑞士名表百达翡丽（Patek Phillippe）[30] 为例，制作一块百达翡丽的机械表需要 10 个月时间，因此大家也把这个过程戏称为"十月怀胎"，这样一块手表出厂的时刻，也被称为"分娩"。制作这样的手表的技师，需要有 15 年以上的经验，可以想象即使市场需求量增加20%，他也未必做得出那么多的手表。

[30] 百达翡丽：创立于 1839 年的家族独立经营制表商。在设计、生产及装配的整个过程中享有全面的创新自由。

类似地，爱马仕旗下的铂金包（Hermes Birkin）[31] 或者凯莉包（Kelly）[32]，不仅原材料本身供应量有限，而且一针一线都是手工缝制，因此从订货到交货需要长达一年多的时间，显然产量是不可能高的。实际上，如果你不是爱马仕的老顾客，它的专卖店甚至不会把这两款包拿出来让你看。

为什么奢侈品的制作最后要落到手工上？因为完全是机器生产的产品缺乏个性，最后更重要的那 1% 常常还需要手工才能完成，我经常讲技术和工程能够做到 50 ~ 90 分，但是最后几十分要靠艺术来解决。我们不妨分别举例来说明这两点。

先说说个性化。很多年前我到雅马哈（Yamaha）的琴行去挑选钢琴，他们的销售代表对我讲，雅马哈的钢琴在世界所有地方的品质都是一样的，用雅马哈钢琴的表演者，不论是在哪里表演，都不需要自带钢琴。

但是雅马哈钢琴有一个问题，就是声音听起来比较"冷"，这个形容对没有弹过钢琴的人来讲有点费解，换句话说，雅马哈钢琴的声音听起来缺乏生气，有点僵硬，不够丰富，也缺乏个性。这就是工业品相对艺术品的通病。

---

[31] 铂金包：爱马仕的一款包。因法国女星 Jane Birkin 向当时爱马仕第五任总裁抱怨找不到做工精良又实用的大提包，于是爱马仕总裁为其专门设计了一款包，并以她的名字命名。

[32] 凯莉包：原型来自爱马仕 1892 年的一款安装马鞍的皮包（Hautacourroies），后因摩洛哥王妃葛丽丝·凯莉喜爱使用而改名为"凯莉包"。

接下来我又去了斯坦威（Steinway & Sons）的琴行，这个德国钢琴品牌完全手工制作，声音要好得多，不仅声色平和饱满，而且富有个性。斯坦威的宣传点和雅马哈恰好相反，它强调任何一台斯坦威的钢琴都是不一样的，甚至每一块木头都是专门挑选——某几架钢琴用上了好木头，音色就比其他的好那么一点，也是常有的事情。钢琴大师毛里奇奥·波利尼（Maurizio Pollini）总是带着他那台特制的斯坦威钢琴到世界各地演出，因为他弹惯了自己的琴，觉得与其他的斯坦威钢琴都不一样。

当然你可能会说，这样一来质量不就不稳定了吗？的确如此，不同的两台斯坦威钢琴质量会有所不同，但是就算其中较差的一台，质量也会高过工业品的水平。另外，这些琴都不一样，因此它们表现的好坏和环境有很大关系。

日本有一个按照欧洲名琴标准制作的手工钢琴品牌 Shigeru，它是卡瓦依（KAWAI）旗下的品牌，一年的产量不超过 200 台。如果你买了这款钢琴，卡瓦依要从日本派一个技师到你家现场调琴，这样才能在特定的环境下达到最好的效果。这就是艺术品和工业品的差别。

到目前为止，几乎所有最顶级的产品，最终还是要引入人工。日本尼桑公司制造的一款顶级跑车 GT-R，它的性能可以达到兰博基尼和法拉利类似跑车的水平，不过由于名气不够大，价钱不及前者的一半。GT-R 这款跑车在最后出厂前，需要手工调制引擎，因此每一辆车的出厂功率都有所不同，而负责每一辆车的工程师要将自己的名字写在引擎上，既表示对它负责，也是一种荣誉。

至于像布加迪这样一年也生产不了几辆的汽车，手工的工序就更多了。最后必须经过手工打磨，才能制造出一辆完美的汽车。不仅生产如此，它们保养的成本也非常高，做一次换机油这样简单的保养也需要一整天的时间。

了解了奢侈品的生产过程，就不难理解为什么它们量小价高。当然你可能会问，这样的产品是否有市场？对于那些追求最后 1% 品质的人来讲，是不在乎多花几倍价钱的，因此市场一定有。当然，这样的奢侈品就和普通人的生活无关了，因为它们是非必需品。

最顶端、非必需品的市场毕竟有限，而且受到经济周期的影响特别明显，奢侈品企业的业绩也就难以有比较快的成长，更难以上市融资。因此在很长的时间里，奢侈品的厂商就像小作坊一样，完全是家族经营。比如爱马仕公司在成立 160 年后才在法国上市，而且该家族依然握有绝对多数的股票。

在 20 世纪 30 年代整个西方的经济危机开始以前，以法国企业为代表的奢侈品行业达到了一个顶峰，当时全法国有 30 万工匠制作奢侈品，除了供应欧洲已经衰落的贵族，还提供给来自英国、俄罗斯和美国的富豪们。

奢侈品市场的变局出现在第二次世界大战之后，由于欧洲的经济受到战争的打击，高消费力的顶层家族消失殆尽，因此很多生产奢侈品的家族企业难以为继。从 20 世纪 60 年代开始，欧美很多家族企业开始从股市上融资，以获得足够的资金保证在经济周期的上行和下行阶段都能维持企业的发展。

虽然说上市有利有弊，但最终还是那些选择了上市的公司发展比较稳定，而以家族企业存在的公司失去了很多机会。罗斯柴尔德家族在受两次世界大战打击后，最后一次错失机会就是在 20 世纪 60 年代。当时很多资产管理公司和投资银行都通过上市融资抢到了发展的机遇，而该家族过于保守，从此业务不断萎缩。而要想成为上市公司，收入就必须稳定，这就需要有较大的市场基础，而不能只为少数人服务，于是准备上市的奢侈品公司就要扩大自己的消费群体。

接下来奢侈品行业的从业者们需要面对一个新的难题，即如何能够让更多人在消费自家商品的同时，还能够做到保证品质，维持品牌。第一个走出自己小圈子的人可能要属小保时捷了。

保时捷父子都是世界著名的汽车设计大师，致力于制造性能最好的日常使用的汽车（不是专门为赛道比赛设计的）。当他们设计出该公司的第一款高性能汽车"356"之后，面临着一个问题：如何让不是富豪的超跑迷也买得起，而不是将它变成另一个法拉利。

小保时捷到福特公司取经，发现即便是极致的跑车，还是有可能实现流水线生产。这使得保时捷汽车的价格可以比类似性能的法拉利便宜一半，因而不仅顶级富豪可以拥有，那些喜欢汽车的发烧友也有可能成为它的顾客。

但也因为这个原因，相较于始终追求少量高端产品的汽车品牌，诸如法拉利和兰博基尼，保时捷汽车在品牌形象上就显得不那么高级，虽然它的性能其实不比任何汽车差——保时捷的 918 Spyder 今天依然保持着 0 ～ 60 英里最快加速的纪录（体育比赛的赛车和只生产一辆展示性能的极致跑车除外），另外它也是获得测试汽车极致性能的勒芒（Le Mans）24 小时耐力赛 [33] 冠军最多的品牌。

基本上欧洲人在第二次世界大战后，花了三十年的时间才想清楚如何兼顾质与量的关系，最早完美解决这个问题的当属世界钟表界的传奇人物尼古拉斯·哈耶克（Nicolas Hayek）。简单地讲，哈耶克的做法就是为高端品牌打造一个防火墙，不让廉价的竞争者进入，同时用子品牌打低端消费品市场。关于哈耶克拯救瑞士钟表业的细节，会在后面详细介绍。

哈耶克的成功是欧洲奢侈品工业成功自救的代表。在时尚奢侈品行业，今天最为著名的奢侈品集团 LVMH（酩悦·轩尼诗 — 路易·威登集团）走的也是类似的道路。

1971 年，效益不好的香槟酒公司酩悦和同样遇到困境的干邑酒庄的轩尼诗合并，成立了酩悦·轩尼诗集团，十多年后（1983 年）又和发展缓慢的路易·威登公司合并，之后又并购了很多奢侈品品牌，终于成了今天全球最大的奢侈品集团。

---

[33] 勒芒 24 小时耐力赛：每年 6 月在法国的勒芒举办的汽车赛事。3 位车手为一个车组，驾驶一台赛车，完成连续 24 小时的竞赛。与世界一级方程式竞标赛（F1）、世界汽车拉力锦标赛（WRC）并称为世界最著名和最艰苦的三大汽车赛事。

在合并之前，路易·威登的年营业额（1977 年）仅有 1400 万美元，对于一个百年老店来讲简直少得可怜。但是在 2016 年，该集团的营业额高达 100 亿美元，涨了 700 倍，比全世界的 GDP 增长还快。

LVMH 是怎么做到这一点的呢？它的方法和哈耶克的做法类似，一方面大量地并购和控股品牌，另一方面推出很多大众买得起的产品，包括香水、化妆品和小饰物，以及原材料相对廉价的箱包。很多人舍不得花两三千美元买一个皮包，但花几十美元买一瓶迪奥（Christan Dior）的香水、一盒娇兰（Guerlain）的粉饼，或者花几百美元买一个路易·威登的钥匙包和 iPhone 皮套还是可以的。

但实际上，这些品牌的饰品和配件的利润率远比箱包高得多，而且按照托马斯女士的讲法，它们在质量上也并不是很考究，早已算不上是奢侈品了，甚至路易·威登和很多大牌的坤包 [34] 本身也早已是中国制造（这一点我们后面还会谈到）。也正因如此，《奢侈的》作者托马斯女士认为，今天大家花了很多钱购买的奢侈品，其实早已不是当年欧洲贵族用的东西。因此，她才将自己书的副书名定为"奢侈品是如何失去光泽的"。

为了控制价格、保证产量，大部分大牌奢侈品都已经不是 100% 在品牌所在国制造，很多贴了"法国制造"或者"意大利制造"的包和成衣，其实都是在中国制造的，这又是怎么一回事呢？我们在下节详细介绍。

---

[34] 坤包：指代女性所用的挎包、手提包。

奢侈品的中国制造

今天绝大部分奢侈品已经从过去的纯手工制品变成了生产线上的批量产品，或者说"高端工业品"。只不过和一般工业品不同的是，它们通常设计得非常漂亮，而且制作精良。这样的大牌产品，其实只要设计师完成设计，有先进的生产线和足够多的工人，并且控制好产品质量，要多少就能生产多少，因而并没有什么理由只让它们在法国或者意大利制造。这也就是为什么托马斯女士讲奢侈品正在失去光泽的原因。当奢侈品变为工业品之后，炫耀这些价格昂贵的商品就没有太大的意义了。

不过直到今天，这些完全工业化的奢侈品，很多依然在铭牌上写着"法国制造"或者"意大利制造"，虽然它们其实绝大部分来自于"中国制造"。这一点大部分局外人并不知道，但在行业里却是公开的秘密。托马斯女士为了证实这一点，到广东的一些工厂外蹲点取证，然后找到相关公司的负责人证实。在她不断的逼问下，那些公司的负责人不得不承认为了降低成本，他们都在逐渐将生产线搬到中国。

2005 年普拉达的总裁帕吉欧·贝尔特利（Patrizio Bertelli）向《金融时报》承认，其公司的皮具是中国制造的。今天，很多普拉达高端服装都是越南制造，它甚至不介意贴上中国制造或者越南制造的标签。当然，还有很多公司至今没有承认"亚洲制造"。

2006 年，博柏利（Burberry）[35] 在关闭南威尔士工厂时，英国首相还出面请求公司将这个英国传统品牌的生产线更多地留在英国，但是博柏利讲，如果这样就无法与其他品牌竞争了，于是它相继关闭了两家英国工厂，转而在亚洲制造成品。

除了成本的考虑，欧洲大牌厂家要将奢侈品制造放到中国的原因是法国或者意大利等国家劳动力成本高，很难找到足够数量的工匠维持大规模生产。

---

[35] 博柏利：创立于 1856 年，极具英国传统风格的奢侈品品牌。曾将英国国内的制造工厂全部转移，但在 2015 年开始宣布重新在英国投资建立新的制造厂。

在过去，制造奢侈品是一种手艺，常常是家族成员将手艺一代代传下去，但是今天，这些工匠的孩子不再愿意当工匠，他们成了律师、医生等专业人士。因此，当奢侈品快速商业化，需要提高产量的时候，欧洲根本造不出足够多的奢侈品。

于是，法国或者意大利的师傅们带着机器设备来到中国，教授18～20岁的女工们手艺，在他们的监督下，中国生产线上的女孩们辛辛苦苦地为全世界生产奢侈品。

托马斯女士参观过一些工厂，她的印象是这些中国女孩子们学习速度非常快，不过她们和欧洲工匠们的工作方式不同。过去欧洲的工匠做一个手袋时几乎要从头缝到尾，而中国生产线上的女工则是每个人完成流水线上的一个工序。培养一个流水线上的熟练工，要比培养一个工匠便宜得多。

当然，意大利还有一些品牌招收来自中国的学徒，在一些半封闭的厂区学习手艺，然后在生产线上制作奢侈品，这样的成本介于中国制造和过去完全的意大利制造之间。这是奢侈品的第二种批量生产方法。2011年，日本HNK拍摄了一部纪录片《意大利品牌中国人造》，讲的就是这件事。根据这部纪录片介绍，在意大利轻工业的中心普拉托，1/5的居民都是中国人，他们有些是到意大利办工厂的，但大部分人则是从20世纪80年代偷渡过去的。那里有3000家中国人开办的工厂，员工都是低收入的中国移民，很多是意大利著名名牌的代工厂工人。这部纪录片播出后，一度引起舆论哗然，但是各大奢侈品牌很快通过宣传和公关消除了它的影响。今天并没有多少人知道这部纪录片。

今天大牌奢侈品的第三种制造方式是转包给合同商。20 世纪 60 年代，古驰的工匠巴齐（Carlo Bacci）离开了古驰，自己开了一家公司，专门接古驰的订单。他麾下有几十名工人，每个月生产 250 个手袋。这些手袋是古驰最复杂、最高端的产品，因此它们不会被拿到中国制造。

由于采用了以上三种方式大规模生产奢侈品，世界很多大牌奢侈品产量剧增。1994 ~ 1998 年短短的四年里，古驰旗下的箱包（除古驰外，还包括圣罗兰（Yves Saint Laurent）[36]、葆蝶家（Bottega Veneta）[37]等），产量从 64 万件增至 240 万件，涨了近 3 倍。

但是，接下来大家肯定会有争议，这样制造出来的商品是否有资格贴上"法国制造"或者"意大利制造"的铭牌和原有的商标？很多人讲不应该，这在情理之中。但是整个行业并不认为使用"法国制造"或者"意大利制造"是个问题。厂家的理由有下面四点。

首先，那些工厂，即便在中国，也是专门为奢侈品品牌生产产品的工厂，并非代工厂。

[36] 圣罗兰：法国奢侈品品牌，由伊夫·圣罗兰（Yves Saint Laurent）创立。

[37] 葆蝶家：意大利奢侈品品牌，采用传统意大利皮革工艺制造产品。

其次，那些工厂的师傅和设备来自于法国或者意大利，工艺也是厂家设计的，只是借助中国女工的手制作而已。

古驰的前产品设计总监伯格吉奥里尼（Alessandro Poggiolini）拿着中国制造的手袋给托马斯女士看，称其"质量相当好"。另外在成本方面，即便在中国采用流水线作业，由于质量把控得比较严格，残次品一律销毁，制造成本也最多比意大利制造节省 30% ～ 40%，因此价格并不是那么便宜。

再次，今天奢侈品的生产本身是全球化合作的结果。一个手袋里面会有一小部分是意大利或者法国制造，比如手袋上的小锁、绣花等配件。而拉链可能是日本制造，衬布可能是韩国造，当然最后可能是在中国加工完成。

最后，也是最关键的，奢侈品上的商标铭牌是那些大牌公司自己制造的。因为这是奢侈品品牌控制产量、杜绝 A 货（仿品）的手段。各公司不会多给工厂哪怕一张商标铭牌。

接下来你可能会想，如果是这样，那么花了大价钱买了中国制造的奢侈品是否物有所值？我倒是觉得，不用太纠结产地，更不用纠结制作者的身份。大部分中国制造的奢侈品的质量还是有保障的，而且它们的设计毕竟来自著名的设计师。事实上今天的工业品只要做好质量管理，品质是能够保障的。当然，按照托马斯女士的讲法，20世纪90年代那些真正的意大利或法国手工制造的时装，和今天的看上去一样，而从中国生产线上做出来的服装相比，质量还是略胜一筹。

对于中国制造的奢侈品，我也有个人的看法。

（1）中国制造的整体质量并不差，值得中国人骄傲。

（2）由于全球化的分工，那些大牌厂家已经很难将送给中国的工作机会再拿回去了。今天的法国和意大利很难找到大量能够做箱包的技师，如果一定要坚持在法国或者意大利制造，一年也做不出几件商品。

（3）炫耀自己身上的东西是哪里制造其实毫无意义。对奢侈品的使用者来讲，品质、款式和搭配更重要。

（4）类似地，今天很多高端工业品也是从欧洲制造转变成亚洲制造，比如德国蔡司的相机镜头、瑞典哈苏的相机镜头等。即使完全在德国制造的徕卡镜头，玻璃也是从亚洲进口的。从长远来讲，东亚比欧洲经济的发展要健康得多，而只有在一个健康的经济体中，产品的质量才能有长期的保障。

当然，你可能会问，今天还有没有当年那种极为精致，纯手工制造的奢侈品呢？还是有的。今天爱马仕依然承袭上百年的手工制作传统，一针一线地在缝制它的手袋，甚至是丝巾。当然，这样的产品价格不菲，数量稀缺。

爱马仕的历史可以追溯到 1837 年，由蒂埃里·爱马仕（Thierry Hermes）创立。Hermes 这个词按照国际音标的读法，读音应该是"赫尔马斯"，但是在法语中"H"不发音，因此读音变成了"厄麦斯"，中文名称取成"爱马仕"非常贴切，这不仅因为读音相似，而且它原来就是生产马具的公司。

不过，爱马仕早期的顾客不是普通人，而是像拿破仑三世和俄国沙皇这样的皇室和贵族。到了 19 世纪末，爱马仕才开始制作女性手袋，当然今天它也因这些手袋而被大众所熟知。

到了第一次世界大战之后，特别是第二次世界大战后，爱马仕也开始生产相对廉价的丝巾、珠宝和香水等。从销量来看，这些价格在几百美元到两三千美元的商品更容易吸引一些中高阶层的人士。爱马仕曾经在圣诞节期间创造了平均每半分钟销售一套丝巾的纪录，要知道它那些 90 厘米见方、75 克重的丝巾，一条要卖 400 美元左右。

大部分购买爱马仕商品的人，其实很难买得起它上万甚至几万美元的手袋或者更贵的商品。但是，拥有一件爱马仕的商品，成了很多女性的梦想。因此，从品牌营销的角度，爱马仕做到了既维持原有品牌的价值，又扩大了消费群体。

全球免税店DFS（Duty Free Shop）北美区的总经理对我讲，爱马仕也想通过这种方式，将认可其品牌的年轻人在未来有消费能力之后，变成它真正的高端客户。比如今天一些年轻的女性花了400美元购买了一条相对廉价的批量生产的丝巾，将来可能会愿意花8000美元购买一条纯手工制作、镶满珠宝的开司米围巾。至于爱马仕最高端、最具人气的手袋凯莉包和铂金包，则是很多女性梦寐以求的，而大部分凯莉包和铂金包的拥有者，也是从购买较便宜的手袋开始的。

我之所以研究奢侈品，很重要的目的是学习它们的营销方式，它们能让那么多消费者乐于掏钱购买那么贵的东西，这里面的学问非常大。

奢侈品为什么那么贵

既然除了爱马仕之外,大部分奢侈品其实是工业品,为什么它们仍有高昂的价格?它们定价的原则到底是什么?价格里面都包含了哪些成本?比如,同样是一两万元的手袋,有多少成本来自材料和做工本身,又有多少来自明星的代言?了解这些,我们才知道花了普通商品好几倍的价钱买的奢侈品是否物有所值。这一节我们就来谈谈这个话题。

首先需要说明的是,即便是按照工业品的生产方式制造,不同奢侈品之间也不具有多少可比性,即便是同一个品牌,不同材料和质地的物品也是如此。这不同于买汽车,大小、性能差不多的丰田和本田车具有较高的可比性。但除去这个因素,奢侈品的定价还是有一些规律可循。

奢侈品的定价首先和成本有关，这一点和所有商品一样。而在奢侈品的成本中，大致由两部分组成，一部分是固定成本，另一部分是隐性成本。

一些对奢侈品毫无了解的人常常喜欢大放厥词，比如他们会讲，一个20000元的 LV 包，成本最多 500 元。而实际情况是，500 元还真拿下不来。它的固定成本是多少呢？通常是零售价的 20% ~ 25%。

20000 元的包扣除中国 30% 的关税之前，大约是 14000 元，差不多2000 美元，因此它的成本是 400 ~ 500 美元。这里面大约又可以细分为三种成本，材料成本、人工成本和工厂运营成本。

在奢侈品市场上，一个鳄鱼皮的手袋是不可能和一个 PVC 帆布材料的同类产品卖同一个价钱的。即使是同一个品牌，同一种手袋，不同的材料之间依然有价格差异。以爱马仕的鳄鱼皮凯莉包为例，它的材料有三种来源，澳大利亚的海湾鳄（Crocodile）、非洲的尼罗鳄，以及美国佛罗里达的短吻鳄（Alligator，其实和 Crocodile 不是同一种动物），第一种和第三种的价格大致相差 5000 美元。

那么，它们这三种鳄鱼皮有无优劣之分呢？其实它们质地的强度差异并不大，但是外观上稍有差别。澳大利亚海湾鳄鱼皮的腹部中央的正方形鳞片均匀整齐，最为漂亮。尼罗鳄的鳞片稍大，而短吻鳄中央的鳞片是长方形的，美观上稍差。顺便讲一句，这些鳄鱼都是人工养殖，并不是野生的。

固定成本的第二部分是人工成本，主要是生产车间里工人的成本。一些品牌会强调某些产品是批量生产、手工生产，或是特定技师制作等。这些产品即使看上去差别不大，价格上也会有所不同。

比如爱尔兰沃特福德（Waterford）的水晶器，有些是匈牙利工厂制造，它们和爱尔兰原厂制造的区别就是前者要便宜些。拉夫·劳伦（Ralph Lauren）大部分服装是大众化的，在东南亚国家制造，但是也有一些式样和品质非常好、价格非常高的精品，则由日本制造，数量比较少。

当然，任何品牌都不会让两个国家生产同一型号的产品，它们会通过型号的不同来区别定价。在一些奥特莱斯（Outlets）中卖的打折的产品型号和奢侈品精品店卖的型号是不同的。

第三部分固定成本是工厂运营的成本，这和它所在地的商业环境有关。在一些国家，建工厂的环境成本很高，环保的费用、工会的成本都不能忽略，而在中国，这方面成本很低。实际上如果让奢侈品公司都在法国或者意大利制造它们的商品，成本可能要上升 2/3 左右，也就是说制造成本占到了售价的 30% ~ 40%，这时奢侈品公司几乎无法盈利。

了解到上面这些因素，大家就知道正牌奢侈品是不可能以极低的价格出售的。

而关于隐性成本，这里面种类就多了，不同品牌在各个领域投入的隐性成本也不同，通常我们大家能够了解到的就是代言和广告成本。

在过去的几年里，有一款品牌的服装和消费品在中国卖得非常好，大街小巷都能看到，它就是 MK（Michael Kors）。MK 其实并不是一个历史很长的品牌，但是它的创始人、设计师迈克·高仕很会做生意。总的来讲它的质量和款式都不错，但产品却是大路货。

MK 成功之处是在价位上讨了一个巧，定位在中档品牌和奢侈品之间。这样的价位原本是很尴尬的，因为中产阶级要咬咬牙才会愿意买，而高消费人士不会考虑它，因此大部分奢侈品品牌不讨这个巧。不过迈克·高仕找了很多知名人士给品牌代言或者变相做软广告，包括安吉丽娜·朱莉、詹妮弗·洛佩兹和伊万卡·特朗普等人。另外，两位第一夫人米歇尔·奥巴马和梅兰娜·特朗普也是它的顾客。

在进入中国时，MK 也找了一些艺人代言。再加上对外宣传美国很多名流都在用（也确实如此），中产阶级觉得花了其他品牌几分之一的价钱就买到了奢侈品，于是纷纷购买。

MK 的这种策略其实是利用了人们在消费时喜欢占便宜的心理。当然，购买者没有想到，那些代言的费用和其他市场推广的费用，就自然而然地成了他们所购商品的隐性成本。

代言成本是几乎所有品牌都需要花的钱，但是对奢侈品来讲，还有两项人们通常不了解的隐性成本。

首先是库存成本。大家可能注意到，法国的一线品牌，比如路易·威登、迪奥和香奈儿的服装和手袋从来不降价，过季就下架。而一些意大利品牌，比如古驰、普拉达和菲拉格慕，就会有降价的时候。由于那些法国一线品牌不降价，大家也就只好原价购买，而且不用考虑等到降价的季节再买。另外，在米兰最大的高端百货店老佛爷（位于米兰主座大教堂旁边），那些一线品牌的时装，比如普拉达和古驰，并非一年四季都有女装出售，它们只有在春秋两次时装节之后出售一段时间，然后就永久性地下架。一年里有一半的时间，那里的普拉达和古驰专卖店里都只有少量的男装出售，并没有女装。奢侈品牌的这种做法带来一个明显的好处，不仅价格能够卖得高，而且市场策略非常简单。但是，这样做是有成本的，因为那些过季的产品都被销毁了。被销毁产品的成本就转嫁到了售出的商品上。

还有一些意大利的一线产品，虽然降价，但是它们会给精品店足够长的销售期，在此之后会在库房里存放很长时间，有时长达一年，才拿到奥特莱斯或者折扣店去降价出售，这种库存的成本（导致资本的回报偏低），自然也算到了商品售价中。

所以，以折扣价购买意大利一线品牌要比购买法国一线品牌更划算，但是从将来卖掉二手货兑现来讲，前者贬值就特别快，而后者不但不贬值，一些产品由于稀缺，有些二手的卖得比一手的还贵，比如爱马仕或者香奈儿的一些手袋，因为市面上不再有一手货出售，或者预订新的一手货需要等上一年。

奢侈品的第二个隐性成本人们通常注意不到，就是针对极高端人群的市场营销费用。这种营销可以是花钱请一些重要客户在酒庄享受一个周末的时光，或者是在海边度假村进行两天的旅游活动，又或者是在某家米其林餐厅的私人晚宴等，这些活动人均消费高得出奇。举个例子，我有一次目测了这样一场活动所使用的玫瑰花数量，人均 40 ~ 50 枝，此外还使用了大量的其他鲜花，这还仅仅是活动较少的一部分费用支出，而所有费用最终都要转嫁到奢侈品的价格上。当然，那些极高端人群其实只占品牌用户很小的比例，即使奢侈品买得多，总金额占比也未必那么高，为什么奢侈品公司要花大价钱做他们的市场呢？原因很简单，只有那些人使用某种奢侈品，消费能力稍低一些的人才会跟着使用。

爱马仕著名的凯莉包就是因为摩纳哥王妃格蕾丝·凯莉使用，才得到全世界富家女的追捧。有一次我和罗辑思维的李倩老师聊天，她原来是从事奢侈品杂志相关工作的，她讲了一个很有趣的观点，如果巴黎的女性不使用路易·威登手袋，中国人也不会购买。这也表明了在奢侈品行业引导的作用，当然，让一些人愿意去引导是要付出成本的。

除了显性和隐性的成本，决定奢侈品价格的因素还包括厂家人为制造出的稀缺性。今天除了少数纯手工制品，大部分奢侈品其实很容易增加产量，但是厂家为了维护价格不选择增产。过去，每家奢侈品生产厂商都是独立运营，因此还有可能为了市场占有率而增产降价，但是当很多奢侈品品牌被一两家全球化的奢侈品公司所控制时，这种情况就被禁止了。

像 LVMH 集团、古驰控制了许多时装和其他品类的奢侈品牌，瑞士钟表集团则控制了很多传统的名表公司，它们就获得了奢侈品市场的定价权。

在香水市场，除了香奈儿、迪奥和娇兰等传统的香水品牌是自己生产、自己研发，其他都是贴牌产品。摩拜单车的创始人王晓峰先生曾经担任过世界上最大的香水公司在中国的总经理，据他讲，世界上有一半香水的品牌都是由该公司生产。

那些香水出厂价要控制在每盎司1欧元左右，装瓶包装后出厂成本大约在5欧元，卖给批发商的价格在10欧元以内，而最后的零售价则在20～30欧元，至于定价是高是低，则是不同品牌定位，以及市场推广的结果，但有一点是明确的，广告代言的成本要比香水本身的成本高。

当香水过期后，应该收回销毁，这时每盎司香水的回收处理成本高达四五欧元以上，因此很多品牌会将香水在过期前送到奥特莱斯降价出售，而另一些则会予以销毁，以维持高价。

还有很多奢侈品在定价上考虑了消费者的心理和承受因素，不断调高定价，让大家觉得今天不买就亏了，像路易·威登和普拉达就是如此，它们商品价格的上涨常常比通货膨胀和同类品牌要略高。

在美国，路易·威登的手袋比十年前涨了将近一倍的价格，尽管欧元的汇率还略有下跌。通常厂家在定价前，会让经销商给出它们对消费者能接受价格的判断作为参考，然后取一个中间的合理价格。

决定奢侈品定价的最后一个因素是关税，中国是全世界关税最高的国家之一，奢侈品的价格大约比美国高 30%，比法国或者意大利高 40%（退税后），因此很多女生会买张飞机票到巴黎买两个路易·威登的手袋，或者一个爱马仕的手袋，比在北京购买更便宜。

为了方便记忆，我把决定奢侈品定价的因素列了这样一个清单：

（1）材料成本

（2）加工成本

（3）商业运营成本

（4）代言和广告投入

（5）高端商业活动的投入

（6）库存和销毁成本

（7）消费者对价格的预期

（8）关税

此外，卖家总比买家精明，不要认为从奥特莱斯购买降价商品就一定讨到了便宜，因为它们卖的东西和精品店常常不一样。

奢侈品热销的秘诀

在前面一节里，我们其实已经多少谈到了一些奢侈品销售的秘诀，这也是我研究奢侈品的初衷，而我相信这些秘诀在我们做很多事情上，以及帮助我们获得人生收益最大化上，会有所帮助。

正品与高仿的奢侈品，只要稍微细细地比较，高下立判。我从来不建议购买高仿或假货，因为这会影响他人对你的判断。因此，我通常觉得，如果买不起路易·威登的包，用一个蔻驰（Coach）或者 MK（Michael Kors）的也不错，但不要用假的。

我研究奢侈品最主要的目的是两个，一个是为什么他们能把东西设计和制造好，另一个是为什么他们能够做好市场营销。

我常常会将一个奢侈品（或者最高档的商品）和一个一般的高档产品同时买回来进行比较，研究它们的细微差别。最后我得到一个结论，前者其实只比后者好一点点，或许只有 20% 左右，但是价格可以高出几倍。

我们不妨看一些具体的例子。我对比过徕卡德国原厂的镜头、德国蔡司在日本生产的镜头，以及日本尼康在本国生产的镜头，从拍出照片的效果看，第一个比第二个略微好一点，第二个比第三个略微好一点。但是从价钱上对比，它们大约是 7:2:1 的关系。也就是说，大家为了稍微提高性能大约要花好几倍的钱。

我也对比过香奈儿限量版和它一般的手袋，以及古驰一般的手袋，第一个明显比第二个漂亮，而且做工精细；第二个和第三个虽然各有千秋，但是让女生们拿出去用，她们会觉得在大部分场合第二个比第三个更合适，它们的价格比大约是 6:3:2。很多时候，奢侈品价格贵是有道理的，因为花的工夫多，但是价格的差异绝不会和花的工夫成正比，而是边际递增速度要快得多，这个特点常常在非奢侈品领域也成立，并成为指导我工作的方法。

我在写过几本销量不错的书之后，有不少营销策划人士找上门来希望与我合作出书，并且开出很好的条件，设计了大投入的营销方案，但是我一看他们出的书的品质后就摇头。然后我给他们讲了两个画家的故事，第一个画家花了两天作画，然后花了半年才将它卖出去，第二个画家花了半年作画，半天就卖出去了。虽然两个人花的总时间是一样的，但是收入可差远了。

出书、做文化类的产品也是如此，要把它当作奢侈品来做，宁可多花点时间做一本好书、一部好的电影，也不要花大量时间去推广一本平庸的书、一部挨骂的影视作品。

不过，今天很多人可不是这么想的，他们推出很多廉价的服务，然后试图通过低价、免费，甚至补贴等方式推广（比如说一些手机 APP 花钱买流量、让手机厂商预装，或者给钱让用户安装），并且美其名曰互联网思维。接下来，他们希望当他们的产品占有很大市场份额时可以开始收费盈利，但是这一天永远不会到来，因为他们的东西真的不值钱。相反，那些收费，甚至收费不低的产品，未必不具备互联互通的特点，最典型的就是 iPhone。iPhone 的销售大量依靠网上直销，这和传统的商业方式不同，但是它照样卖高价。类似地，互联网思维最典型的代表是谷歌公司，它的每一款自己品牌的手机卖得都比同档次的安卓系统的手机贵得多。那些做不出好商品，拿互联网思维说事的人，不过是在为自己低质不受欢迎的商品找借口。

那么做得好的商品是否就能卖得好呢？也未必。花了很多工夫制造的奢侈品要想卖得好，除了通常的市场营销外，还需要具备这样三个条件。

第一个条件，它们本身需要有技术含量，但对于技术进步又有免疫力。奢侈品总有一些只有它们能做到，同类商品做不到的地方，但这还不够。世界上有一些商品是能够对抗通货膨胀的，比如斯坦威的钢琴和百达翡丽的手表。今天你买一架斯坦威的二手钢琴，基本上就是它当年新钢琴的售价加上这些年来的通货膨胀率。

我曾经在琴行看到过一架 80 年前的斯坦威钢琴，已经相当旧了，但今天的售价依然是 30000 多美元，虽然它的音质和今天新的同类斯坦威钢琴（5 万 ~ 6 万美元）相比有些差距，但是象牙的琴键显得古色古香，圆润如玉的音色可以让人感受到近一个世纪前的优雅。

类似地，百达翡丽几十年前的自动手表今天依然价格不菲，个别的限量版现在可以卖到上百万美元，而同类的新表不过 10 万美元左右。

这些商品能够加价出售的原因是，虽然今天生产它们的工时可能比当年有所减少，但是工人的工资增加要快于通货膨胀，因此新品的价格上升很快，以至于那些质量很好，能够使用上百年的钢琴或者手表维持了较高的价格。

和这样的产品相反的是，那些随着技术进步性能不断提升的产品，比如数码相机、智能手表甚至是汽车，二手货都很难维持原价，更不要说涨价了。一款 3 年前的徕卡数码相机（机身），由于分辨率抵不上今天最新的型号，就不太会有人购买了。

苹果公司推出智能手表 Apple Watch 时，还推出了奢侈版的金表，售价在 1 万美元 ~ 2 万美元。我当时就推断它卖不出去，但是苹果的粉丝不同意，觉得总有土豪级的果粉会埋单，后来证明果然像我说的那样，这款表停产了。

个中原因很容易理解，Apple Watch 今天还需要时不时地更新操作系统，由于安迪 - 比尔定律（Andy and Bill's law）[38] 的存在，像 Apple Watch 这种时不时需要更新软件的电子产品 3 年后基本上就"慢得"无法使用，没有人会买个金表壳扔在家里，这说明它不适合采用奢侈品的销售模式。类似地，我曾说过诺基亚和英国威图（Vertu）合作生产的奢侈品手机最终会失败，果然 2017 年威图公司破产。

一款奢侈品想卖得好，第二个条件是二手货的流动性，这非常重要。这一点怎么理解呢？做投资的人都知道，流动性越好的资产大家越敢花钱买，而不容易变现的资产找到买家就比较困难，在奢侈品市场也是如此。比如西班牙奢侈品瓷器 lladro 的二手货在拍卖会上，甚至是在 eBay 的网站上都很容易以高价卖掉。爱马仕的手袋、徕卡的镜头、莱俪（Lalique）的水晶也都是如此。这样的产品，它们的新品自然容易卖掉，因为即使不用了也可以拿到二手市场兑现。但是非限量版的路易·威登或者卡地亚手袋，就没有如此好运，它们在二手市场并不容易出手，因此新品就要做广告推销。

即便是同一个品牌的不同产品，也会存在容易兑现和不容易兑现的区别，比如宝格丽或者卡地亚的二手手镯或者项链很容易卖掉，但是二手戒指非常难卖，因为前者是一个通用产品，后者过于个性化，而且很多人甚至还在戒指上刻了字。除非这个刻字的是戴安娜王妃或者伊万卡·特朗普这样的名人，否则没有人想要别人的戒指。

[38] 安迪 - 比尔定律：描述硬件产商和软件产商之间的关系定律。"安迪"指原英特尔公司 CEO 安迪·格鲁夫（Andy Grove）、"比尔"指微软创始人比尔·盖茨。

于是，在宝格丽和卡地亚的商店里，很多人买项链时比较随意，直接就掏钱了，买戒指时就非常小心，因为一旦想要出手，是很难找到人接手的。

艺术品的销售和奢侈品的销售有相似的地方，因此不同艺术家的作品能否卖得好和它们在二手市场上的流动性关系特别大。毕加索或者夏加尔的绘画之所以卖得好，很重要的一个原因就是它们价格稳定，无论兑现，还是收藏一段时间后回报很高时套现都非常容易，因此一些收藏家喜欢收藏这些艺术家的作品。

但是一些相对小众的艺术家，包括一些大画家，虽然他们的绘画偶尔能够卖到天价——因为赶上了几个喜欢他们绘画的人，但也有的时候会很长时间卖不出去（我在日本就见过卖不出去的雷诺阿的画），因为收藏家买这些画会极为谨慎。当然，你可以认为毕加索绘画的价值被高估，而雷诺阿的画被低估了。

类似地，国内一些瓷器大师的作品相比 Lladro 的瓷器都卖不出什么好价格，它们并非制作得不够好，而是因为他们的产品没有形成品牌，导致在市场上缺乏流动性。工艺品和奢侈品想要长期卖得好，就要花大力气做品牌宣传。

二手货的流动性不仅影响奢侈品的价格和销售，也适用于必需品的销售。在美国，教科书卖得非常贵，比如一本科尔曼（Thomas Cormen）写的《算法导论》在大学的书店里卖 99 美元，亚马逊上也要卖 75 美元，

如果加上销售税，售价可能会高达 110 美元，但它的中译本只卖 100
元人民币。而大部分其他的书，价格在美国和中国没有这么大的差异，
这说明《算法导论》这本畅销书在美国售价有点过高了。

像《算法导论》这种销量并不低的书能够高价卖出，不是因为它作为
科技书成本高，而是学生们用完之后可以用 5 ～ 6 折的价钱再卖出
去（最不济卖回给大学的书店，它们会以半价收购）。很多新生会买
二手教科书，因此通常一本教科书可以使用 3 ～ 4 次。而其他二手书，
通常只能卖到原价的 1/10 ～ 1/5，因为基本上看完一遍就没有用了，
因此新书售价也有限。

奢侈品要卖得好，第三个前提是有故事可以讲，当然这些故事需要足
够动听。下一节我会和大家分享香奈儿、古驰和普拉达背后的故事，
当然这些故事有真有假，不过故事的主人从不辟谣，因为感人的故事
有利于品牌的传播。

在商业上，很多道理是相通的，研究奢侈品的制作和销售，能够让我
们更好地理解商业，理解人们的心理，更好地做好我们自己的事情。

奢侈品背后的传奇故事

毕加索的画之所以卖得好，一个重要的原因是他会讲故事。同样，很多人喜欢奢侈品也是因为它们背后的故事。在所有奢侈品的传奇故事中，流传最广、最感人的恐怕要数下面这个。

普拉达的女儿缪西娅（Miuccia）年轻时曾经爱上一个英俊而有才气的艺术家，他们在一次飞行时，飞机出了故障，据说飞行员背了一个降落伞抢先跳了下去。当时飞机上只剩下一个降落伞，缪西娅要和男友同生共死，但男友把降落伞给她缪西娅上，将她推出了机舱。缪西娅获救，却从此和男友阴阳两隔。

后来，缪西娅也成了普拉达的设计师，为了纪念这位将生的希望留给她的男友，她用和那个降落伞一模一样的尼龙设计了普拉达的尼龙背包……

20年过去了。某天，缪西娅收到了一封信，信竟是她的那位前男友写来的！原来他奇迹般地生还了，但是已面目全非，而且还成了残疾人，因此只是给她报平安，希望她不要再找他。缪西娅顿时泪如雨下。她寻找了很多年，但最终也没能找到他。

因为这个爱情故事，许多女性都希望拥有一个普拉达的尼龙包，因为它的背后，有着设计者的爱情和生命……

这个感人的故事你信还是不信呢？不止一个人把这个故事讲给我听，他们自己显然是相信的，但是我将信将疑。让我对这个故事产生怀疑的，是降落伞所使用的尼龙材料和这个包用的材料可是相差十万八千里。降落伞的尼龙又薄又轻，可以用薄如蝉翼来形容，普拉达尼龙包的用料可不是那样，它非常厚实。后来证实，普拉达尼龙包所用的是厚重的帐篷帆布而非薄而轻的尼龙，当然，如果查一下缪西娅的生平，很容易知道她不曾有那样一段经历，也没有这样一段爱情。不过，在一些八卦网站，确实有上述说法，而普拉达从来没有辟谣，因为这样的传说对品牌的传播有非常大的正向效果。

当然，普拉达这个尼龙包的设计者的确是缪西娅，时间是20世纪80年代，那时缪西娅还年轻，她所设计的背包和其他一些时尚品代表了当时大家对"Ready-to-wear"时尚理念的追求。所谓 Ready-to-

普拉达带有传奇色彩的尼龙包（售价约 1000 美元）

wear 是指买回去不需要修改就可以直接穿，今天大部分人买的成衣
（法语 Confection）都是这种。与它对应的叫做 Haute-Couture（其
中 Haute 是高级的意思，Couture 是裁缝的意思），意思是为客人个
性化缝制的针线服装，比如重要社交场合中女士们的晚礼服，通常在
购买之后都要请裁缝量身修改，介于休闲和极为正式之间，普拉达大
部分服装属于这一类。为了区别相对正式，但略显老气的时装和缪西
娅所设计的略为年轻、休闲但低端一些的时装，普拉达用缪西娅的名
字创造了一个子品牌 Miu Miu，它可以被认为是普拉达的副牌。由于

Miu Miu 的读音有点像中文和东南亚语言，因此这个品牌在亚洲有不少消费者。

虽说缪西娅的这个故事是假的，但是关于香奈儿的很多故事则是真的。

香奈儿品牌的创始人可可·香奈儿（Coco Chanel）的一生充满了谜一样的传奇色彩。首先她的出生就是一个谜。香奈儿是一个私生女，出生在一所慈善医院，出生的时间是她自己说的，具体的出生地点也有争议，她所说的和一些人的猜测不同。

香奈儿从小是一个弃儿，12 岁时母亲得了肺结核去世，父亲抛弃了她。她在孤儿院里学会了裁缝手艺，然后只身一人闯荡巴黎。

接下来她的感情生活也是个谜。香奈儿一生未嫁，却和几个男人有亲密的关系。香奈儿事业的起步离不开那些男人，而那些男人也利用她赚钱。

今天大部分人知道香奈儿，是因为名气非常大的香奈儿 5 号香水（Chanel No.5），而实际上这款在全球畅销了近一个世纪的香水却没有给她带来很大的收益，因为大部分收入被别人拿走了。事情的经过大概是这样的：

1921 年，香奈儿想要推出自己的品牌香水，调制香水的化学家为她调出了很多种香水作为候选。盲测时，每一种香水给了一个标号，最后香奈儿挑中了第五号。至于为什么香奈儿没有给它取一个名字，就直接用序号做商标，香奈儿说，她在 5 月 5 日做过时装展，觉得 5 这个数字挺好。

但是，香水有了，销售却是个问题。因为市场推广费用很高，香奈儿就和当时的香水商人皮埃尔·沃特海姆（Pierre Wertheimer）一起成立了香奈儿香水公司（Perfume Chanel），这和香奈儿本人的服装生意是两回事。

在这家香水公司中，沃特海姆拥有 70% 的股份，为什么他占那么多呢？因为香水的市场推广费用要远比香水制造的成本高得多，今天依然如此。除了沃特海姆，巴黎著名的百货店老佛爷（Galeries Lafayette）的老板巴德（Théophile Bader）又占了 20% 的股份，因为香水要在那里卖，最后香奈儿自己只落得 10% 的股份。

虽然最后香奈儿 5 号本身获得了巨大的成功，但是香奈尔本人却从里面获益很小。这成了香奈儿的一件烦心事，她甚至一度想和香水公司决裂，宣布公司不能再使用自己的名字，但是最终她还是没有这么做。今天沃特海姆家族依然控制着香奈儿香水公司。

不过，香奈儿让利给时装业的大佬们，也让她得以借助那些商人的平台展示自己在服装设计上的天分。1923 年香奈儿设计了一款经典的小黑裙，简单而优雅，一扫当时巴黎时装界保守而过分考究的风气。

于是香奈儿的时装开始走红，当时的《时尚巴莎》杂志评论道，"简单就是所有真正的优雅的基调。香奈儿的设计永远保持简单和舒适的风格"。这种风格伴随了香奈儿的一生，并且让她成了现代主义时尚的代表。

特别是在第二次世界大战后，她简约的设计很受现代女性的欢迎，因为等待经济复苏的时期，无需讲究衣着的华丽。当然，今天的经济发展早已超过了第二次世界大战时的水平，但是大家的时尚品位再也没有回到过去的年代。

到了第二次世界大战期间，香奈儿想利用德国人反犹的机会，拿回了香奈儿香水的控制权，因为沃特海姆是犹太人，在德国占领法国时已经逃走。

香奈儿向德国人提出拿回公司股份的要求，但是精明的沃特海姆提前将公司的股份转移给了一个日耳曼人朋友 Félix Amiot，使得香奈儿的希望落空了。第二次世界大战后，这位朋友又将企业还给了沃特海姆。

在第二次世界大战时，香奈儿交了一个德国的纳粹男友，并且开始用德国人没收的犹太人的钱做生意。这也让她在战后一度陷入困境，1944年当自由法国运动（戴高乐领导的）回到巴黎之后，她开始被拘禁调查，至今很多人认为她是纳粹间谍（当然今天香奈儿公司对此否认）。

巴黎警察局的一份解密文件（Couturier and perfumer. Pseudonym: Westminster. Agent reference: F 7124. Signalled as suspect in the file）显示，她是代号为 7124 的纳粹间谍。后来美国传记作家沃恩将它写成了一本书《与敌共眠：可可·香奈儿的暗战》。当然，最终香奈儿的朋友温斯顿·丘吉尔（Winston Churchill）让盟军对她网开一面，因此香奈儿自己讲，"丘吉尔放过了她"。

香奈儿可谓才华横溢而且风姿绰约，因此一生绯闻不断，总是在讲故事。不过，就是靠着不断讲故事的本事，她才得以在被男人控制的时装业中站住脚，靠自己的努力从一个弃儿变为时装设计行业的女王。

在奢侈品行业里像香奈儿这样白手起家的人非常多，意大利最知名的奢侈品品牌古驰的创始人古驰欧·古驰也是如此。他是一个皮匠的孩子，过去在酒店做门童，看到形形色色的客人进出酒店时拿着各种箱包，就激起了做优质箱包的欲望。

后来他自己从学徒做起，掌握了做皮具的技艺，并到意大利手工业之都佛罗伦萨开了自己的皮包店。古驰做东西总是讲究皮革的质料与工艺，因此他的皮具品质很高，或者说具有早期奢侈品的特质。

但如果只是这样，古驰并不能成为一个知名的品牌，为了让大家记住他，古驰首创了将名字当成商标印在商品上的做法，今天两个倒扣在一起的首字母 G，成了最经典的商标设计。

古驰第二个成功的秘诀是迎合时代的特点。它第一款知名的手袋用了马衔和马镫的设计元素——形状非常像马镫的手袋，配以马衔和马镫的背带。古驰之所以这么设计是因为当时上流社会的人们很爱骑马。

第二次世界大战后，欧洲成了一片废墟，什么材料都缺乏，于是他从日本大量进口廉价而结实的竹子用于产品制作。古驰把细竹棍烤弯，做成手袋的手柄，在 1947 年推出了竹节包（Gucci Bamboo），今天这款包还是古驰的主流产品之一。

同时，由于欧洲战后皮革缺乏，古驰开始制作帆布包，为了增加这种廉价材料所做的商品的美感，它采用了意大利国旗的红绿颜色交叉装饰帆布。

20 世纪五六十年代，古驰公司开始进军海外市场。当时美国的第一夫人杰奎琳·肯尼迪（Jacqueline Kennedy）是美国的时尚代表（有点像今天的伊万卡·特朗普），于是古驰用杰奎琳名字的昵称（Jackie）做了一款 Jackie 包，在中国它被称为"贾姬包"（Jackie O）。

古驰公司一直在讲符合时代特点的故事，这使得它基业长青。不过，它一度因为四个继承人（四个儿子）之间扯不清楚的股权和控制权纠纷而衰落，后来被开云集团（Kering）收购后，由职业经理人和职业设计师管理，才避免了家族企业衰落的命运。

研究奢侈品对我最大的帮助，是理解如何做好一款产品，并且让别人愿意付费购买。一款好的产品需要有其他人提供不了的独特用途。因此，我告诉自己这辈子宁可不做事，也不要做"Me too"（我也行）的事情。

第二个启示是永远不要为了多卖一份东西而降价，因为这对出高价的顾客不公平。一个好的商品应该配得上一个高价，让拥有它的人具有荣誉感，这是奢侈品行业销售的精髓所在。

第三个启示是，随着时代的变化，要永远能讲出新的故事。

新时代奢侈品的定位

在同时保有品牌价值和扩大市场占有率方面，钟表工业界的传奇人物尼古拉斯·哈耶克（Nicolas Hayek）做得最出色，他几乎以一己之力拯救了瑞士钟表业。

瑞士这个国家很有意思，除了阳光和水，什么都没有，这也造就了瑞士人山一样的性格，以及做事情必须做到极致才能生存的特点。在这种情况下，瑞士的工业基本上具有所谓的"布尔值"的特点，也就是说"非 0 即 1"，要么没有，要么就做到世界第一。

而瑞士手表就是瑞士工业最好的例子。在过去，瑞士手表不仅是全世界精准计时的代名词，而且一度占了全球市场 90% 的销售额。

但是，到了 20 世纪 60 年代，情况发生了变化，石英计时的技术出现了。让石英钟扬名的是 1964 年东京奥运会，大家看到数字显示的准确计时，都觉得这是未来发展的方向。

那次奥运会后，瑞士人几乎和日本人同时推出了石英表。但是瑞士人遇到一个两难的问题，如果推广这种计时准确的石英表，必然会冲击利润很好的瑞士机械表市场，如果不推广，可能其他国家就会生产推广。

关于这一点，可以参考我在《浪潮之巅》中详细分析的摩托罗拉和诺基亚在手机上竞争的例子——为什么前者会错过数字化手机的最好时机。

就在瑞士人犹犹豫豫的时候，日本利用石英表进入了钟表业国际市场，手表的价格瞬间腰斩，然后以很快的速度继续下降，等到液晶电子表出来时，原本非常昂贵的手表基本上就不值钱了。

到了 20 世纪 80 年代，市面上充斥着精准可靠的平价日本手表，致使瑞士制造商的全球市场份额被压缩到 20%，整个行业岌岌可危。业界人士分析认为，高劳动力成本将令瑞士永远无法与日本竞争。日本在其最辉煌的年代，占据了世界手表市场销售额的 70%。

今天世界钟表市场是什么格局呢？瑞士人又拿回了占世界 55% 的销售额。转变是如何发生的？这在很大程度上是靠一个人——尼古拉斯·哈耶克，他完成了让瑞士钟表业浴火重生的壮举。

哈耶克对商机有灵敏的嗅觉，让后世很多人赞叹不已，认为他的商业天赋无人能及。但是如果仔细分析一下就会发现，他所有的决策都是非常理性而且有根据的，并非灵感所致，他确立的经营之道也是可复制的。哈耶克的经营管理经验，今天已经成了商学院教科书中的案例。

在 20 世纪 80 年代，瑞士的几个老牌手表制造厂濒临破产，瑞士联合银行（UBS）邀请哈耶克担任咨询师，寻求振兴之道。哈耶克认识到，瑞士手表的高质量是无人质疑的，但整个行业厂家众多，非常混乱，而且并未意识到全球商业环境的变化。

通过给瑞士当时两大手表制造商——瑞士钟表工业公司（Societé Suisse de l' Industrie Horlogère，简称 SSIH）和瑞士钟表总公司（Allgemeine Schweizerische Uhrenindustrie AG，简称 ASUAG）把脉，哈耶克发现瑞士手表企业沉迷于手表制造技术，未能从商业上思考消费者购买手表的本质原因。换句话说，制造过程和市场理解脱离。

哈耶克改变瑞士钟表业的第一件事情就是确立品牌定位。在过去，消费者之所以愿意付高价购买瑞士手表，是因为它们精准、可靠，在过去这是靠复杂的设计和高水平的工艺，但是石英表的出现让瑞士手表精确、可靠的优势瞬间丧失。于是哈耶克决意改变手表消费者的购买理念，从看时间变成彰显自我。

比如宇航员戴着欧米茄（Omega）手表，那么就将手表和探月联系起来。一些名流佩戴历史悠久的宝玑（Breguet）手表，就将手表和精致的生活联系起来，对瑞士高端手表来说，这个功能更有意义，也更容易体现价值。

哈耶克将他的想法写成一份报告，交给瑞士联合银行，并且被采纳了。利用瑞士联合银行所提供的资金，哈耶克将瑞士很多原本独立经营、亏损严重的钟表厂整合成斯沃琪集团（Swatch Group），当时它的旗下包括宝珀（Blancpain）、宝玑（Breguet）、浪琴（Longines）、欧米茄和雷达（Rado）等 18 个品牌。

当然，合并的过程复杂和冗长，但是哈耶克最终经过艰难的谈判，完成了这件事情。在合并的过程中，哈耶克坚持不让外行插手公司的业务，并且有意避免银行控制公司。1985 年，他出任公司的首席执行官。

在清楚了定位后，哈耶克用那些有传统、有信誉的高端品牌，比如宝玑、宝珀及德国最高档的品牌格拉苏蒂（Glashütte Original），为瑞士钟表业建立了防火墙。这些品牌的固有市场，是其他国家的工业品难以通过低价格进入的。

Swatch 旗下品牌

SWATCH GROUP

当然，有了防火墙还不等于盈利。接下来，哈耶克为挽救瑞士钟表业做的第二件事情是通过标准化和减少产品线数量来降低成本，提高利润。

并购之后，哈耶克大力推进部件与模具的自动化和标准化。以前由于瑞士钟表企业各自为战，规模都不大，部件都是各家自己制造，因此无法形成规模经济，产品质量也不稳定。在实现部件通用化之后，部件的生产得以集中控制，不仅实现了通用，而且质量稳定。

接下来，哈耶克让各个品牌将重点放在品牌建设和独立营销上，而不再控制生产环节。手表的生产，由他统一管理控制。这样斯沃琪集团逐渐消化了过剩的产能，有效控制了成本。哈耶克的这种做法，今天仍被大部分奢侈品集团所采用。

接着，哈耶克开始砍掉销售不好的产品线。他注意到欧米茄 80% 的销量来自不到 20% 的产品，于是将产品型号从 2000 个减少到 130 个，不仅让每一个产品销量上升，而且便于各个品牌找到自己的定位并做品牌推广。乔布斯在拯救苹果时砍掉了公司大部分产品线，其做法和哈耶克类似。

当然，如果仅仅用高端手表和日本便宜的手表竞争，斯沃琪依然无法接触到大众，难以有很高的市场占有率，最终品牌效应会因顾客老年化而消失。

因此，哈耶克还做了第三件事情，就是在优化瑞士传统手表制造的同时，创立了一个低端年轻化的品牌——斯沃琪，再用这个品牌争夺市场占有率。

瑞士手表过去价格居高不下除了手工制造成本高，还在于如果生产低端品牌的手表，就会稀释那些上百年的瑞士名牌，因此它们不能降价。

随着部件标准化的完成，瑞士钟表业其实并非在价格上做不到与日本手表竞争，而哈耶克要做的是采用一个新品牌做低端手表，而不使用原来的品牌。

于是哈耶克创立了斯沃琪（Swatch）品牌，他预计斯沃琪和其他低端手表每年能销售 500 万块。事实上，到了 1990 年，斯沃琪旗下各品牌的手表销量高达 2500 万块，其中大部分销量都是低端品牌提供的。

哈耶克的上述三条管理经验后来几乎被所有的奢侈品控股公司所采用。不过，哈耶克在管理上的一些有违信息时代管理特点的做法是否可取，大家其实也无从验证，这主要包括拒绝裁员和垂直整合。

哈耶克拒绝裁员的理由是避免熟练工人流失，但是在大部分国家这种做法通常会让企业僵化。

关于垂直整合，也违背现代社会强调分工协作的原则。在手表行业，日本公司采用由专门的集成电路公司设计石英表机芯的做法，可以降低大约一半的集成电路成本。但是哈耶克拒绝这样做，他坚持让自己的公司设计和生产所有主要的部件，即所谓的垂直整合，他认为这样可以保持公司的独立性。

哈耶克的这种做法后来被乔布斯采纳，直到今天苹果公司依然在垂直整合自己的产品线，通吃上下游。但是另一方面，像微软和谷歌的安卓那样强调全行业分工协作，似乎效率更高。

哈耶克从 1985 年到 2003 年担任斯沃琪集团首席执行官近 20 年，彻底扭转了瑞士钟表业的颓势。到 2011 年哈耶克去世时，瑞士手表的年出口量增加到 2600 万块。

虽然当时中国每年出口 10 亿多块手表，但根据瑞士钟表协会（Federation of the Swiss Watch Industry）的资料，中国表平均每块售价约 2 美元，而瑞士表每块平均售价高达 600 美元。就销售额而言，瑞士占据了全球手表市场份额的 55%。

总结一下哈耶克留给我们的遗产：在现代奢侈品市场，最重要的经营之道在于品牌定位，建立防火墙，通过规模经济保证利润，以及通过便宜的品牌（副牌）吸引年轻人，增加市场占有率。至于维持有经验的员工队伍的稳定，以及垂直整合上下游是否有必要，一直有争议。

通过瑞士高端手表的定位，大家可能已经明白，为什么很多人愿意花十多万元甚至更多的钱去买一款机械表了。

很多人问我，是否应该买奢侈品。我的看法是，我们的消费应该使我们获益，而不应该成为生活的负担，如果真想拥有一件奢侈品，自己也有足够的支付能力，不妨买来取悦自己。但是如果因为买了一件奢侈品要负债，或者几个月节省开支，那就算了。对我而言，奢侈品更多是作为"老师"的角色，教会我如何做好一件事，如何做好营销。从这个意义上讲，不管买不买，我们都应该了解一下奢侈品。

后记

人其实是很矛盾的动物，想的和做的常常不一样。比如说，到底应该是"工作为了生活"呢，还是"生活是为了工作"？就这个问题我问了很多人，大部分人会讲，当然应该是"工作是为了更好的生活，而不是反过来，否则我凭什么辛辛苦苦工作啊"。的确，当人们解决了温饱问题后，都在想着怎样过得更好些。然而，在行动中，当大部分人在工作和生活产生矛盾的时候，会放弃生活，久而久之又忘记了工作的初衷。但是，如果这时有一个声音提醒我们一下，"别忘记了生活本身"，我们会蓦然发现自己已经偏离初衷太远了，我们需要找回真实的自己。2016 ~ 2017 年，我在得到 APP 上写了一年的《硅谷来信》，通常周一到周五谈工作，周末聊生活，我发现听众和读者对周末那些和工作无关，涉及精致生活方方面面的来信非常感兴趣。到了 2017 ~ 2018 年的第二季，我省略了周末关于生活的内容，很多读者大失所望，表示他们订阅我的专栏在很大程度上是为了听关于享受生活的话题。

我问了很多人，什么算是好的生活，他们说希望能过贵族生活。我接着问他们什么是贵族生活，不少人会讲简·奥斯丁小说里描写的那种生活，或者托尔斯泰《战争与和平》中所描写的生活。事实上，前者描绘的是 18 世纪英国乡绅的生活，而后者则反映出 18 世纪俄罗斯上层的生活，它们其实在今天都已经不存在，也不可能再有了。不仅如此，在全世界，贵族本身已经是"化石"了。美国作为世界上最富有的国家，甚至从来就不曾有过贵族，华盛顿、杰斐逊这些庄园主和利文斯顿这样的老牌工商大家族虽然非常富有，同时左右着美国早期政治，但是他们不同于托尔斯泰和大仲马笔下的欧洲贵族。此后的商业巨子杜邦或者洛克菲勒等人，今天的科技新贵盖茨和埃里森这些人，就更不能算是贵族了。中国家长想方设法把自己的孩子送进那些以埃克塞特中学（Philips Exeter）或比尔·盖茨上的湖滨中学（Lakeside）为代表的贵族学校，事实上，它们其实只是人们在大脑中虚构出的所谓贵族教育的形式而已。

不过，贵族虽然作为一个社会阶层不存在了，但并不等于他们的精神和生活方式不存在。要想在精神层面有点贵族的样子，就必须了解和学习贵族安身立命的三个根本——军事上的责任、维护地区治安的义务和社会活动时的体面。今天虽然不需要大家维护地方治安，但是关心社区、服务社会依然是需要的。关于这一点我在《见识》一书中专门讲述了，这里就不再赘述。

在物质层面，虽然今天的物质生活远比 18 世纪丰富，但是今天的富豪是否能像当年那些乡绅贵族那样过得幸福，却是一个大问题——这不取决于一个人是否有很多钱，而在于他是否会生活。我问过很多人他们所理解的贵族最重要的是什么，他们说是体面和优雅。这些确实很重要，但是和钱没有关系。今天很多富豪，之所以被人称为土豪，因为他们除了钱，并不拥有更多的财富。他们去一家米其林餐厅，并不能体验美食的妙处，还会认为有了钱大家都该围着他们转，从而提出莫名其妙的要求。当然，他们也很少能欣赏世界几千年文明带来的文化和其他精神财富。至于那些大闹飞机头等舱的人，大家恐怕也不会觉得他们的人生有什么值得羡慕的。

高尚而受欢迎的行为举止和血统无关，也和财富关系不大，和教育、学习和培训有关。在过去，贵族为了能够在众人面前展现应有的体面，需要从小学习如何参加社会活动，学习贵族礼仪，以及接受系统的博雅教育。这些在今天其实也和贵族没有关系，而是我们美好生活的基础。在 18 世纪，生活节奏远没有今天这么快，因此贵族们的生活讲究从容、自律和优雅。今天我们很多时候为了追求物质财富，反而忘记了从容、自律和优雅。要走出为了工作而忽视了生活的怪圈，我们需要了解生活美好的一面。

正是出于这个目的，罗辑思维的李倩老师希望我把《硅谷来信》中关于生活的篇章改编成书，给向往美好生活的人做参考。在成书的过程中，场景实验室的编辑郑婷、孟幻和张梁做了大

量的工作，他们从内容到选取、编辑，一直到排版修改。在书
的出版发行过程中，人民邮电出版社的俞彬分社长对内容进
行了仔细的审核和校对。在此，我对他们表示由衷的感谢。在
《硅谷来信》和本书的写作过程中，得到了我家人的大力支持，
在此也对她们表示诚挚的感谢。

只要内心随时都能想到责任和荣誉，对外则展现出从容和优雅，
我们就有了幸福生活的根本。